中外哲學典籍大全

總主編 李鐵映 王偉光

中國哲學典籍卷

近現代哲學類

復禮堂述學詩（下）

曹元弼 著

許超傑 王園園 點校

中国社会科学出版社

復禮堂述學詩卷六　述禮經下

一

上天下澤定民志，覲禮君臣大義彰。
隱懾羣侯驕溢志，歸寧爾國守王章。

禮經解記曰：「朝覲之禮所以明君臣之義也。」

大戴記朝事篇曰：「古者聖王明義以別貴賤、以序尊卑、以體上下，然後民知尊君敬上，而忠順之行備矣。是故古者天子之官有典命官，掌諸侯之五儀、諸臣之五等，以定其爵；大行人掌諸侯之儀，以等其爵。故貴賤有別、尊卑有序、上下有差也。原文訛脱，今據孔氏廣森校語訂。天子之所以明章著此義者，以朝聘之禮也。」

陳氏祥道曰：「朝宗于朝，以春夏者萬物交際之時，故諸公東面、諸侯西面，以象生氣之文，而王於堂下見之，所以通上下之志也。覲遇於廟，以秋冬者萬物分辨之時，故諸侯一於北面，以象殺氣之質，而王於堂上見之，所以正君臣之分也。」

案：朝覲皆以明君臣之義，而朝行於春，其禮敬而文；覲行於秋，其禮嚴而質。蓋尊尊之義莫著於覲禮。易曰：「上天下澤，履。君子以辯上下、定民志。」古之治天下以諸侯，諸侯篤於臣義奉上法而天下治矣。覲禮，至于郊，王使人皮弁用璧勞，嘉其順命於王所，勞其道路之勤也。使者不讓，先升，奉王命尊也。既受勞，儐使者，尊王使也。天子賜舍，使即安，亦以侯氏必齊戒沐浴而後敢近天子之光也。覲服裨冕，服命服也。乘墨車，不敢盡同於王也。天子受之於廟，明繼先王之體、守先王之法度，以懷柔羣侯也。衮冕，負斧依南面而立，服先王之法服，當陽以臨之，嚮明而治，天道也。侯氏入門右，坐奠圭，再拜稽首，正臣禮，地道承天也。擯者謁，侯氏升，致命，降階東，再拜稽首，升，成拜，天子以客禮受之也。五等諸侯各執其命圭以覲，王命諸侯名侯不同，禮亦異數。及其反國也，無過行者還其圭，有過行者留其圭，能改過者復其圭，黜陟之權寓焉。四享皆束帛加璧，庭實惟國所有，效職貢也。拜於下，不復升成拜。享禮殺，王之尊益君，侯氏之卑益臣也。右肉袒，告聽事，惟恐在國有罪惡也。朝事記曰：「奠圭，降、拜，升、成拜，明臣禮也。奉國地所出重物而獻之，明臣職也。肉袒入門而右，以聽事也。明臣禮、臣職、臣事，所以教臣也。」夫如是，則諸侯制節謹度，不驕不盈，不敢侮於鰥寡。而天子巡狩，所謂不孝不敬不從背畔、以陷于流放黜爵削地者，蓋亦鮮矣。天子威諸侯，正以懷諸侯也。易震爲諸侯，其繇曰：「震來虩虩，笑言啞啞，震驚百里，不喪匕鬯。」此天子所以養諸侯，兵不用而天下莫敢有越厥志也。天子賜侯氏以車服、饗禮乃歸，述職有功、車服以庸，嘉其用命也。饗燕之禮，王有時答拜，而覲禮無答拜，此君臣上下之定分、萬世之通義也。覲禮之義明，而亂臣賊子之禍息矣。

二

天子廟中受覲享，懷柔萬國事先王。

禮成勞饗賜車服，式誦雅詩采菽章。

君臣之義，分嚴而情親。分嚴，如冠履之不可並處也；情親，如元首股肱一體相承，筋脉氣血彌綸無閒也。覲禮受摯受享皆於廟，天子不下堂而見諸侯。既不敢失禮以紊天常而壞民坊，又深念先王肇造區夏，與天下賢人綏靖四方、康乂兆民，建侯樹屏在我後之人。今一二伯父遵先王之訓而歲事來辟，宜如何崇禮而親厚之。故至畿則小行人逆勞，至郊則大行人勞，至朝則賜舍。及其覲也，嗇夫承命告于天子，天子曰：「非他，伯父實來，予一人嘉之。」親而美之也。覲畢告聽事，天子曰：「伯父無事，歸寧乃邦。」又從而勞之。無封靡于爾邦，惟王其崇之也。車服以庸，饗、食、燕以交其歡。勸有功，親親尊賢也。明王以孝治天下，不敢遺小國之臣，而況於公侯伯子男乎？柔遠能邇，安勸小大庶邦，夫是以得萬國之歡心以事其先王。禮樂交通，聲教訖乎四海，不顯惟德，百辟其刑之，而天下平矣。詩采菽曰：「君子來朝，何錫予之？雖無予之，路車乘馬。又何予之，玄衮及黼。」又曰：「樂只君子，天子命之。樂只君子，福禄申之。」古之王者於諸侯來朝錫命以禮，其殷勤如此，於覲禮見之。漢明帝臨送東平憲王，手詔云：「誦及采菽，以增歎息。」禮情懇誠，藹乎若接矣。

三

壇祀方明擯四門，東郊朝日教尊尊。
網羅舊典陳通義，朝事一篇古記存。

覲禮篇末言會同禮。朝覲宗遇，常禮也；會同，大禮也。覲受於廟，臨之以祖宗；會同於壇，祀方明，臨之以天也。明王事父孝，故事天明；事母孝，故事地察。惟天惟祖宗，全付有家。庶邦羣后與天子分受天地祖宗之付託，以愛敬生養四海兆民者也。王者協和萬國，則黎民於變時雍，而可以贊天地之化育，揚祖宗之功烈休德。故諸侯朝覲則率以助祭，會同則率以朝日祀方明。朝事記曰：「率諸侯而朝日東郊，所以教尊尊也。」又曰：「率而祀天於南郊，配以先祖，所以教民報德，不忘本也。率而享祀於太廟，所以教孝也。與之大射，以考其習禮樂而觀其德行；與之圖事，以觀其能；儐而禮之，三饗、三食、三宴，以與之習立禮樂。是故一朝而近者三年、遠者六年。有德焉，禮樂爲之益習，德行爲之益修，天子之命爲之益行，然後使諸侯世相朝、歲相問、殷相聘，以習禮、考義、正刑、一德，以崇天子。故曰朝聘之禮者，所以正君臣之義。」

案：朝事篇博引周官以説朝覲之禮，因及諸侯相朝，蓋即此篇之義。今大戴記但題朝事，此經鄭注引作朝事儀，「儀」當爲「義」。淩氏廷堪有補覲義一篇，要其大義不出此篇之外。篇末因朝及聘，與小戴記聘義同。書堯典「賓于四門，四門穆穆」，「賓」讀爲「擯」，言四方諸侯來朝者擯接之，皆穆穆有德也。四門，明堂宫垣四方之門，會同之壇象之。

四

諸侯朝覲大夫聘，將出皆先釋幣行。
忠敬方能安廟社，禮經大義孝經明。

覲禮：侯氏將覲，釋幣于禰。聘禮：使者既受命將行，釋幣于禰。蓋資於事父以事君而敬同，覲以述職，考績黜陟於是乎在；聘以結好鄰國，國家榮辱於是乎繫。諸侯必敬服王命，不驕不溢，養老尊賢，惠康小民。卿大夫必夙夜匪懈，與國爲體，勤禮致敬，不辱君命，而後能保社稷、安宗廟。諸侯、卿大夫各思盡孝，則莫敢不忠、不敬、不仁，而犯上作亂、虐民敗官之害，亡絶奔走、覆宗絶祀之禍息於天下。此忠孝相維，前聖制禮之精義。孔子作孝經始大明之，故曰：「孝，禮之始也。」

五

湛露彤弓綏萬國，諸侯尚德各和親。
禮隆聘享銷兵革，指臂相聯共保民。

湛露，天子當陽，則諸侯用命，莫不令德。彤弓，錫命有功，則九夷八蠻咸遵王政。

於是兵革不試，百姓無患，諸侯相厲以禮。比小事大，講信修睦，隆聘享之禮以結兄弟甥舅友邦之歡。指臂相聯，患難相恤，上以尊事天子，而下以安利其民。此三代之盛，封建所以無弊也。故曰聘問之禮所以使諸侯相尊敬也。聘禮之義不明，而諸侯侵陵之禍急矣。

又案：封建之制與天地俱起，故易乾坤之後繼以屯，其辭曰「利建侯」。元弼嘗爲學者略説聘禮之義曰：「生民之初，茹毛飲血，與禽獸爭一旦之命，泯泯棼棼，散無友紀，其後仁足以合羣、智足以御灾捍患者，遠近從而歸之，從之成羣，是爲君矣。天生聖人，聰明、睿知、神武，能盡其性以盡人之性、盡物之性者，應運而出乎其間，則天下之羣合而歸之，是之爲王。王者既爲天下所歸，於是就衆羣之長分之土而授之民，使司牧之，弗使失信，此封建之所由起也。上古人心素樸，不以位爲樂而以治民爲憂，故選賢與能，諸侯不必繼世。虞、夏以後，地平天成，水土荒沈之天下一變而爲子女玉帛之天下，人心爭端漸熾，於是世及爲禮，使君有常尊、民有定奉。聖人懼其生於深宫，長於保阿，不知修身治國之道，於是立世子之法、重保傅之教、崇黜陟之典，以正其内治。猶懼其怙勢作威、阻兵安忍、殘民以逞，於是隆朝覲、會盟、聘問之禮以篤其外交。聘禮者，天子主之而諸侯務焉，所以使内不相陵、外不相侵，禮之大者也。君與卿圖事，遂命使者，重使才也。古者使於四方，必極一國之選，然後可以繼好息民、折衝禦侮於尊俎之閒。故孔子論士以不辱君命爲重。聘用圭璋，享用束帛，加璧琮。君子於玉比德，明諸侯以道義相切厲也。玉，天地所化生以爲瑞節，重天德也；帛，人功所造成以自覆蔽，重民功也。過邦假道，諸侯以國爲家，不敢直遂也。主人餼之以禮，雖非有事於己，而送往迎來，無忘賓旅厚之至，禮之善物也。賓將行釋幣於禰，既反釋奠，出必告、反必面之義。子之能仕，父教之忠，爲卿大夫者能存此心則事君必忠、奉職必敬。孔子釋卿大夫之孝曰：「口無擇言，身無擇行，言滿天下無口過，行滿天下無怨惡。」蓋必奉職於内，撫政於外，竭忠盡敬，無少隕越，而後能保其宗廟、賜饗羹飪、筵尸而祭、承君之大事，常若父母臨之在上，此移孝作忠之大義也。聘禮，君拜迎賓而廟受，設几筵以臨之。列國之賓來，社稷、宗廟安危之所繫，臨之以先君，敬之至也。聘君、聘夫人，享君、享夫人，所謂以社稷故在寡小君，明夫婦一體之義也。聘之明日問大夫，大夫若不見，則君使大夫爲之受，饗食亦如之，明君臣一體之義也。問卿，卿受之於祖廟，亦臨之以先人也。不几筵，不敢同於君也。賓私覿，以君命執圭而使，當自致其敬也。主人辭，請醴賓，先施之義也。賓初以臣禮見，公辭之，乃以客禮見，不純臣之臣也。聘時公升二等，賓升，賓致命，公再拜，賓三退負序，尊卑之等也。公送賓，問君、問大夫，殷勤之至也。賓至郊，君使卿郊勞。聘之前日致飧，聘日致饔，聘之明日夫人歸禮，享、食、燕，禽羞俶獻，惟嘉惟時，厚賓之至也。上賓饔餼五牢，堂上東西夾、豆、簋、簠、壺等惟備，米百筥，門外米禾三十車，薪芻倍禾，上介、士介禮各有差。用財之厚如此而國不困者，周禮以九式均節財用，祭祀、賓客各有所待，量入爲出也。記三陳賓、聘享私覿之容與論語鄉黨篇文相似，所謂動容周旋中禮，盛德之至，惟聖人能盡之。古之卿大夫皆有道德、學問、文章，周公著爲典型以觀德行，千載後讀之，尚可想見其齊莊中正、恭敬溫文之度，而使惰慢邪僻之氣不設於身體。周文郁郁，君子彬彬，於此可得其大概焉。賓將歸，君使卿還玉，賄用束紡，禮玉、束帛、乘皮。禮尚往來，所以交恩定好也。公贈如覿幣，大夫贈如面幣，報之必稱也。賓初受命遂行，君言不宿於家也。及歸，至郊請反命，臣不敢自專，若惟恐有罪然，猶覲禮侯氏之告聽事，戒臣子當至順也。反必有獻，忠愛之至情也。公幣、私幣皆陳，臣不敢私有也。君賜之，再拜稽首受，非私受於所聘之君，乃受於己君也。聘遭喪入竟則遂，以及遭本國君喪、遭私喪及賓介卒。思患豫防，曲盡其道，仁之至、義之盡也。古者聘問之禮行而諸侯相親睦，愛敬之道遍於天下，内可以弭亂臣賊子之禍，外可以禦戎狄豺狼之患，春秋賢侯猶存遺教焉。昔者魯昭公如晉，自郊勞至於贈賄無失禮，説者以爲是儀也，非禮也。此特因周末文勝而云然。實則禮之所尊尊其義，苟得其義，則進退揖讓之節無非天經地義之所彌綸，儀即禮也。劉康公曰：「民受天地之中以生，所謂命也，是以有動作、禮義、威儀之則以定命也。」故春秋列國君大夫朝聘，每於其敬肆之間知其禍福，而應接賓客之善否即可以見政事之治忽。故舜賓於四門，四方諸侯、賓客皆敬；孔子爲魯相，四方至者不求有司。否則陳靈無禮，單子知其必亡。禮經國家、定社稷、序民人、利後嗣，於此驗矣。

六

備物多文結好深，非徒境外不相侵。

四鄰輯睦同憂患，自絶邪臣篡盜心。

聘禮：聘君聘夫人，享君享夫人。問大夫各以其國而爲之幣，而所聘之國各隨其禮而報幣。賓初至則致飧，聘日致饔餼，大禮壹食再饗，燕與時賜無數，其物備矣。自郊勞至於贈賄，其文盛矣。所以然者，盡之於禮也。聘義曰：「盡之於禮則內君臣不相陵而外不相侵，故天子制之而諸侯務焉。」夫聘以結好境外，外不相侵則然矣，何言乎內君臣不相陵也？蓋聘以考禮正刑一德、繼好息民，必擇忠敬賢臣以充使介之選，俾邦交益固、禮義益明，無事則以政治相切蹉，不幸有變則同惡相恤。故衛州吁弑其君，石碏因陳以討賊；宋請猛獲於衛，衛人欲弗與，石祁子曰：「天下之惡一也。」遂與之。是故聘禮之義明則亂臣賊子無所容於天地之間，而逆節邪謀或由此戢。齊陳恆弑君，孔子告於哀公請討之，此春秋之大義，實本周公制聘禮遏亂未萌之精義也。自禮意不明，上失其權，政在大夫，而三家分晉、田氏篡齊之禍遂不可止。國勢衰弱之秋，邪臣竊柄，內政蒙蔽，外交隔膜，禍亂僨興，千古同慨。匪風思王，下泉思霸，安得如齊桓之存衛、晉文之勤王、楚莊之討少西、秦哀之賦無衣，以暫援天下之溺哉！

七

私覿問卿發公幣，人臣境外不私交。
恭承嘉命懼干戾，聘畢還朝先俟郊。

聘享畢，賓私覿，及明日問卿，皆行公幣，人臣無私交也。及歸復命，上賓之，公幣、私幣皆陳，君賜之，再拜稽首，受於己君，非私受於所聘國君也。古之純臣公忠體國，精白乃心，猶不敢自足，惟恐干戾。故使者歸，及郊請反命，懼奉使不稱職，或有罪當待放也。以此坊民，大夫猶有懷貳心專僭者？

八

食禮昭虔又盡愛，承筐束帛侑殷勤。

主君親饌賓親徹，精義試徵公是文。

宋劉氏敞有補公食大夫義，善矣。愚又嘗略説之曰：「孝經曰『明王之以孝治天下也，不敢遺小國之臣』，天子如此，况諸侯乎？公食大夫之禮，主國君與小聘大夫相接之禮也。主君待賓之禮，有饗、有食、有燕。饗以訓共儉，主於敬；燕以示慈惠，主於愛；而食則愛敬兼之。食禮陳鼎七，三牲、魚、腊，盛其禮也。設正饌、加饌，豆、簋、簠、鉶，飲酒漿飲惟具，備物也。如是而猶以爲未足，用束帛以侑之，殷勤之至也。食禮之初，使大夫戒，各以其爵，敵者易以相親敬也。公迎賓於大門内，亞於待其君也。三揖至於階，三讓以賓升，賓主之義也。卿大夫、士皆備位，士舉鼎，大夫匕，助君樂嘉賓也。公親設醬、設湇、設飯粱，尊賓之至也。公拜至、拜食、拜送幣、拜送用，上敬下，優賢也，尊賓也。主人所以禮賓者如是，賓於此有踧踖不敢自安之心焉，有唯恐忝大禮以辱君命之心焉。戒食三辭，不敢當也。公升二等，賓升，君臣之義也。公所親設必遷之，不敢當君之禮也。擁簠粱、執湇以降，所以著尊讓也。將食降辭，不敢當尊者之臨己也。公揖退，順賓意，使安食也。既受侑幣而出，入再拜稽首，若欲從此辭者，於此可以見行禮要節之曲中矣。明日拜賜、拜食與侑幣，皆再拜稽首，重大禮也。賓主君臣之禮曲盡如此，夫然後邦交固，邦交固則天下暴亂、侵陵之患息矣。孟子曰：『食而弗愛，豕交之也；愛而不敬，獸畜之也。』君子之養賢，非曰吾飲食之而已，盡其愛敬之道焉爾。」

案：此篇與劉義相引申。劉氏，字原父，學者稱公是先生。補士相見、公食大夫義，皆可觀。

九

燕禮君臣情意親，鹿鳴有酒樂嘉賓。

主人獻一公酬四，禮樂交通鼓舞神。

燕、大射、聘、食、覲皆明君臣賓客之義，而聘、食以賓客而兼君臣之禮，覲、燕以君臣而兼賓客之禮，大射則先行燕禮。記曰：「朝覲之禮，所以明君臣之義也。」又曰：

「燕禮者，所以明君臣之義也。」然覲禮主於敬，燕禮主於親，其義又同而異。詩鹿鳴序曰：「燕羣臣嘉賓也。既飲食之，又實筐篚幣帛以將其厚意，然後忠臣嘉賓能盡其心矣。」此燕禮之情也。往者余略説其義曰：「古之君人者，尊賢使能，俊傑在位，夙夜兢兢，君臣交警。及政事之暇，相與燕飲以講道行禮，通上下之情。燕禮，君與臣燕，而必立賓主者，飲酒之禮必有賓主，孟子曰『禮之於賓主也』。禮於五倫無不備，而賓主之閒節文尤多，臣而以爲賓，尊賢也。不以公卿爲賓，而以大夫爲賓，別嫌明微，所以定上下也。與卿燕則大夫爲賓，與大夫燕亦大夫爲賓，不以所與燕者爲賓，燕主歡、賓主敬也。主人先獻賓而後獻公，明君尊賢之意也。公不自獻，臣莫敢與君抗禮，尊尊也。既獻公而後酬賓。酬，勸酒也，必獻公而後敢勸賓也。一獻而四舉旅，主人既獻賓、獻公，公爲賓舉旅行酬而后獻卿，爲卿舉旅行酬而后獻大夫，爲大夫舉旅行酬而后獻士，爲士舉旅行酬而后獻庶子。爵樂代作，節文充遂，其歡欣和樂合同無閒也。大德之敦化也，其行禮節次有條不紊也；小德之川流也，洋洋焉、濟濟焉。其斯爲禮樂交通，鼓之舞之以盡神者乎？立司正命諸公卿大夫，君曰：『以我安。』皆對曰：『敢不安。』及無算爵，命曰：『無不醉。』皆對曰：『敢不醉。』君臣和樂恭敬之情萬世之下如或見之。公命徹幂，必盡酒乃已。易曰：『井收勿幕，有孚，元吉。』此之謂也。古之君臣分嚴而情親，降及春秋，下陵上替，故八佾一篇歎息痛恨於僭禮之臣；戰國之時，諸侯驕侈，故孟子極論尊賢之義。詩天保之序曰：『君能下下以成其政，臣能歸美以報其上。』於燕禮見之矣。」

一〇

受酬將拜升成拜，曲體賢君禮下情。
徹幂燕終正臣禮，聖言拜下義分明。

燕禮略説曰：「公酬賓於西階上，降尊以就卑也。賓進受虛爵，以臣就君也。更觶洗，不敢襲君爵也。公有命不易，君之意也。不易則不洗，臣之禮也。賓請旅侍臣，不敢專君惠也。凡公所賜爵，皆降再拜稽首，升成拜，臣禮而兼賓禮也。公有命徹幂，則卿大夫皆降再拜稽首，不復升拜，純乎臣禮也。孔子所謂拜下禮也。」

一一

東楹尊酒君專惠，膳散區分名器嚴。
請旅侍臣宣上德，尊卑序酌肅堂廉。

司宮尊于東楹之西，惟君面尊，專大惠也。君物曰膳，其餘曰散，惟辟玉食，嚴名器也。酌賓用膳，尊賢也，明人君有大蓄積必以樂賢者也。賓受公酬，將旅侍臣，必請之，宣上德，不敢自專也。卿大夫以下長幼卑尊以次受酬，無相奪倫，而堂廉之分秩然矣。爲君止仁，爲臣止敬，禮其則象也。

一二

歌笙閒合雅兼南，詩教禮情子細參。
邦國鄉人同用樂，三綱大義盡包涵。

工歌鹿鳴、四牧、皇皇者華。注曰：「鹿鳴，君與臣下及四方之賓燕，講道修政之樂歌也。此采其己有旨酒以召嘉賓，嘉賓既來，示我以善道，又樂嘉賓有孔昭之明德可則效也。四牧，君勞使臣之來樂歌也。此采其勤苦王事，念將父母，懷歸傷悲，忠孝之至，以勞賓也。皇皇者華，君遣使臣之樂歌也。此采其更自勞苦，自以爲不及，欲諮謀於賢知而以自光明也。」

案：此正燕禮之情也。

笙入，奏南陔、白華、華黍。毛詩序曰：「南陔，孝子相戒以養也。白華，孝子之絜白也。華黍，時和歲豐，宜黍稷也。」

案：求忠臣必於孝子之門，故笙奏孝子潔養之詩，即四牧、皇華，道其念將父母以勞之之意。

乃閒，歌魚麗、笙由庚，歌南有嘉魚、笙崇丘，歌南山有臺、笙由儀。注曰：「魚麗，言太平年豐物多也，此采其物多酒旨，所以優賓也。南有嘉魚，言太平君子有酒，樂與賢者共之也。此采其能以禮下賢者，賢者纍蔓而歸之，與之燕樂也。南山有臺，言太平之治以賢者爲本。此采其愛友賢者，爲邦家之基，民之父母既欲其身之壽考，又欲其名德之長也。」毛詩序曰：「由庚，萬物得由其道也。崇丘，萬物得極其高大也。由儀，萬物之生各得其宜也。」

案：此人君好賢，忠臣嘉賓能盡其心之成功，鹿鳴懇誠厚意於是乎至。遂歌鄉樂，周南關雎、葛覃、卷耳，召南鵲巢、采蘩、采蘋。注曰：「夫婦之道者生民之本、王政之端，此六篇者其教之原也。」

案：君臣之義起於父子，父子之本正於夫婦，君子不出家而成教於國。故又推本風化之原，以二南合樂，三綱之義盡在是矣。三綱正則人倫敘，人倫敘則人心正，人心正則人才出，百官得宜、萬事得序，禮樂興、刑罰措。民之質矣，日用飲食、羣黎百姓遍爲爾德。明君良臣始於憂勤、終於逸樂，以燕以射、則燕則譽矣。君臣、父子、夫婦之道，禮之大本，上下所當共喻，故燕禮、鄉飲酒用樂同，學者以此求禮情、明禮教，自淑其性情以感發人之善心。三代禮俗，其庶幾可復矣夫？

一三

上下和親不相怨，燕經閎指揭昭然。
君餘恩惠臣餘敬，振鷺于飛樂會賢。

燕義曰：「君舉旅於賓，及君所賜爵，皆降再拜稽首，升成拜，明臣禮也。君答拜之。禮無不答，明君上之禮也。臣下竭力盡能以立功於國，君必報之以爵祿，故臣下皆務竭力盡能以立功，是以國安而君寧。禮無不答，言上之不虛取於下也。上必明正道以道民，民道之而有功，然後取其什一，故上用足而下不匱也，是以上下和親而不相怨也。和寧，禮之用也，此君臣上下之大義也。」注曰：「言聖人制禮，因事以託政。」

案：知此則君使臣以禮，臣事君以忠，上好仁而下好義，治國其如示諸掌乎？詩有駜頌僖公君臣之有道曰：「夙夜在公，在公明明。振振鷺，鷺于下；鼓咽咽，醉言舞。于胥樂兮。」言君臣相與明義明德，絜白之士羣集於朝，以禮樂與之飲酒，君臣於是皆喜樂也。又曰：「夙夜在公，在公飲酒。」傳曰：「言臣有餘敬而君有餘惠。」此詩曲盡禮意。魯秉周禮，振衰起廢，一變即可至道，是其驗矣。

一四

大射前期設侯鵠，宿縣頌磬與笙鐘。
神遊千載思文物，如樂聞聲禮接容。

大射儀：前射三日，司馬命量人量侯道，大侯九十、參七十、干五十，遂命張三侯。大侯之崇見鵠于參，參見鵠于干，干不及地武。「樂人宿縣于阼階東，笙磬西面，其南笙鐘」云云。「西階之西，頌磬東面，其南鐘」云云。

案：今十七篇，禮器陳設美備莫如大射，千載而下遙望光氣、想見文物，洋洋乎若樂聲可得而聞也，彬彬乎若禮容可得而接也。備哉燦爛，神明之式。昌黎云：「惜乎吾不及其時進退揖讓於其間。嗚呼，盛哉！」

一五

先王守土惟羣后，奮武揆文設備周。
射禮君臣皆盡志，能勝疆寄得爲侯。

射義曰：「天子之大射謂之射侯，射侯者射爲諸侯也，射中則得爲諸侯，射不中則不得爲諸侯。」

又曰：「古者諸侯歲獻，貢士於天子，天子試之於射宫。其容體比於禮，其節比於樂，而中多者得與於祭。其容體不比於禮，其節不比於樂，而中少者不得與於祭。數與於祭而君有慶，數不與於祭而君有讓。」

案：諸侯者，天子守土之臣，必能揆文教、奮武衛，外固邊防、内遏寇賊，使天子德教風行草偃，羣黎百姓安平康樂，而後爲克舉其職，故射爲大禮。今禮大射儀爲諸侯將祭擇士之禮，余往者略説其義曰：「鄉射，教士衆也；大射，練將帥也。天子、諸侯將有祭祀之事，必與羣臣射，以觀其禮而擇士也。祭何以必擇士，擇士何以必行射禮？天子、諸侯以保守其祖父所傳之天下國家爲孝，必使賢者在位、能者在職，内足以正德利用厚生、外足以折衝禦侮，然後可以保社稷而妥神靈。故記曰：『射中則得爲諸侯，射不中則不得爲諸侯。』言其能保民否也。又曰：『射中者得與於祭，不中者不得與於祭。』言其能任職否也。天子之選諸侯，與諸侯之選士，其義一也。君臣相與盡志於射以習禮樂，則民有與安而國有與立矣。」又曰：『古者軍將皆命卿，師帥皆中大夫，等而下之，凡立於朝、升於學者皆明於正身安國之道、爲民禦灾捍患之方。故將才多而衆志奮，利禦寇而不爲寇，本之以仁義、行之以節制，皆於射禮見之。詩出車『勞還率也』，此大射之效也；杕杜『勞還役也』，此鄉射之效也。降及春秋，晉擇元帥，取説禮樂而敦詩書，大射之遺意也。晉侯登有莘之墟以觀師，曰『少長有禮，其可用也』，鄉射之遺意也。射者，天下武備而文之以禮樂，先王保民遏亂之意深矣。」

一六

詩歌貍首樂時會，取射諸侯首不來。
鄉射轉歌天子節，王風宣暢育賢才。

大射奏貍首。注曰：「貍之言不來也，其詩有射諸侯首不朝者之言，因以名篇，射義所載詩曰『曾孫侯氏』是也。以爲諸侯射節者，采其既有弧矢之威，又言小大莫處、御于君所，以燕以射、則燕則譽，有樂以時會君事之志也。」射義曰：「貍首者，樂會時也。諸侯以時會天子爲節。」鄉射奏騶虞。注曰：「射義曰：騶虞者，樂官備也。樂得賢者衆多，歎思至仁之人以充其官，此天子之射節也。而用之者，方有樂賢之志，取其宜也。」

案：大射歌貍首，取諸侯時會天子，其臣時會君事之義。又以不寧侯不屬于王所爲戒，正與諸侯射節相當。鄉射歌騶虞則別取天下純被王化、樂得賢者衆多之義，不限以大夫、士射節。且諸侯尊，樂必辨其等，大夫、士卑則不嫌。此亦燕禮不以公卿爲賓，而以大夫爲賓之義。

一七

射時節次最嚴明，部勒儼如兵法精。
固束筋骸勤禮度，非強有力不能行。

射禮節次，極繁密中畫然整齊，蓋隱以兵法部勒之，師出以律，於此見矣。且禮者，所以固人肌膚之會、筋骸之束。射前先行燕禮，次三番射，揖讓升下、曲中禮度，拾發乘矢、必應樂節，射畢又以旅酬無算爵終之，非強有力者不能行焉。君臣勤禮，自強不息，國安有不治者乎？

一八

右還取觶左還揖，義取教人不背君。

公射一章禮尤備，精神聚會焕乎文。

燕禮明君臣之義，而大射尤著，略説曰：「經發首君有命戒射，政教由尊者出也。射前獻賓，賓酢主人，獻公、酬賓，公爲賓舉旅、爲卿舉旅，極君臣和樂之情，明天職尊卑之義，君臣盡志於禮也。司正南面坐奠觶，興，右還，北面少立，坐取觶。興，坐，卒觶，奠之。興，左還，南面，坐取觶。將於觶南北面則右還，於觶北南面則左還，往來皆從觶西，爲君在阼，不背之也。上射取矢，興，左還毋周，恐下射之背君也。未有仁而遺其親，未有義而後其君。一周旋進反之閒而謹嚴如此，敬之至也。君子己善亦欲人之善，己能亦欲人之能，己不敢背君而並使下射得以遂其敬，恕之至也。推是道也，子與子言孝，臣與臣言忠，安有背君親而爲不義者乎？公將射，隸僕人埽侯道，新之也。公就物，小射正奉決拾以笥，大射正執弓皆以從于物，其踧踖致敬何如也。君位下射，以貴下賤，大得民也。大射正，小臣正，贊設決拾，授弓，以矢行告，尊君之至，殊異於衆臣，臣莫敢與君抗禮也。君在不勝之黨，賓飲君如媵觶之禮，不敢以爲射爵也。君既飲賓夾爵，亦所以恥公也。諸侯爲天子守土之臣，苟不能盡志於射以習禮樂，使外無敵而内順治，則亂亡及之。臣下不匡，罪莫大焉。賓復飲則不祭，自同於罰爵，以見不能匡救將順之過也。公射一章，煥乎，郁郁乎，聚精會神，斟酌飽滿，元精貫中而宏文彪外，可以觀德明義矣。」

一九

鄉飲賢賢兼長長，示民敬讓化囂陵。
幾經孝弟申庠序，始得賢才天府登。

今禮經鄉飲酒篇爲周禮鄉大夫三年大比興賢能，以禮賓之之事。記鄉飲酒義發首至先禮後財、民作敬讓而不爭，極論此經之義，賢賢之禮也。又周禮黨正「國索鬼神而祭祀，則以禮屬民，而飲酒于序，以正齒位」，亦謂之鄉飲酒。記「六十者坐，五十者立侍」一章説其義，長長之禮也。黨飲禮亡，然此篇賢賢之中實兼長長，蓋惟賓介爲所興賢能。主人就先生而謀之，其禮特尊。衆賓則皆依尚齒之常，故獻禮衆賓之長升拜受者三人，旅酬衆賓少長以齒，終於沃洗者，皆弟長而無遺。天下達尊，鄉黨莫如齒，輔世長民莫如德。而所謂德者，正入孝出弟、尊長敬老、型仁講讓之謂。故曰禮以體長幼曰德，賢賢而長長之義愈明。孟子曰：「謹庠序之教，申之以孝弟之義。」賓介正宗族稱孝、鄉黨稱弟之選，蓋幾經鄉吏書其敬敏任恤、書其孝弟睦婣有學，鄉大夫知其德行道藝確乎衆望，而後率鄉中長幼卑尊，極尊讓絜敬之禮以興之，登之天府。如是而民有不觀感興起息鬥辯暴亂之禍，而教成國安者乎？

又案：凡飲酒之禮，主人獻賓，禮之正也。愛之斯欲飲食之，敬之則必盡其道，故獻禮最盛。賓酢主人，禮尚往來，愛人者人恆愛之，敬人者人恆敬之，報者天下之利也。主人拜，崇酒而酬賓，雖無旨酒，式飲庶幾，殷勤勸強之至情也。酬酒先自飲，忠恕之道也。君子己欲立而立人，己欲達而達人，凡施於人者必其願於己者也。賓受酬奠而不舉，君子不盡人之歡、不竭人之忠，明恕而行，所以全交也。此獻酢酬之通義，而在鄉飲酒則又有精意寓乎其閒。主人獻賓，爲國求賢才、爲民求師保，致敬盡禮以事之也。賓酢主人，一如主人之禮，必竭力盡能，以道事君、以道覺民，而後可以答國士之知也。主人酬賓，人之有技、若己有之，人之彦聖、其心好之，不啻若自其口出也。賓奠而不舉，不患無位，事君敬其事而後其食也。獻介獻衆賓，禮各有差，尊賢之等也。遵者入，與主人行禮，樂鄉里之得賢也；作樂，樂賓以道也；立司正，安賓以禮也。旅酬無算爵，少長有序，民無犯齒，象教化之行也。全篇節文精意，以此隅反之。

二〇

三物賓興德行先，人倫師表始爲賢。
聖仁德禮賢人學，精義深通戴記篇。

周禮三物，先六德六行而後六藝，蓋必其知仁聖義忠和之德、孝友睦婣任恤之行，足以師表人倫，而後禮樂射御書數之藝可經文緯武、備物致用以利天下。得人如此，乃謂之賢。故禮記鄉飲酒義極推制禮精意，本諸天地仁氣、義氣，合之爲聖，體之爲禮，得於身曰德。蓋賢能平日所學如是，即禮之所由起。其義精深博大，與易道通，非七十子善言德行，惡足以及此？

二一

何以三賓政教本，鄉人尚齒本當然。
旅酬黨飲應同禮，弟長無遺各問年。

記曰：「三賓者，政教之本，禮之大參也。」蓋鄉人以尚齒爲主，此禮雖主尊賢，而三賓特以年長參乎賓主介遵之間，並席堂上，以明長長之義。禮成於三，故立三賓。天子太學養三老，此其權輿乎？旅酬衆賓，弟長無遺，黨飲禮蓋同，故曰鄉飲酒之禮所以明長幼之序也。昔者虞、夏、殷、周所貴不同，而未有遺年；鄉、黨、飲、射其禮不同，而莫不序齒。惟其尚齒，是以貴德。由貴德尚齒之義，則老窮不遺、強不犯弱、衆不暴寡，此其教由太學達於鄉黨州閭，所以道德一、風俗同，人人親其親、長其長而天下平也。

二三

將起旅酬無算爵，樂賓猶恐禮容愆。
主人作相爲司正，共立觶南正己先。

主人作相爲司正。注曰：「禮樂之正既成，將留賓，爲有懈惰，立司正以監之。」司正實觶，降自西階，階閒北面坐，奠觶，退共，少立。注曰：「共，拱手也。少立，自正，慎其位也。己帥而正，孰敢不正？」陳氏澧曰：「此司正拱手少立，實難知其何意，讀鄭注乃知正己以帥人之意，其深微至此，得鄭注而神情畢見，可謂抉經之心矣。」

案：有子曰：「禮之用，和爲貴。」又曰：「知和而和，不以禮節之，亦不可行也。」

飲酒獻禮既畢，正歌既備，將留賓以燕，旅酬無算爵、無算樂，以極賓主長幼之歡，和爲貴也。先立司正以監之，俾衆賓不愆于儀，以禮節之也。鄭注説禮意最精，此條陳氏特指出以示人，求禮意當以鄭注爲法，讀鄭注當以陳氏爲法。

二三

欲移風俗感人心，通禮樂章嗣古音。
郡縣請行鄉飲酒，洋洋左海議宏深。

孔子曰：「吾觀於鄉而知王道之易易。」三代之禮至今猶存，行之而立可有效者，莫如鄉飲酒禮。大清會典、通禮皆載鄉飲酒儀注，賓主獻酬訖，作樂、升歌、間歌、合樂皆用周詩，又恭奏高宗純皇帝御製補笙詩六章。聖人至教，降德於衆兆民，禮明樂備同符成周。惜有司奉行不力，無以宣上德而厚民風。嘉慶時，儒臣陳壽祺作請郡縣廣行鄉飲酒禮議，會通古今，言富理博，洞達治本，切中時弊，然不學無術之俗吏莫之或省。記曰：

「禮之教化也微，其止邪也於未形，使人日徙善遠罪而不自知也。」觀於今日風俗人心如蠻如髦，益知禮之不可以已夫。

二四

飲射皆於民聚時，尚賢尊長使周知。
春秋習射來州序，禮重和容不主皮。

周禮，鄉大夫興賢能，以禮賓之，與之飲酒，每三年正月而一行，既而以鄉射之禮五物詢衆庶。又州長春秋以禮會民而射于州序，黨正國索鬼神，則以禮屬民而飲酒于序。鄭君曰：「凡鄉黨飲酒，必於民聚之時，欲其見化，知尚賢尊長也。」

鄉射五物，一曰和、二曰容、三曰主皮、四曰和容、五曰興舞。注曰：「主皮、和容、興舞，六藝之射與禮樂與？」

論語：「子曰：『射不主皮。』」馬氏曰：「言射者，不但以中皮爲善，亦兼取和容。」

鄉射記曰：「禮，射不主皮。」鄭注曰：「貴其容體比於禮，其節比於樂，不待中爲雋也。」

案：射貴中而必以禮樂行之。元弼嘗略説此禮之義曰：「先王制禮以立政，極愛敬之情，以使人相生相養，而又必使之相保。凡有血氣皆有爭心，故聖人作爲弧矢以遏亂禁暴。然兵凶器，禦亂在此，作亂即在此。故先王之制既因農事寄軍令，而軍必行之以禮，凡服田力穡之人即折衝禦侮之人，亦皆敦詩説禮之人，故事之兼文武、盡禮樂、可數爲以立德行者莫若射。十七篇中有吉凶賓嘉之禮，而獨無軍禮，射即軍禮也。軍而以嘉行之，以生氣制殺機，以陽禮弭陰禍，故諸侯之射先行燕禮，卿大夫士之射先行鄉飲酒禮。内志正，外體直，持弓矢審固，進退揖讓必應乎禮。賓、主人、衆賓既釋獲而射，又作樂而射，鼓五節，歌五終，拾發以將乘矢必應乎樂。鄉射之禮先飲酒，擇州中賢者以爲賓，而賢賢之義明；衆賓以齒爲序，而長長之義明；大夫席於賓東，其禮加崇，而貴貴之義明。既合樂，未旅酬，司射擇弟子德行道藝高者爲三耦，蓋諭教有素善於禮者。然司射又必誘射以先之，三耦既射，衆足以知之矣。司射猶執弓挾矢以備指教之，重其事，欲衆之無失禮也。再射、三射，賓、主人、大夫皆與射，行禮自貴者始也。大夫與士爲耦，逮下之道也。其禮有所伸、有所屈，貴貴賢賢，相下相尊，君子之所以相接也。射時司馬命張侯倚旌命去侯，司射比耦作取矢、作射，其法度之精詳、節文之繁密，有行禮要節，若運四支之妙，無非相人偶之意，旁皇而周浹也。獻獲者、獻釋獲者，使之必報之也。釋算勝者飲不勝者，習射上功也。以揖讓行之，所以消戾氣而息爭端也。子曰：『君子無所爭，必也射乎？揖讓而升，下而飲，其爭也君子。』又曰：『射者何以射？何以聽？循聲而發，發而不失正鵠者，其唯賢者乎？』蓋極贊射禮之盛美也。射畢以旅酬無算爵終之，日莫人倦，齊莊正齊而不敢解惰，禮以固人肌膚之會、筋骸之束，動作威儀以定命也。子曰：『射不主皮，古之道也。』先王尚德不尚力，故止戈爲武，共用爲勇，自勝者強，而射有仁之道焉。周禮以鄉射之禮五物詢衆庶，此篇未見詢衆庶之事。射義孔子射於矍相之圃，觀者如堵牆，射至於司馬，使子路執弓矢出延射，殆所謂詢衆庶與？又使公罔之裘、序點揚觶而語，所謂古者於旅也語乎？觀子路、裘、點所言，射者必有勇有義，純乎道德之美如是。是以用之於禮義則順治，用之於戰勝則無敵。近世羅忠節與弟子講明義理之學、經世之務，後卒以子弟兵戡夷大難，可謂得射禮之遺意者矣。」

二五

射時司射勤勤教，始取苟能中課功。
君子取人當以漸，矢行應樂乃成終。

記曰：「始射，獲而未釋獲，復釋獲，復用樂行之。」注曰：「君子取人以漸。」案：此教民治民之要道。君子之於事，始取苟能，中課有功，終用成法，教化以漸，則人皆有勉勉樂進之心，不苦其難而知其益。故易漸之象曰：「君子以居賢德善俗。」孟子曰：「羿之教人射，必志於彀。」射禮：「將射，司馬命獲者執旌以負侯。」「欲使射者見侯與旌，深有志於中。」猶學道之知止也。記曰：「射求正諸己，己正而后發。」禮所以考其正不正者，由漸加詳，猶學道之知所先後也。司射教射謂之誘，循循然善誘人，匪怒伊教，惠訓不倦也。

二六

燕禮君臣鄉長幼，射夫大義盡深明。
使民興藝效忠順，戾氣消除禍亂平。

諸侯之射，先行燕禮以明君臣之義；卿大夫、士之射，先行鄉飲酒禮以明長幼之序。凡射者皆從庠序、學校而來，深明禮義，故興藝無非興道，爲臣則忠，爲下則順。記曰：「爲人父者以爲父鵠，爲人子者以爲子鵠，爲人君者以爲君鵠，爲人臣者以爲臣鵠。」蓋射者所以禁暴禦亂，君父所以覆育其臣子，臣子所以翼戴其君父，皆賴乎此。君臣父子皆盡志於射，則天下無蠻夷寇賊之患矣。禮之所以貴射也，射者皆深明君臣父子之義，則天下無犯上作亂之禍矣，射之所以必由禮也。

二七

人含血氣並多爭，凡百亂源利自生。
重禮輕財民作讓，射時耦飲亦心平。

太史公曰：「利誠亂之始也。」恭敬辭讓之心人皆有之，而爭奪之心亦所不免，凡百爭端皆從利生。鄉飲酒義曰：「先禮而後財，則民作敬讓而不爭矣。」民習於禮，重義而輕利，則作讓而恥爭。故射畢勝飲不勝者，亦皆心平氣和，以揖讓行之。孟子曰：「發而不中，不怨勝己者，反求諸己而已矣。」不勝者之處心如此。記曰：「酒者，所以養老也，所以養病也。」不以爲罰而以爲養，勝者之處心如此。故曰「君子無所爭」，又曰「其爭也君子」。

二八

階西倚扑始升堂，擯禮逡巡尊者旁。
君側不容臣習武，無將垂戒更深防。

「三耦卒射，司射去扑，倚于西階之西，升堂，北面告于賓。」注曰：「去扑乃升，不敢佩刑器即尊者之側。」

記曰：「賓、主人射，則司射擯升降。」注曰：「皆尊之。」

又曰：「唯君有射于國中，其餘否。」注曰：「臣不習武事於君側也。」胡氏肇昕說：「注此語立尊卑之準，定君臣之分，得先王制禮之精意。」

案：司射搢扑以臨衆射者，以兵法部勒子弟也。若賓、主人則所尊也，非所臨也。司射搢扑，而升堂必去之，敬也。司射尚不敢佩刑器即尊者之側，而况臣敢習武事於君側乎？赳赳武夫，公侯干城，國所以強也；臣無作威，國所以安也。春秋傳曰：「君親無將，將而誅焉。」臣而耀武於君側，則亂將作矣，故禮大爲之防。

二九

相見較然朋友信，往來稱摯各昭虔。
道交禮接無相褻，久敬常貞金石堅。

士相見之禮所以教朋友之信，而信之所以立由於禮。古者非其友不友，非由介紹不見，義不苟合也。見必以摯，將其厚意之至，表忠信，不敢相褻也。主人固辭見、固辭摯，賓以大禮來，不敢當，所以致尊讓也。主人復見之以其摯，禮尚往來，朋友相厲以禮、相輔以仁之義也。夫然，故以之修身則同道而相益，以之事國則同心而共濟，而名教立焉、風義出焉。君子慎始，差以豪釐，繆以千里。相見之始，致敬盡禮，所以久而能敬，金石不渝，有直諒多聞之益，無便辟善柔之損。久不相見，聞流言不信，富貴、貧賤、患難、生死不能變其道義相孚之誠。易乾初息，復言脩身一息，臨言得朋。論語發首言學即言朋來，君子進德脩業必資朋友講習之功。經天緯地，道濟生民，實賴天下賢人聲應氣求之助。唐虞五臣，殷周伊、萊、周、召、望、散，一德一心以治天下。孔門七十子並受聖指，昌明大道以仁萬世。漢代經學氣節極盛，東京之末，李、郭之氣類，鄭君之門人，布滿天下，而聖道禮教不墜於地。近曾、胡、羅、左諸公以道義、經濟相切蹉，而攘除姦凶，儒效卓著。皆朋友之力也。記曰：「師無當於五服，五服弗得不親。」又曰：「不順乎親，不信乎朋友。」人苟内行有玷，未爲王法所覺察，先爲師友清議所不容。故朋友者，五倫之所以成終而成始也。相見者，朋友之始，其禮可不重與？

三〇

耿介有倫取義宜，抗希堯舜必由之。

靈均卓論亭林識，原父高文足補遺。

士相見：「摯用雉。」注曰：「取其耿介，交有時、別有倫也。」

白虎通曰：「士以雉爲摯者，取其不可誘之以食、慴之以威，必死不可生畜。士行耿介，守節死義不當移轉也。」

案：離騷曰：「彼堯舜之耿介兮，既遵道而得路。」顧氏炎武曰：「堯舜之出於人者，以其耿介。同乎流俗、合乎汙世則不可與入堯舜之道矣。」我友梁節盦常舉此以戒學者。昔孔子論士曰「行己有恥」，孟子曰「伊尹樂堯舜之道，非義非道，千駟弗視，一介不取」，其耿介如此，所以能任天行之重。劉原父補士相見義亦頗得此意。

三一

於文士口合爲吉，忠信慈祥與衆言。

敬述經文諗吾黨，生民立命此根源。

經曰：「與君言，言使臣；與大人言，言事君；與老者言，言使弟子；與幼者言，言孝弟于父兄；與衆言，言忠信慈祥；與居官者言，言忠信。」

案：説文：「吉，善也，從士口。」春秋傳曰：「孝敬忠信爲吉德。」禮經學要旨曰：「孝弟、忠信、慈祥，士之所以爲士。士之言如此則士心正，士心正則人心正。蓋仁義禮智生於心，若性命肌膚之不可移。而後出言有章，辨説得當，相勸而善，相厲以禮，父兄之教先而子弟之率謹，雖欲風俗不美、道德不壹，其可得乎？後世士不成士，羣居終日，言不及義，混然無道，如蠻如髦，鄙倍成風，是非無正，而邪説暴行作矣。所望有道仁人恪守此禮，非法不言，惠訓不倦。雖滄海横流非一朝一夕之故，而民之秉彝不能盡泯，千百人中必有一二人奉我教者，千百言中必有一二言入人心者，爲天地立心，爲生民立命，撥亂世反諸正，必由此始。」士口爲吉，其此之謂乎？

三二

孔子極言禮大義，蟠天際地德輝光。
曾、思、游、夏真傳衍，延及孟、荀正論昌。

張氏爾岐儀禮鄭注句讀序曰：「在昔周公制禮，用致太平，據當時施於朝廷鄉國者勒爲典籍，與天下共守之，其大體爲周官，其詳節備文則爲儀禮。周德既衰，列國異政，典籍散亡，獨魯號秉禮，遺文尚在。孔子以大聖生乎其地，得其書而學焉。與門弟子修其儀、定其文，無所失墜。子思曰：『仲尼祖述堯舜，憲章文武。』孔子亦自謂曰：『吾學周禮，今用之，吾從周。』『文王既没，文不在兹乎？』並謂此也。」

元弼禮經纂疏序曰：「伏羲、神農、黄帝、堯、舜、禹、湯、文、武之道至周公制禮而大備，周公之禮教至孔子而垂法無窮。孔子既經論禮經，極言其義，天下復知有君臣父子之綱、仁義忠信之道，天經、地義、民行昭昭乎若日月之光明，燎燎乎如星辰之錯行。卜子子夏親受聖恉，爲喪服經作傳。曾子、有子、言子諸賢相與論撰微言大義，傳諸其人。子思子述聖祖之德，明中和之爲用，立坊、表之常經。七十子後學之徒，各記所聞變禮逸文，補二禮闕遺，以光贊大道。雖當諸侯去籍之日，道、墨、名、法異端並起之時，而服儒服、行儒行、則古昔、稱先王、敘彝倫、一制度，近聖人之居者以時講禮鄉飲、大射於夫子冢。延及孟子、孫卿正人心、明王道，立言爲百世法，禮之大綱不墜于地。」

案：夫子之極言禮，著在禮記，廣大精微、蟠天際地，立人倫之極、奮至德之光。周公制禮之大義於是盡明，可使萬世之天下有治無亂。當時顔子克己復禮，得善弗失，至於不遷怒、不貳過，三月不違仁，蓋與夫子從心所欲不踰矩僅未達一間。曾子約禮之功，真積力久，所造殆與顔子等。其篤行之實見制言等十篇，博學明辨見曾子問篇，而大學尤提挈綱維。子思述夫子論禮微言，坊、表二記燦然分明，而中庸更窮極藴奥。禮運、仲尼燕居兩篇蓋子游所爲，孔子閒居蓋子夏所爲。善述聖言，能繼其志。文章之盛，充實光輝，後世莫及。孟子之學出於子思，其言仁之實事親、義之實從兄、禮之實節文斯二者，及「仁者愛人，有禮者敬人」之等，皆夫子言禮元意。七篇之義，無非禮之大經、禮之大倫。荀子之學蓋出子夏，雖其書非盡手定，時若不粹，而論禮之語皆極精純。儒者采入禮記，實爲百代傳注之祖。此孔門七十子及後學者傳禮之大略也。

三三

秦政任刑禮教亡，漢興盛德起高堂。

禮篇十七傳蕭、孟，后氏曲臺說更詳。

史記儒林傳曰：「漢興，言禮自魯高堂生。」又曰：「禮自孔子時而其經不具，至秦焚書，散亡益多。於今獨有士禮，高堂生能言之。」漢書藝文志曰：「禮經十七篇，后氏、戴氏」。「十七」相承誤作「七十」，宋劉氏敞讀正爲「十七」，至確，朱子以後並從之。又曰：「漢興，魯高堂生傳士禮十七篇，訖孝宣世，后倉最明，戴德、戴聖、慶普皆其弟子，三家立於學官。」儒林傳曰：「高堂生傳士禮十七篇，而瑕丘蕭奮以禮至淮陽太守。孟卿，東海人也，事蕭奮，以授后倉。倉說禮數萬言，號曰后氏曲臺記。授梁戴德延君、戴聖次君、沛慶普孝公。孝公爲東平太傅。德號『大戴』，爲信都太傅；聖號『小戴』，以博士論石渠，至九江太守。於是禮有大戴、小戴、慶氏之學。」

案：孔子時禮經已不具，子曰：「吾欲觀夏道，是故之杞；吾欲觀殷道，是故之宋；吾觀周道，幽厲傷之，吾舍魯何適矣？」又曰：「周監於二代，郁郁乎文哉，吾從周。」蓋周流列國，參互考訂，合諸周、魯故府所藏，寫定完本，復周公之舊。禮記屢言禮有三百三千，與子言詩三百同例。孔子曰：「經禮三百可勉能也，威儀三千則難也。」可見孔子所定，禮文固具，但禮篇繁博，不能使人人遍習。愚嘗謂周時教授當有二本，一全經、一簡編。高堂生所傳士禮十七篇，蓋當時士民通習之禮，於簡編爲近。制禮自士始，而此編發首冠、昏、相見三篇又皆士禮，故當時以士禮目之。史記索隱引謝承云：「秦氏季代有魯人高堂伯。」王氏先謙謂「伯」是其字。高堂生傳蕭奮，至戴德、戴聖。賈氏序周禮廢興云：「鄭云五傳弟子則高堂生、蕭奮、孟卿、后倉、戴德、戴聖，是爲五也。」后君校書曲臺，推士禮冠、昏、喪、祭以上致於天子而爲之記，附以漢事，大戴記公冠篇末附孝昭冠辭，蓋其例矣。

三四

孔壁古文五十六，内篇十七與今同。

后君校定傳衆序，逸禮收藏祕府中。

藝文志曰：「禮古經五十六卷。」又曰：「禮古經者，出於魯淹中及孔氏，與十七篇文相似，「與十七」原誤作「學十七」，從劉氏敞讀正。多三十九篇，所見多天子、諸侯、卿大夫之制。」

劉歆移太常博士書曰：「魯恭王壞孔子宅，得古文逸禮有三十九。天漢之後，孔安國家獻之。」「家」字依宋本文選增。

河間獻王傳：「獻王所得書皆古文周官、尚書、禮、禮記之屬。」獻王所得尚書疑孔安國校訂後繕寫之本。

説文解字序曰：「魯恭王壞孔子宅而得禮記、尚書。」案：禮謂禮古經，記謂七十子後學者所記。

鄭君六藝論曰：「後得孔氏壁中河間獻王古文禮五十六篇。」釋文敘録引。

隋書經籍志曰：「古經出於淹中，而河間獻王好古愛學，收集餘燼，得而獻之，合五十六篇。」

釋文敘録曰：「景帝時，河間獻王好古，得古禮獻之。」又曰：「古禮經五十六篇，后蒼傳十七篇，餘三十九篇，以付書館，名爲逸禮。」

案：劉歆以古禮爲出孔壁，武帝末孔安國家獻之；隋志及釋文敘録以古禮爲出淹中，景帝時河間獻王得而獻之。蓋各舉一事。藝文志、六藝論則兼舉之。六藝論有脱文〔二〕，當讀正云「後得孔氏壁中及河間獻王所得淹中古文禮五十六篇」，乃與藝文志合。竊意古禮之出有二本，一出淹中，河間獻王收集得五十六篇；一出孔壁，或本係全經，而簡策散亡雜亂，孔安國如讀尚書之例，以高堂生十七篇校之。又以淹中本校逸篇，定可屬讀者仍五十六篇，亦猶尚書二十九篇外定完篇十六也。至武帝末，其家獻之。二本總名爲古文禮，文字篇數皆同，内十七篇與高堂生所傳同而字多異，具詳今鄭注中。十七篇外三十九篇絶無師説，宣帝時后君校書曲臺，僅傳十七篇古文與其本業同者，餘付書館，是以未立學官，君子於其所不知蓋闕如也。至劉歆始欲建立逸禮，其議甚是，然東漢大儒雖時有稱引，而卒不能立注。至晉永嘉之亂，古書盡亡，蓋絶學之難明而易廢也如此。

〔二〕底本無「六」字，脱文，據文義補。

三五

精習師傳大、小戴，同門慶氏並儒宗。
經文二戴殊篇次，鄭目兼存並不從。

釋文敘録曰：「孝宣之世，后蒼最明，授戴德、戴聖、慶普，由是禮有大、小戴、慶氏之學，今慶氏久亡。」後漢書儒林傳曰：「鄭玄本習小戴禮，後以古經校之，取其義長者，爲鄭氏學。」案：鄭君習小戴禮，而十七篇次第大、小戴並不從者，以尊卑吉凶皆不如別録之得其序也。鄭君實事求是，不囿所習，即此可見。

三六

光禄校書釐訂精，尊卑倫序燦分明。

家鄉邦國王朝禮，喪祭居終義類成。

賈疏云：「戴德、戴聖與劉向別録十七篇次第皆冠禮第一、昏禮第二、士相見第三，自兹以下則異。其別録即此十七篇之次，皆尊卑吉凶次第倫敘，故鄭用之。至於大戴，即以士喪爲第四、既夕爲第五、士虞爲第六、特牲爲第七、少牢爲第八、有司徹爲第九、鄉飲酒第十、鄉射第十一、燕禮第十二、大射第十三、聘禮第十四、公食第十五、覲禮第十六、喪服第十七。小戴於鄉飲、鄉射、燕禮、大射四篇亦依此別録次第，而以士虞爲第八、喪服爲第九、特牲爲第十、少牢爲第十一、有司徹爲第十二、士喪爲第十三、既夕爲第十四、聘禮爲第十五、公食爲第十六、覲禮爲第十七，皆尊卑吉凶雜亂，故鄭君皆不從之矣。」

禮經學解紛曰：「禮經篇以類次，類以吉凶次。以禮記考之，王制曰『六禮，冠、昏、喪、祭、鄉、相見』；禮運曰『達於喪、祭、射、御、冠、昏、朝聘』；又曰『其行之以貨力、辭讓、飲食、冠昏、喪祭、射御、朝聘』，『御』皆當爲『鄉』；邵氏懿辰説。昏義曰『夫禮，始於冠，本於昏，重於喪、祭，尊於朝、聘，和於射、鄉』。此四文或先喪、祭，或先冠、昏，或先射、鄉，或先朝、聘，要皆兩事類舉。以考十七篇，則士冠、士昏、士相見，冠、昏、相見也；（相見自爲一類，附冠、昏。）鄉飲酒、鄉射、燕、大射四篇，大分言之，射鄉也；（鄉飲、鄉射皆曰鄉，鄉射、大射皆曰射，燕之於大射猶鄉飲之於鄉射，故合爲一類。）聘禮、公食、覲三篇，朝聘也；（公食，食小聘大夫，附聘禮爲一類。）喪服、士喪、既夕、士虞、特牲、少牢、有司徹七篇，喪祭也。（喪服分之則别爲一類，合之則與喪禮爲一類。）凡十七篇爲四類，此篇以類次也。冠義以下七篇皆説經之義；其次先冠義、昏義，冠昏類也；次鄉飲酒義、射義、燕義，射鄉類也；次聘義，朝聘類也；次喪服四制，喪祭類也。喪服四制曰：『夫禮，吉凶異道，不得相干。』此喪祭所以在後。記次本經次。孝經喪親章居末，蓋取法禮經，此類以吉凶次也。（冠義以下七篇相承不隔，蓋記百三十一篇中舊次，小戴仍之。）别録篇次、類次皆與記合，大戴篇次合、類次未合，小戴篇類次皆未合，鄭君從别録，至當。朱子經傳通解分家、鄉、學、邦國、王朝禮，而以喪祭居終，正本劉、鄭定次。」

三七

東京士禮名家少，馬注服經多未瑩。
木鐸千秋鄭北海，潛符孔思洽周情。

後漢書儒林傳謂：「中興後，亦有大、小戴博士，然未有顯於儒林者。」惟馬融有喪服注，考各書所引逸文，義頗參錯，如「爲人後者爲其姊妹適人者」，馬注謂「不言姑者，但降一體，不降姑」，殊乖傳文降其小宗之義。惟鄭君之注會通羣籍，貫徹全經，確得先聖元意。學者由此通經，於正心修身、化民易俗如指諸掌矣。

禮經纂疏序曰：「鄭君好學，實懷明德，造次顛沛，非禮不動。初從東郡張師受周官、禮記，與盧君相善，從馬融參考同異。遭時否塞，隱修經業，守死善道，盛德之容至使黄巾望而皆拜。作六經注義，窮理盡性，而三禮之學尤集大成。即以十七篇注論，今文、古文各求其是，二戴、別録必從其長，本周禮以提其綱，引戴記以闡其義，參之易、書、詩、春秋、論語、孝經以觀其會通。考訓詁、捃秘逸，轉相證明，發一義而全經貫、起一例而衆篇明。吉凶常變，各止其科；辭所不及，通之以指。辨傳記之譌、正舊讀之失，案圖立文、舉今曉古，若綱在綱、如晦見明。其正人倫也，唯君專惠詳於燕禮之篇，臣無作威著於鄉射之記。明正體之重而尊禰之義彰，推高祖之服而正本之道著。於繼父同居達從一之本意，於他邦加等顯大功之自親。略舉一端，餘可隅反。古昔聖人所以辨君臣上下長幼之位，別男女父子兄弟之親者，無不昭然備見。仁之至、義之盡，深而通、約而明。故范武子以爲仲尼之門不能過也。」

三八

六朝禮議獨精深，天秩不隨大陸沈。
鄭學之徒世傳習，斯文未喪到於今。

鄭君禮學爲天下儒者宗，厥後王肅亂經，馬昭之徒辭而闢之。六朝通人如雷次宗、周續之等並注喪服，黄慶、李孟悊訓釋全經，皆宗鄭學。諸儒禮議類能會通經、記，引申注文，酌理準情，窮源竟委。當時南國清談墮壞名教，北郊戎馬蕩覆典文，人臣反顔事讎習爲故事，文章綺靡，階厲淫昏，三綱淪、九法斁矣。而守道諸君子説經鏗鏗，風雨如晦，雞鳴不已，以緜絶學於一綫，遂啓唐初經學政治之盛，雅言遺教千載傳習。陳氏澧謂魏、晉以後天下大亂，而聖人之道不絶，唯鄭氏禮學是賴，信矣哉。

三九

齊黄、隋李别從違，賈疏精裁妙發揮。
佩玖永貽瑕絶少，青衿函丈莫輕譏。

賈氏儀禮疏序曰：「儀禮所注後鄭而已，其爲章疏則有二家。信都黄慶者，齊之盛德；李孟悊者，隋曰碩儒。二家之疏互有修短，今裁此疏，擇善而從，兼增己義。函丈之儒，青衿之俊，幸以去瑕取玖，得無譏焉。」

纂疏序曰：「賈氏儀禮疏據黄、李爲本，又旁摭各家，貫穿經傳，鄭學之徒遺言奥義多賴以存。雖不免小有乖違，而發揮旁通、言富理博，後有作者、監儀在時，非可輕議也。」又曰：「賈氏之書雖不能無誤，然誤者僅十之一二，餘皆平實精確，得經注本意。蓋承爲鄭學者相傳古義，非賈氏一人之私言也。特唐中葉後治此經者鮮，故其文衍脱誤錯，多非其舊，學者當依文剖裂以雪其誣，不得遂以爲非。李氏如圭、張氏爾岐取其文而删節之，使學者易讀，義固猶賈義也。」余引古人書，有删字無增字，傳信也。引自著書則間有增潤，以就今日意義。

四〇

賈書絶少徵黄、李，疑是唐人妄併删。
欲效孟瞻考舊疏，榛蕪待闢古雲山。

賈疏以黄、李爲本，而疏中引二家絶少，且一節之中或多岐義。竊疑疏文經唐時閭里書師傳寫，或將「黄氏云」「李氏云」及「案」字删去，如今時塾師授讀四書朱注，將「程子曰」「某氏曰」及「愚按」等字一律塗抹之比。遂至賈語與先儒説混合爲一，上下參錯，或至矛盾。流傳至宋初刊版，更無别本可據。愚嘗欲放劉孟瞻左傳舊疏考證之例，將疏文乖錯處一一釐剔，爲儀禮舊疏考證，既可雪賈氏之誣，更可略見黄、李梗概。蹉跎歲月，迄今未成，姑存其説於此。此意禮經校釋已發其端，未暇致詳。前年爲孝經校釋，剖别元疏、邢校混合之文，即此法也，各經疏皆宜準此讀之。

四一

漫説昌黎苦難讀，真能讀禮是昌黎。

文、周法制皆存是，郁郁乎文如見之。

韓氏愈讀儀禮曰：「余嘗苦儀禮難讀，又其行于今者蓋寡，沿襲不同，復之無由，考于今誠無所用之。然文王、周公之法制粗在於是，孔子曰『吾從周』，謂其文章之盛也。

古書之存者希矣，百氏雜家尚有可取，况聖人之制度邪？於是掇其大要，奇辭奥旨著于篇，學者可觀焉。惜乎吾不及其時進退揖讓于其間。嗚呼，盛哉！」

陳氏澧曰：「昌黎云考于今無所用，此語過矣。其「其」字今增。云掇其大要者，即所謂記事者必提其要也。昌黎著于篇者今不得而見之，然賈疏每一節所言之事即大要也。若掇爲一編，當無異於昌黎所云矣。初讀儀禮者尤當如此。昌黎掇奇辭，欲於作爲文章而上規之也；掇奥旨，即送陳密序論習三禮所謂誦其文則思其義也。」

案：韓子云考于今誠無所用，此因當時或謂儀禮無用而云然，乃作文欲揚先抑之法耳。觀篇末贊歎之辭，則神遊千載上矣。以此治禮，變化氣質，陶淑性情，用莫大焉。况後世冠、昏、喪、祭之禮，雖去古日遠，猶有禮經遺意。喪服一篇至今猶多遵行，刑律輕重準之。昌黎集中議禮之文甚精，則固知其非無用矣。

張氏爾岐儀禮鄭注句讀序曰：「方愚之初讀之也，遥望光氣，以爲非周、孔莫能爲已耳，莫測其所言者何等也。及其矻矻乎讀之，讀已又默存而心歷之，而後其俯仰揖遜之容如可睹也，忠厚藹惻之情如將遇也。周文郁郁，其斯爲郁郁矣；君子彬彬，其斯爲彬彬矣。雖不可施之行事，時一神往焉，仿佛戴弁垂紳從事乎其閒，忘其身之喬野鄙僿，無所肖似也。使當時遇難而止，止而竟止，不幾於望辟雝之威儀而卻步不前者乎？」

案：稷若先生蓋得昌黎讀儀禮之法而加精者。元弼不敏，數十年從事於斯，惜道之味，欲與天下好學之士共甘之。禮經纂疏序及禮經學明例篇嘗繼二子而備論之矣。

四二

宋代邢、孫校疏詳，橫遭安石亂天常。
憸人壞國禮先去，絶學重興賴紫陽。

纂疏序曰：「宋景德初，吕蒙正等上邢昺、孫奭等所校訂儀禮疏，其書見於今，爲疏本之最古者。其後儒臣多敦崇古學，橫遭憸人王安石變亂舊制，廢罷儀禮，非聖無法，天下憤之。南渡後，張氏淳據當時所存各本校嚴州所刊儀禮經注，作識誤，有功此經。而朱子以上賢純德紹鄭君於百世之上，知治天下之必本於禮，而儀禮爲禮之本經，周官其綱領，禮記乃其義疏。深忿安石遺本宗末，博士諸生於儀法度數之實咸幽冥而莫知其源，上疏乞修三禮，不果行。晚乃與弟子編儀禮經傳通解，取十七篇經文分章附記，全録鄭注，節引賈疏。經所不具，以記補之，别立名目，以類相從。凡各經、傳、記、史志有及於禮者，靡不畢載。自定家、鄉、學、邦國、王朝諸禮，而以喪、祭二禮屬弟子黄氏幹。黄氏成喪禮，於祭禮未及精專修改，復以其書授弟子楊氏復，楊氏别成祭禮通解。蓋禮書若此之難也。朱子弟子又有李氏如圭，與修通解，别撰儀禮集釋，闡發亦多。自朱子作通解後，鄭氏禮學復興。朱子嘗稱鄭注三禮大有功，歎爲大儒。又於宋孝宗之喪得鄭志『天子諸侯之喪皆斬衰，無期』一條，深服鄭君，以爲其説足以補經定制。蓋高密、紫陽易地則皆然。」

案：學者多爭漢學、宋學之别，然周易、尚書乃魏晉人翻新作僞，排棄古訓，非宋儒之咎；春秋胡傳亦有爲而作，説雖偏頗，非故立異。漢宋殊致，惟論詩、書序及詩鄭、衛諸篇千慮一失，早有定論。至禮則司馬、程、張、朱子皆確守注疏，而紫陽尤篤信高密。其背經任意、反注違例者，乃安石一派耳，後人豈可尤而效之？

四三

紫陽通解始分章，引記附經綱在綱。
恪守康成述周、孔，大經大法日星光。

朱子答李季章書謂：「累年欲修儀禮一書，釐析章句，附以傳說。元來典禮淆訛處，古人皆已言明，但混作一片，不成段落，使人難看，便爲憸人舞文弄法、迷國誤朝。若梳洗此書頭面出，令人易看，於世非小助也。」答應仁仲書云：「前賢常患儀禮難讀，以今觀之，只是經不分章、記不隨經，而注疏各爲一書，故使讀者不能遽曉。今定此本，盡去此諸弊，恨不得令韓文公見之也。」

陳氏澧曰：「此朱子之大有功於儀禮者。儀禮經傳通解釐析經文，每一節截斷，後一行題云右某事。國朝馬宛斯繹史所載儀禮，張稷若儀禮鄭注句讀，皆用朱子之法。江慎修禮書綱目因朱子通解而編定之，固宜遵用其法。徐健菴讀禮通考、秦文恭五禮通考，亦皆分節。自朱子創此法，後來莫不由之矣。」

又曰：「通解之書純是漢唐注疏之學，考覈精細，有補疏者、有駁疏者、有校勘者、有似繪圖者，與近儒經學考訂之書無異。近儒之經學考訂，正是朱子家法也。」

案：朱子分章之法，本賈疏而更簡明，實取法鄭君。東塾言之，別引在下。其以記附經，即鄭君引記解經之意。今讀其書，綱舉目張，禮各有義，昭昭若日月之光明，使人好之樂之，有不知手之舞之、足之蹈之者。而考覈精細，確得經注本意，尤爲治禮準繩。宋時疏義本與經注別行，通解合之，亦鄭君就經爲注、省學者兩讀之意，其後各經注疏合刻本遂盛行於世矣。

又案：通解補正疏義，考據之盡精微也；其引記附經以明大義，考據之致廣大也。治禮者當兼取法焉。

四四

當年識誤傳忠甫，集釋單行李寶之。

通解未成喪祭禮，黄、楊補輯遞承師。

張先生淳，字忠甫，永嘉人。宋乾道八年，兩浙轉運判官、直祕閣曾逮刊儀禮鄭氏注十七卷、陸氏釋文一卷，忠甫爲之校定。蓋據嚴州巾箱本，而以周廣順、顯德以下各本參以釋文、賈疏，正其誤字。裒集所改字句，别其從違之旨，爲識誤一書，朱子稱其精細。惟偏據釋文，字體或未盡正。近儒校嚴本，論之詳矣。

李先生如圭，字寶之，廬陵人。與修通解，别撰儀禮集釋，全録鄭注，節引賈疏，旁徵他説，附以己意，文約指明。又有儀禮釋宫一篇，朱子用之。

黄先生幹，字尚質，號勉齋，長溪人。

楊先生復，字茂才，號信齋，福州人。遞傳朱子之學，續修通解，詳前。信齋又有儀禮圖。

四五

敖、郝何人不自量，麗天日月亦奚傷。
試思通解宗高密，後學豈能勝紫陽。

纂疏序曰：「元明之際經術荒蕪，妄人敖繼公襲王肅故智，務與鄭立異。或隱竊疏義而小變之，即成巨謬，改竄經文以就其私。郝敬繼之，重悂貤謬，狂妄之極，至於詆經。當時無有能正言力辨之者，蓋聖經雖存若亡矣。」

案：鄭君注禮，如日麗天，萬古昭炳。王肅、敖繼公輩妄欲奪而易之，多見其不知量耳，鄭君庸何傷哉？且朱子之盛德精義猶確守鄭注，敖、郝何人，輒思陵駕古賢，何其妄耶？余少時撰禮經校釋，舉敖、郝謬說諸鶴侶、胡竹村諸先生所未及辨者逐條駁之，又於纂疏序大聲疾呼，痛斥兩家。故友張聞遠同年見之，曰：「子駁敖、郝諸條盡確，惟於君善辭氣似過當。」余當時未以爲意，繼見世變日亟，邪說横議，非聖無法，敗綱斁倫，有百倍於敖、郝者。白豕構禍後，憫世益深，論古益恕。一日聞遠過余，縱言禮家，聞遠謂敖君善説經雖謬，品節實非庸流所及。嗚呼，古者民有三疾，今也或是之亡。敖氏行誼頗有可取，其説經之謬蓋如程氏瑤田之説喪服、考工，誤於求勝古人之一念耳。善善惡惡，義不相蒙，附著於此。抑又思之，君子之學務以修身治天下，而無毫髮名利之心，此讀書學問之中庸也。道之不行，知者過之，愚者不及。俗儒鄙夫學以爲利，固無足道；一二高明之士不屑與世俗逐一時之名利，而好與古大賢爭千載之名，其品雖高流俗一等，而譎觚異説流弊實有不可勝言者，此坊民踰閑之有心人所當深戒也。

四六

石渠議奏渺千年，聖代右文邁漢宣。

聚訟禮家稱制決，尊親大義達垓埏。

漢宣帝會博士諸儒論經義石渠閣，帝稱制臨決是非，其禮議引見詩、禮疏及杜氏通典。

章帝亦大會諸儒於白虎觀，如石渠故事，命史臣班固作爲通義，其書見存。我朝列聖稽古右文，禮明樂備，同符成周，超邁兩漢。欽定儀禮義疏薈萃鄭氏以下百代師儒之説，聚訟羣言，衷諸睿斷，尊親大義如日中天，光於四海矣。

四七

禮學亭林推稷若，創通大義比高堂。
發明章句述元意，先正典型守鄭鄉。

顧氏炎武儀禮鄭注句讀序曰：「濟陽張處士稷若篤志好學，不應科名，録儀禮鄭氏注而采賈氏、吴氏之説，略以己意斷之，名曰儀禮鄭注句讀。又參定監本脱誤凡二百餘字，並考石經脱誤凡五十餘字，作正誤二篇。後之君子因句讀以辨其文，因文以識其義，因其義以通制作之原。則夫子所謂以承天之道而治人之情者，可以追三代之英，而禮亡之歎不發於伊川矣。如稷若者，其不爲後世太平之先倡乎？」

案：國朝禮學極盛，實自稷若先生創通大義。先生生鄭君之鄉，亭林先生每以取法先賢相勗。又言「獨精三禮，吾不如張稷若」。其道義切磋相下不厭如此。先生名爾岐，山東濟陽人，又有易説及文集。

四八

朱子流風五百年，梓鄉繼起有純賢。
禮書綱目真明備，山嶽星雲望翕然。

國朝禮學大師繼往開來，爲羣儒倡者，張先生稷若生鄭君之鄉，江先生慎修生朱子之鄉。稷若先生當天造草昧之時，傳學未廣；慎修先生際文治光華之日，敷教斯宏。其學流派至今未絶，函丈青衿，仰之如泰山喬嶽、景星慶雲。纂疏序曰：「禮經自張氏爾岐創通大義後，婺源大儒江氏永繼之，作禮書綱目，成朱子之志。又作儀禮釋宫增注、儀禮釋例。弟子達者戴氏震、金氏榜。戴氏校儀禮識誤、儀禮集釋，武英殿刊板行世。又爲學禮篇，未成。以其學授段氏玉裁、孔氏廣森。段氏以六書、聲音、訓詁考儀禮漢讀，未成。後胡氏承珙作儀禮古今文疏義，足以補之。孔氏作禮學卮言。金氏著禮箋九篇。以授張氏惠言。張氏作儀禮圖，詳審精密，勝於宋楊氏書。淩氏廷堪承江、戴之學，作禮經釋例，以言禮之節文等殺；作復禮三篇，闡明禮教。以授胡氏培翬。胡氏本承其祖匡衷之學，又從淩氏問，爲學深通洽熟，作儀禮正義。」

案：以上皆江先生傳業、私淑弟子及鄉後進聞風興起者。先生禮書綱目體大物博，其自序曰：「裒集經傳，欲其該備而無遺；釐析篇章，欲其有條而不紊。」蓋朱子之志至是而成，周公制作明備於此可得其大略矣。

四九

吾讀東原學禮篇，精華更擷輔之箋。
皋文圖書如緜蕝，善頌徐生矩步聯。

戴氏文集記冕服、記皮弁服等篇，即學禮篇未成稿，會通經記，敷暢厥旨，信多善矣。間有參錯，元弼不揆檮昧，贊而辯之，語在禮經學解紛。

金氏禮箋雖不盡申鄭，然沈潛經文、獨抒心得，或相違而適相成，所謂惟其匡救、是爲篤信。故能上承婺源，下啓茗柯。校釋及禮學解紛擷其精華，間有補正。降其小宗一義，深得經旨，有關名教，特詳申之。

張皋文作儀禮圖，因楊信齋書而加詳，阮文達爲之序曰：「昔漢儒習儀禮者必爲容，故高堂生傳禮十七篇而徐生善爲頌，禮家爲頌皆宗之。頌即容也，予嘗以爲讀禮者當先爲頌。昔叔孫通爲緜蕝以習儀，他日亦欲使家塾子弟畫地以肄禮，庶于治經之道事半而功倍也。然則編修之書，非即徐生之頌乎？」案：張編修又有讀儀禮記，約而精。

五〇

讓堂不讓法違師，吾識婺源應哂之。
喪服誤文徵足否，混淆經傳更支離。

程易疇自題讓堂，而説禮乃務與鄭爭。彼其師慎修先生篤守鄭學，間有異同，辭皆微辯。若見此求勝喧爭，考禮而先無禮於古賢，必啞然失笑矣。胡氏正義及余校釋多辨其謬。且其書名喪服文足徵記，謂以經徵經，其文自足也。乃大功章「大夫之妾爲君之庶子」條舊本誤以注文下言「爲世父母、叔父母、姑姊妹」二句入傳，諸儒考正極爲明晰，而程氏堅執以爲傳文。又緦麻章傳「長殤、中殤降一等」四句，程強以爲經。是直恐經不足以徵其説而取足於傳，傳不足以徵其説而取足於注，顛倒經傳，強據誤文，幸鄭注之誤入傳而即據之以攻鄭。以此徵文，吾未見其足徵也。然如謂弟之妻婦説及平文説經之處，亦有可頗采者，當分别觀之。

五一

鶴侶、羾軒功最深，沈、江精義耐研尋。
墨莊善補金壇缺，最近巢經亦愜心。

褚氏儀禮管見力駁敖繼公之謬以申鄭義，於經最有功。孔氏禮學卮言説此經亦能發前人所未發。沈氏儀禮小疏、江氏讀儀禮私記並多心得。胡氏儀禮古今文疏義剖析精詳，真足補段氏儀禮漢讀考之缺，竹村先生正義並詳引之。鄭氏珍儀禮私箋雖視輪輿私箋稍遜，亦多沈研獨得之處。

褚先生寅亮，字搢升，號鶴侶，江蘇長洲人。所著書甚多，儀禮管見尤傳習士林。

江先生筠，字震滄，江蘇吴縣人，叔澐先生兄，餘詳述毛詩、周禮詩注。

五二

仲林疑義説滋訛，盛氏集編是處多。

韋、蔡瑕瑜不相掩，績溪擥別各殊科。

吴氏儀禮章句斷句或似是而非，遠不如張稷若，儀禮疑義尤多舛謬。盛氏儀禮集編發明頗多，韋氏儀禮集解、蔡氏禮經本義皆瑕瑜互見，竹村正義並引而申辨之。

盛先生世佐，字庸三，浙江秀水人。

吴氏廷華，字仲林，浙江仁和人。

韋氏協夢，安徽蕪湖人。

蔡氏德晉，字仁錫，江蘇無錫人。

五三

復禮三篇釋聖言，如探宿海得河源。

禮經釋例吾無閒，同拜周公杞菊軒。

凌氏復禮三篇深得聖人制禮大原，禮經釋例詳審精密，非治禮熟極而流者不能。禮經學明例篇備録其綱，閒易數條，惟喪服例未盡善，别爲之説。一二小疵，不足累其大醕也。先生自題所居曰杞菊軒，有拜周公言，其辭曰：「古無禹則後世無人，古無周公則後世無人倫。」至矣至矣，見校禮堂文集，蓋篤於慕聖如此。

五四

盧、金校正信多善，館啓嫏嬛説更詳。

千里精讐三禮本，此經一玨合黄、汪。

盧先生文弨，字召弓，號抱經，浙江餘姚人。博學洽聞，所論撰、校勘書甚多，儀禮注疏詳校尤爲精審。金先生曰追，字樸園，江蘇嘉定人。少從王西莊遊，九經皆悉心校勘，而儀禮經注疏正譌尤完備。阮氏儀禮校勘記薈萃各本，博采通人，其序謂鄭氏疊古今文，語助多寡，靡不悉紀，今校此經寧詳毋略，用鄭氏家法，故其書至爲精詳。嫏嬛仙館，文達讀書處題號云。國初以來，先儒校禮雖勤，多未見宋本。至乾嘉閒，顧千里始以宋槧精校三禮，黄氏覆刊嚴州本儀禮經注，汪氏覆刊景德本儀禮單疏，皆顧氏爲之校讐，實足上裨聖經、下惠來學。顧先生廣圻，字千里，號澗薲，江蘇元和人，江艮庭先生弟子。黄氏丕烈，字蕘圃，吴縣人。汪氏士鐘，字閬原，長洲人，所刊書皆爲校勘家取法。

五五

注疏單行雙宋槧，澗薲精校古餘編。
通人操汲殷勤假，感歎人琴五十年。

嚴州本注、景德本疏，黄、汪覆刊，如二玉相合爲一玨矣，然猶各自爲書。先是，顧千里以所校録兩本爲張古餘太守編成注疏完書，景德本缺卷依魏鶴山儀禮要義補編，實爲此經注疏最善之本。阮文達取以補十行本之缺。張氏文虎摘其士昏禮内經文誤句。余以黄、汪兩刻校之，亦閒有誤字，然不過千百之一二耳。余少時就鄉先輩管申季先生論學，先生出是編見示。尋有粤遊，屬費屺懷譜兄轉以假余。今書尚在余處，而先生没且五十年矣。人琴之感，曷云能忘。

張先生敦仁，字古餘，河南陽城人，又刊撫州本禮記。管先生禮耕，字申季，江蘇吳縣人，陳南園再傳弟子。高行博學，不輕著書。身後，屺懷選其書院應課之作爲操羖室文集，然亦足窺其學之崖略矣。

五六

樸齋家訓淩師說，禮學通儒推竹村。
既博既精猶有憾，五篇未就絶微言。

胡先生匡衷，字樸齋，安徽績溪人，著儀禮釋官等書。弟匡憲，字繩軒，有讀經記。孫培翬，字竹村，既承家學，又從淩先生受業，囊括網羅，覃精研思，撰儀禮正義。纂疏序曰：「胡氏之書融會全經、旁通午貫，參稽衆説、擇精語詳，自訓故名物、儀節器數、微言大義，以及傳記之參錯、同事相違，注義之深微、言不盡意，莫不廣尋道意、條貫科分，其盡思窮神之處，實能洞見本原，不墜周公之遺法。自國初以來，禮學之業未有盛於先生者也。惜士昏、鄉飲、鄉射、燕、大射五篇未及寫定。弟子楊大堉取其叢殘之稿率爾付刊，脱爛錯誤至不可讀。又多引謬説而無案語，蓋先生未及辨正者。」

案：先生又有燕寢考、研六室文鈔等書。文鈔於三禮、羣經並有發明，精義甚多。先生從弟培系，字子繼，有儀禮楊疏補正、大戴禮記箋證，惜皆未見。族子肇昕，亦長於禮，楊疏時引其説。

五七

熙朝禮學包前古，開闢禮門法有三。
分節繪圖兼釋例，默存心歷味醰醰。

陳氏澧曰：「儀禮難讀，昔人讀之之法略有數端：一曰分節，二曰繪圖，三曰釋例。今人生古人後，得其法以讀之，通此經不難矣。」

案：由此熟讀經文，合之禮記，由其數以得其義，默存而心歷之，身體而力行之，始乎爲士，終乎爲聖人，其在此乎？

五八

三法皆從鄭、賈來，番禺剖析到根荄。
更將戴記依經讀，禮意昭然亦快哉。

陳氏澧曰：「士冠禮『筮于廟門』，賈疏云：『自此至宗人告事畢一節，論將行冠禮先筮取日之事。』賈疏全部皆如此，此讀儀禮第一要法也。有司徹鄭注屢言自某句至某句，此賈疏分節之法所自出也。朱子通解釐析經文，每一節題云『右某事』，較賈疏尤簡明。此法亦出於鄭君。禮記禮器『天子七月而葬五重八翣』，鄭注云『士喪禮下篇陳器曰抗木橫三縮二』云云，引既夕而摘出『陳器』二字也。」

又曰：「鄭、賈作注作疏時，皆必先繪圖。今讀注疏，觸處皆見其蹤迹。」

又曰：「儀禮有凡例，作記者已發之矣。鄉飲酒禮記云：『以爵拜者不徒作。鄉射禮記同。坐卒爵者拜既爵，立卒爵者不拜既爵。凡奠者於左，將舉於右。』此二句鄉射禮記亦同。此記文之發凡者也。鄭注發凡者數十條，若抄出之，即儀禮凡例。有鄭注發凡而賈疏辨其同異者；有鄭注不云凡而與發凡無異，賈疏申明爲凡例者；有鄭注不發凡而賈疏發凡者；有經是變例，鄭注發凡而疏申明之者；有賈疏不云凡而無異發凡者。綜而論之，鄭、賈熟於禮經之例，乃能作注、作疏。注精而簡，疏則詳而密。分析常例、變例，究其因由，且經有不具者亦可以例補之。朱子云：『儀禮雖難讀，倫類若通，先後彼此足以互相發明。』倫類即凡例也。」

案：分節始朱子，而張稷若、江愼修、胡竹村遞加詳。禮舊圖久亡，楊省齋始創爲之，而張皋文更加精。釋例則淩次仲之書蔑以加矣，其法皆出於注疏。東塾之言可謂剖析窮根荄者。國朝通儒以顧亭林、江愼修、陳蘭浦三先生之學爲最中正無弊，而陳先生東塾讀書記尤以孝經、孟子、儀禮三卷爲至精善。余於此三經學明例並詳著之，儀禮卷爲校正一條。

五九

胸懷光霽節冰霜，有道神交婁縣張。
喪服推明鄭氏學，粹然孝弟守先王。

張聞遠同年，學包漢、宋，行完忠孝，著喪服鄭氏學，余爲之序，其略曰：「天道至教，聖人至德，著在六經；六經同歸，其指在禮；禮有五經，本在喪服。元弼束髮治禮，不揆檮昧，覃精研思且十年，成禮經校釋。時同年執友張君聞遠同研是經，以學問道德、躬行實踐相勗。每有論著輒相示，具引校釋中。厥後元弼旁涉他經，别成禮經學七卷，纂疏長編至今未就。而君沈研鑽極，真積力久，博稽精思，心知其意。自大經大法以至一字一句，靡不探索窮源、折衷至當。平心以求其安，反身以體其實，專篤沈潛，無欲速意必之失。孟子所謂深造之以道、自得之而居安資深者，故其學爲精。光緒戊申，朝廷立禮學館，修大清通禮。君奉徵命，分編凶禮。時世變已亟，彝倫將斁，議者多欲變亂舊章，君與先從兄君直及錢復初孝廉援據大義、力闢邪説，以維天常、塞逆源。宣統辛亥，書成假旋，猝遭大亂，獨抱遺經，廬墓而居，攀柏哀號，訴天欲泣，大懼周公、孔子禮教從此墜地，炎黄裔胄盡淪蹄迒。於是寫定舊稿，歷數年成喪服鄭氏學，以守先待後。君直從兄以語劉翰怡京卿，京卿肅然起敬，授之梓人。校刊既竣，屬序於余。余以爲此書囊括大典，網羅衆家，删裁繁誣，刊改漏失，精微廣大，直與鄭注、賈疏並重。其至理名言足以感發仁人孝子之心，杜犯上作亂之漸，有功名教綱常、世道人心至大。翰怡京卿刊布以嘉惠學子，誠輔世翼教之盛心也。傳曰：『苟非其人，道不虚行。』聞遠與翰怡皆忠孝人也，惟聞遠爲能成此學，惟翰怡爲宜刊此書。貧而樂道，富而好禮，相得益彰，君子人與？君子人也。書中引余校釋甚備，閒有數事異同，蓋我兩人講學實事求是，絶無唯阿。君所辯正，如『婦人不杖』，及釋公羊『仲嬰齊卒』傳，皆至確當，余禮經學中已自駁之。惟『父卒繼母嫁從爲之服』，余讀『從』字絶句，據制服者言，本婦人從一而終之義；君讀『從爲之服』四字爲句，據服者言，本孝子不敢殊之義。似可兩説並存，然禮疑從厚，則君義爲尤善。喪服雖止禮之一篇，然自伏羲、堯、舜以來人倫之教，至周公而毫髮無遺憾者，其大本具在於是。喪服明則禮明，禮明則六經明，而天經地義、聖教王政晦而可復明、廢而可復舉，則是書之所係爲何如哉。」

案：君所著又有茹荼軒文集，其甥封君衡甫爲刊行之。身後遺稿有喪禮鄭氏學，兼及禮記喪服、喪禮諸篇，其中引疏及諸家説多但標起迄。衡甫竭十餘年力，與其子覆檢原書、填補校勘，寫成定本。余及門金松岑提倡集資刊刻，今已授梓，王欣甫、汪青在精爲校讐，約三年可成。是書賴諸子以傳，聖道之幸也。

張聞遠孝廉錫恭，江蘇婁縣人，承年丈夬齋先生家學，精研性理。又受禮於黄元同師。事親養志，烝烝藹藹。親没，推産於弟，簞瓢晏如。造次顛沛，式禮莫愆。性情極和厚，而大節所在，凜然不可犯。光緒乙酉，與余同中拔萃科，黄漱蘭師深重其學行。余與交四十年，輔仁講學，獲益至多，當爲之傳著其詳。

劉翰怡京卿承幹，浙江烏程人。累世積善，其尊人澂如閣讀學錦藻，與余同年，遭時大亂，萬石家風不以秦而變，忠孝至行，儒林矜式。所刊書皆有功世道人心。

封衡甫文權，華亭人。樸學不求聞達，教子讀書，先讀儀禮、爾雅，俾終身不忘，其專篤如此。

金松岑天翮，江蘇吴江人，雄於文，有逸才。亂後折節讀書，從余受禮，兼及他經，毅然有維持禮教、激濁揚清之志。

王欣甫大隆，浙江秀水人，學於松岑，因從余受禮，兼及羣經。博聞強識，研鑽弗替，有乾嘉諸儒遺風。

汪青在柏年，浙江桐鄉人，年少篤志，從余受易既通，今從事於禮，甚專精。

六〇

猶是房中采紒身，當年正義受慈親。
鑽研十載流光逝，寸草春暉痛棘人。

元弼幼承庭訓，每隨兩兄朝夕問視，歡侍膝前。先考錦濤府君輒舉經中成訓教戒，先妣倪太夫人申之。年十七，始治經，由詩及禮。十八，先府君授以陳碩甫先生詩毛氏傳疏。十九，先太夫人授以胡竹村先生儀禮正義。不揣愚陋，篤好潛研，誦讀考辨，每至中夜，寒暑無間，寢食俱忘。先府君每戒以禮者體也、履也，非詳稽博辨之難，而躬行實踐之難。小子夙夜自省，惟恐失墜。孰意天降鞠凶，年二十三而太夫人棄養，二十九而府君棄養，痛念侍奉無狀，不可爲子，尚何言禮？昔也婉孌房中采紟之孺子，遂永爲説髦純素、墓門哀號之鮮民。哀夫痛夫！光緒辛卯，居太夫人憂，倏將再期。讀祭禮外，感念正義一書慈親手授，積年説禮，舊稿已多，爰削繁舉要，寫成禮經校釋一書。先君子鑒定，以爲近得其正，命授梓人，以質當世達於禮者。壬辰刊竣，卷端敬録嚴訓一則，兢兢服膺，庶幾無忝。豈料轉瞬三年，怙恃並失。嗚呼，寸草有心，春暉易謝；静樹無力，驚飆不停。今忽忽四十餘年矣，白髮孤兒，豈惟讀喪禮泣下沾襟，即讀冠、昏禮，回想當日兄弟子婦愉愉承歡，至樂不可復得，悽痛曷其有極耶！

又元弼年十三受業於先舅氏倪聽松先生。先生諱濤，吴縣人，内行純篤，器識宏遠，與先君子道義切磋至相得。講學屬文，爲吴中大師。教弟子以敦實行、讀古書爲首務，講解精詳，於經傳辭氣、脉絡纖微必辨，神與古會。元弼讀古注疏，雖遇盤根錯節，而反覆推求尚易通曉，實由於此。校釋之成，就訓先生，深蒙許可。渭陽之悲，心喪之痛，又終身無窮矣夫。

六一

著述敢言希古人，先君遺訓奉終身。
統心踐履非虛語，跬步臨深懼辱親。

元弼治禮服膺胡氏，初欲將士昏、鄉飲等五篇正義重加釐訂，沈潛既久，覺先生之例未可盡遵，不揆檮昧，有纂輯羣言、重疏禮經之志，先成校釋一編。先君子書訓辭簡端，教以反求諸身、篤行其道，敬謹奉持，惟恐弗堪。嗚呼，先君子非法不言、非道不行，艱苦卓絶，執義堅正，隆禮由禮，範我彝倫。小子何能仰跂，惟是恪遵遺訓，如臨深淵、如履薄冰，以冀終身弗辱爾。

末學芻言貢帝閽，涓埃未答愧天恩。
桓榮稽古思東漢，獨抱遺經望聖門。

六二

光緒三十四年五月廿六日，内閣奉上諭：「前據江蘇巡撫陳啓泰奏進，在籍分部郎中曹元弼所撰禮經校釋一書，當交南書房閲看。兹據奏稱該員所著禮經校釋『疏通證明，持論頗多可采』，『後附禮經纂疏序於禮學源流言之綦詳』等語，曹元弼著加恩賞給翰林院編修，用示嘉獎。原書著發交禮部禮學館，以備參考，欽此。」臣元弼感激天恩，鼓舞惶悚。自惟末學淺闇，仰荷聖主褒榮，非常恩遇，實夢想所萬萬不到。戴高履厚，將何以報稱萬一？私衷奮勵，自誓永堅此心，夙夜匪懈，閑聖道、正人心、息邪説、塞亂源，陳説祖宗德澤，宵旰憂勞，激發後進英才忠義之心，以備國用。孰意天禍生民，兩宮升遐，觸地呼天，哀痛何極！今皇帝踐阼，率由玉几末命，以保四海乂安。而遭時多難，姦宄横行，賊臣欺罔，利主少國疑，窺竊神器。中原陸沈，亂靡有定；人紀淪亡，天常反易。豈惟我朝之厄運，乃天生烝民有物有則、千聖百王以養以教禮道之大厄，而乾坤或幾乎息之秋也。微臣涕淚餘生，涓埃未報，潛蹤北海，仰希夷、叔待清，企想東京，深愧桓榮稽古。惟是獨抱遺經，究厥終始，竊印景行，敢涉聖門。秉中庸説春秋之義，憲章文武，以覺遺黎。與鄉人講孝經之文，眷戀朝廷，聊申微意。繇絶學於一綫，以待禮廢復舉云爾。

六三

謀忠交信玉笙樓，賞析奇疑互唱酬。
校釋當年精校勘，故人論史亦千秋。

故友王廣文大綸，字虞生，號毓仙，吴縣人。少工詞章，題所居曰吹徹玉笙樓。爲人孝友，有真性情。與友交信，爲人謀忠，容貌辭氣和藹可親，而是非之介、禮義之坊辨之綦嚴。余與交數十年，金蘭結契，相得極歡。每有事與君商，或於理勢不宜，君談言微中，余即豁然意解。校釋刊刻時，君詳爲校勘，至再至三，並多商榷，作跋語附於後。君以治經之法治史，積十餘年力，成通鑑校述一書，實事求是，純乎惠定宇、錢竹汀、王西莊、沈文起諸先生之學，治涑水書未有若此其精核者。惜未及寫定而卒，條記千萬，紛錯難理。余屬王欣甫精審辨識，第而録之，世有博雅君子能爲刊行，亦斯文之幸也。

六四

千條萬縷絲難理，敦促成書賴哲昆。
空谷藹然敦孝弟，白頭姜被尚同溫。

元弼自少體弱，父母極憐，兩兄善體親意，自飲食、衣服、出入、動作、醫藥多方調護，纖悉倍至，教誨不倦，憂喜與共。憶弱冠前鋭意治經，漸苦短視。及遭先太夫人之喪，痛不欲生。明年先君子病，憂急萬狀，其秋患傷寒，幾不治。兩兄殫竭心力療之既愈。又明年，仲兄謂之曰：「弟目力心力耗甚矣，禮經纂疏之作期以終身，莫殫莫究。既以正義之書慈親手授，拳拳惻惻不已，何不先以歷年積稿約成一編，既志望屺之永懷，且博過庭之歡訓。而成書之後，久勞亦可小休。」伯兄亦屢以爲勸，因此删繁補缺，以成校釋。凡元弼數十年著書，兩兄皆喜其有裨經術世道，而無一日不懼其目力心力之不支。父母俱歿，相依爲命，歡然一體，合家無閒言。遭天下大亂、彝倫攸斁，門内雍雍、藹然孝友，夙夜相勉、毋忝所生，當世有道君子比之漢代三姜。豈料而今獨行煢煢，形影相吊耶！

伯兄智涵先生元恒，承家學，以醫濟人，全活無算，名震海内。奉召爲德宗景皇帝請脉，疊奉溫諭褒嘉。

仲兄再韓先生福元，由翰林出爲河南開歸陳許鄭兵備道，署藩臬，防河恤民，殫竭心力，幾於以死勤事，汴人謳思不忘。没後，太保文端公世續以勞績奏聞，蒙皇上特恩，予謚文慤。著有花萼交輝閣詩文集。兩兄孝友至行，忠貞大節，並詳家傳。

六五

三綱九法痛淪胥，夷、叔待清濱海居。
天意斯文終未喪，暮年纂疏望成書。

元弼治禮，撰述微意具詳校釋序及後附纂疏序。光緒壬辰，校釋既刊竣，將專心從事纂疏。而人事漸多，重遭先君子棄養，創鉅痛深，目眊身瘵。厥後應張文襄師聘，主講兩湖書院經學。師又命編十四經學，積年僅成其半，易、禮、孝經三學先行世。尋承乏存古學堂。前後忽忽二十年，纂疏所成無多。迨天綱紐絶，地軸輻分，遺世獨立，專心治易，以究天人消息，又十七年，並爲大學、中庸通義、孝經箋釋。出入數年，禮疏竟未能兼顧。歲月駸逝，人生幾何，夙願未償，要不敢以老耄自棄。今而圖之，日暮途遠，力小任重，其能成耶？一息尚存，俛焉日有孳孳而已。

欲從未濟正乾坤，惟道能將天下援。
君子相期明禮教，望洋興歎聖門言。

六六

今日四海分崩、生民糜爛，禍機遍地、殺氣彌天，毒深洪猛、禍烈坑焚，其本皆由於無禮。孟子曰：「天下溺，援之以道。」禮而已矣。往者譜兄唐蔚芝尚書選國學專修館高才好禮之士從余受禮，俾發揮大義，扶植綱常，爲輔世長民、通變達用之本。余惟禮之大義蟠天際地，讀禮記冠、昏、飲、射、燕、聘、喪、祭諸義，望洋興歎，游於聖人之門者難爲言矣。以余固陋，何足贊辭。然君子崇禮救時之意，與羣賢虛懷嗜學之誠，不可負也。於是不揣檮昧，爲之討論，惜未竟耳。

唐蔚芝尚書文治，江蘇太倉人，精研性理，博通羣經，尤邃於易。所著有易、詩、書、洪範、孝經、四書大義及茹經堂文集。余序其文曰：「君子當天常反易、民彝泯亂之秋，顯而正之，經也；隱而維之，權也。權而得中，是乃經也。易曰：『藉用白茅，无咎。』大過之世，過以相與，而其象爲白茅，言乎其心之至潔也。吾友唐蔚芝尚書博學敦行，承年譜丈若欽先生家學，又受學於王子祥前輩、黄元同先師。湛深經術，融貫大義，反諸躬行，事親至孝，鄉黨、朋友翕然歸德。既官於朝，本學爲政。會天下多故，獻可替否，密勿從事，誠意懇惻，忠言嘉謨，不自表暴。嗣因親老乞歸養，奉命監督南洋公學，日以忠孝大義、六經要旨與諸生剴切講論。溫故知新，道藝兼貫，庶幾成德達材，足備國用。何天不吊、大亂遽起，猛虎長蛇、理無可諭，洪水烈火、猝不及避。上維皇室、中念善類、下顧蒼生，強定元直之方寸、深籌文惠之權濟，佯與浮沈、潛施補救。是用龍蛇尚得俱蟄以存身，猰貐未至逢人而盡噬，蟬蜕濁穢，皭然不滓。每趨庭承歡，坦坦施施，退而獨居深念，萬端痛憤、憂心如焚。積數年，竟至兩目不見一物，無復生人之趣，而口講經義猶懃懃懇懇不少懈。夫豈以是解牢愁、慰無聊哉？歐陽子有言：『救天下之患者，必推其患之所由來而治其受患之處。』今天下之亂極矣，要君無上，非聖無法，非孝無親，悍無忌憚。智者詐愚，勇者威怯，強者陵弱，衆者暴寡，習爲故常。殺機遍地，戾氣滔天，其勢不至人相食、無噍類不止。豈天生斯民一旦而忽變爲梟獍豺狼哉？人無有不善，即彼犯上作亂、莠言亂正之徒，亦豈生而甘爲吠堯之桀犬哉？其故由於當時國步艱難，朝廷變法圖強以保我民，而有司奉行不善，遺本宗末，遂至弁髦聖經、傷敗彝倫，晦盲否塞、反覆沈痼，日甚一日、以至於此。故救今日天下之患，首在正人心，正人心在明人倫，明人倫在講聖經。聖經者，天地生人之心，人類所以相生、相養、相保之道。經義明則逆氣消而良心見，凡逆天悖理之事自有所不忍爲、不敢爲，而天下有弭亂之一日。其在周易剥之上九碩果不食，將有復生之理。此尚書之所以惓惓不能已，欲留一綫光明於萬象昏陰、蒙氣四塞之中也。前年施君省之立國學專修館，延尚書主講，四方譽髦不遠數千里而來。尚書選其尤，就余受禮經。聆其言，皆明於大義。施君又刊尚書所定十三經讀本，余讀之，精當純粹，足法士林，遠近購求、誦讀者不可勝數，於此見天理之不終亡、人心之不盡死也。甲子冬，乘輿蒙塵，普天同憤，尚書發電力爭之。未幾又遭父喪，心摧氣絶。余重憂之，幸而無恙，豈非天爲斯文有以默相之耶？今年春夏間，以門弟子某某等所刊文集示余，其精言崇論，闡揚道德，維持倫紀，通達治體，感發人心，實今日箴膏肓、起廢疾之良藥。古人云：『仁義之人，其言藹如。』尚書純孝出於天性，其敘述先德及論孝諸篇，雖至驕悍不馴之夫，讀之亦當心惻。而憫時傷世，思患豫防，其言有文焉、其聲有哀焉。閒有爲降格之辭，就世人之所知而漸引之以近於道者，亦不得已之苦心也。尚書與先仲兄文愨公同舉於鄉，與余同肄業南菁書院，後同官京師，結爲昆弟交。宣統辛亥，同主講存古學堂。數十年出處語默，蹤迹雖殊，而砥道礪德、合志同方，皓首爲期、相知最深。故推論其心事以序其文，尚書其許爲知言乎？」

六七

當時講肄會羣賢，指日成書倏十年。
舊稿積山何處理，大坊止水此焉先。

余爲諸生講禮，初授冠、昏等四篇，隨口説義，不盡文言。繼思言之無文，行之不遠。宋儒語録，横渠之語朱子已不能盡曉。且忽促記録，或退而潤色，豈能無毫釐之差？鄉射以下乃聯綴成文授之。而諸生月僅一來，來僅數時，經義淵深，倉猝勢難盡舉。時方覃思釋易，頃刻少閒，不得已自喪服以下於講期前三日作講義一篇，至期爲之指説。而世變愈亟，戰禍靡已，少牢、有司徹兩篇竟不克從容指授。今忽忽十餘年矣，計十七篇中喪服、士喪、既夕、士虞、特牲饋食五篇皆悉心撰定，今統稱禮經大義，掇要引入此編各詩之下。鄉射、燕、大射、聘、公食大夫、覲六篇刊改補苴引之，謂之某篇略説。此書以指日可成者，而一經遷延，遂至於今。余各書未成積稿甚多，然治人之道莫急於禮，六經同歸皆所以明人倫。况今日大坊盡決，滄海横流，挽既倒之狂瀾，拯人心之陷溺，萬難繚緩。明年當先將冠、昏、相見、鄉飲、少牢、有司六篇補著其説，鄉射至覲六篇理董其文，與喪服至特牲五篇合爲禮經大義，庶於世道人心不無小補云。

復禮堂授禮經書目

講習書

學者治禮經，當恪遵欽定儀禮義疏，服膺鄭、賈、朱子，采擇羣言，列目如左：

儀禮注疏見前。又黄氏士禮居叢書覆宋嚴州單注本、汪氏藝芸書舍覆宋單疏本、張氏合編注疏本、劉氏承幹覆刊張本。

儀禮釋文

儀禮經傳通解舊刻本。此書會通三禮而以儀禮爲主，禮書綱目同。

李氏儀禮集釋武英殿聚珍板本。

張氏儀禮鄭注句讀舊刻本、江甯書局本。

江氏禮書綱目舊刻本、廣雅書局本。

儀禮釋例舊刻本、皇清經解續編本。此未成之書，後淩氏踵而爲之，體例較異。

儀禮釋宮增注舊刻本、皇清經解續編本。

金氏禮箋內儀禮一卷

孔氏禮學巵言內儀禮各條

沈氏儀禮小疏原刻本、皇清經解本。

江氏讀儀禮私記胡氏正義屢引之，稿本藏陳南園家。

褚氏儀禮管見粵雅堂叢書本、皇清經解續編本。

張氏儀禮圖阮文達刻本、崇文書局本、皇清經解續編本。

讀儀禮記茗柯遺書本、皇清經解續編本。

淩氏禮經釋例原刻本、皇清經解本。

胡氏儀禮釋官皇清經解本。

胡氏儀禮古今文疏義原刻本、崇文書局本、皇清經解續編本。

胡氏儀禮正義陸氏木犀香館本、皇清經解續編本。

鄭氏儀禮私箋廣雅書局本、皇清經解續編本。

張氏喪服鄭氏學劉氏嘉業堂叢書本。

喪禮鄭氏學現方刊刻。

元弼自撰禮經校釋家刻本。

禮經學朱竹石師刊本。

禮經文鈔

參考書

張氏儀禮識誤武英殿聚珍板本。

楊氏儀禮圖通志堂經解本。

惠氏儀禮古義

段氏儀禮漢讀考經韻樓叢書本，皇清經解本止一卷，胡氏古今文疏義足以包之。

吳氏儀禮章句皇清經解本。瑕瑜雜糅，宜慎擇之。

盛氏儀禮集編原刻本。

盧氏儀禮詳校抱經堂叢書本。

金氏儀禮經注疏正譌皇清經解續編本。

程氏喪服文足徵記、宗法小記通藝録本、皇清經解本。

禮經學支流

司馬氏書儀江蘇書局覆舊刻本。

朱子家禮舊刻本。

顧氏廣譽四禮榷疑近刻本。

又：治禮須會通古今，治周禮者當恭讀大清會典，治儀禮者當恭讀大清通禮，並參稽歷代禮書，庶幾溫故知新，通經致用，舉而措之天下裕如。宣統三年，禮學館新修大清通禮成，進呈御覽。此書多由纂修張聞遠同年、錢復初孝廉、君直從兄主持，本周、孔精義、列聖大訓，酌古斟今，以求至當。禮館總裁故太傅陳文忠公寶琛深韙其議。惜書成後遽遭大亂，特識於此，以待他日三雍講學，舉廢甄微。

復禮堂述學詩卷七　述禮記

一

禮經大義貫天人，祝史惟知數是陳。
聖教本原王政要，觀瀾學海有通津。

禮者，天之經，地之義，民之所由生，聖教之本，王道之要。自大經大法以至一器數之微、一節文之細，莫不本天命民彝而出。經緯萬端，無非愛敬精意彌綸乎其閒，以生養保全萬萬生民。子曰：「明乎郊社之禮、禘嘗之義，治國其如示諸掌乎？」故禮之所尊，尊其義也。失其義，陳其數，祝史之事也。知其義而敬守之，天子之所以治天下也。周衰禮廢，或沾沾於籩豆之事、揖讓進退之節，而不知其所以然。孔子定禮，始極言其道，天秩人倫、聖學王政燦然分明，七十子之徒及後學者共撰所聞以爲禮記。如禮運、學記、中庸、大學及冠、昏、喪、祭諸義，廣大精微，淵淵浩浩。以此讀禮經，而後知禮之不可斯須去身。聖人事爲之制、曲爲之防之，足以仁覆天下、奠安萬世也。鄭君注禮，必根據禮記以説其義。觀水有術，必觀其瀾，以記合經，熟讀深思，引而申之，觸類而長之，其學海之通津乎。

焦氏循禮記補疏序云：「周禮、儀禮一代之書也，禮記萬世之書也。」此言輕重失倫，愚請易之曰：周禮、儀禮，聖人所以治天下，即所以治萬世，而其仁覆天下萬世之精義皆發於禮記。禮經之有記，猶易之有十翼，春秋之有三傳也。庶乎得之。

二

禮記文辭純粹精，含宏光大極高明。
軒鼚鼓舞深情揭，孝敬慈良樂則生。

陳氏壽祺曰：「文必本六經，諸經之中獨禮記書各爲篇，篇各爲體，微之在仁義性命，質之在服食器用，擴之在天地民物，近之在倫紀綱常，博之在三代之典章，遠之在百世之治亂，其旨遠，其辭文，其聲和以平，其氣淳以固。其言禮樂喪祭也，使人孝弟之心油然而生，哀樂之感涬然而不能自已，則文詞之精也。蓋禮記多孔子及七十子之遺言，故粹美如是。壽祺嘗勸人熟讀禮記而翫索其意味，以此也。」左海文集答高雨農舍人書。

案：禮記皆孔子微言，七十子大義，所謂有德者必有言。孟子曰「樂則生矣，生則惡可已也，惡可已則不知足之蹈之、手之舞之」，於禮記見之。學者沈潛反覆，神而明之，則仁義禮智生於心，不自知其入於聖賢之域矣。

三

愛由敬立禮根源，曲禮三千蔽一言。

鳥獸觸情人則異，彝倫攸敘識卑尊。

孝經曰：「愛親者不敢惡於人，敬親者不敢慢於人。」又曰：「聖人因嚴以教敬，因親以教愛。」此禮之大本也。蓋人之所以繼天地而相生相養者仁也，仁主於愛，愛之至而敬生焉。黄氏道周進孝經集傳序曰：「孝爲教本，禮所由生，語孝必本敬，本敬則禮從此起。」元弼嘗申之曰：「孝、禮一也。大本謂之孝，達道謂之禮；孝以愛興敬，禮以敬治愛。故孝經言禮、言敬最多。」廣要道章直揭禮之全體曰「禮者，敬而已矣」。禮記四十九篇之首引曲禮正經三語，以「毋不敬」發端。先儒謂經禮三百、曲禮三千，可一言蔽之曰「毋不敬」，得之矣！

陳氏澧曰：「『毋不敬』四句冠四十九篇之首，此微言大義。『敖不可長，欲不可從，志不可滿，樂不可極』四句亦然。故鄭注云『四者慢遊之道，桀、紂所以自禍』，痛切言之以警人也。『行脩言道，禮之質也』，然則講禮學者必慎言行，若行不脩、言不道，則無質矣。『道德仁義，非禮不成』，然則講道學者必講禮學，不然則不成矣。此尤有關於千古學術也。」

案：陳氏指説曲禮以示學者，甚善。曲禮又曰：「聖人作爲禮以教人，使人以有禮，知自別於禽獸。」冠義曰：「凡人之所以爲人者，禮義也。」法言學行篇曰：「鳥獸觸其情者也，衆人則異乎。賢人則異衆人矣，聖人則異賢人矣。禮義之作，有以矣夫。」又修身篇曰：「由於情欲，入自禽門；由於禮義，入自人門。」蓋人之所以異於禽獸者在禮，禽獸無倫人有倫。禮者，所以明人倫，使親疏、尊卑、長幼、外内各得其分，致其敬以全其愛，而孝弟忠順之道立焉，修齊治平之道行焉。易曰：「天尊地卑，乾坤定矣；卑高以陳，貴賤位矣。」又曰：「聖人有以見天下之動，而觀其會通以行其典禮。」天下之所以動而不亂者，禮爲之也。書曰：「天敘有典，天秩有禮。」禮者，天地之經，民實則之也。

四

事三如一著檀弓，國語孝經大義同。

喪禮一章絶沈痛，人倫增重挽頽風。

檀弓第二章以事親、事君、事師三者並舉。國語曰：「民生於三，事之如一。」孝經以要君非聖非孝爲大亂之道，義皆同。此人道之大經也。檀弓記事雖不盡確，而説禮意至精。「喪禮，哀戚之至」一章，語絶沈痛，足以增人倫之重，使民德歸厚。朱子謂編喪禮義當以此章冠首，有以也。

五

學非而博順非澤，律在周官鄉八刑。
王制作當孟子後，嚴防邪説亂常經。

周禮大司徒「以鄉八刑糾萬民，七曰造言之刑，八曰亂民之刑。」此糾惡於將萌也。禮記王制：「析言破律，亂名改作，執左道以亂政，殺。行僞而堅，言僞而辯，學非而博，順非而澤，以疑衆，殺。」此遏惡於已著也。惟仁人爲能愛人、能惡人，故堯惡靜言庸違，舜塈讒説殄行，孔子惡佞、惡鄉原、誅少正卯，孟子闢楊墨，皆出於吉凶與民同患之心，不得已而除其害。爲天下萬世豫防無父無君、充塞仁義、率獸食人、積血暴骨之禍也。鄭君謂王制之作在孟子後，其述王者班爵禄之制皆與孟子同。此條亦即孟子正人心、息邪説之義。觀於今日世變，益知先王禦亂保民之意深矣。

阮氏元釋釋訓曰：「王制『學非而博，順非而澤』，『順』乃『訓』之假借字，『澤』乃『釋』之假借字，言其所訓説者似是而非，强釋之以惑人也。『順是而澤』者，爾雅釋訓之道也。大戴小辨篇『士學順，辨言以遂志』，『順』亦『訓』之借。史記孝武紀『振兵澤旅』，徐廣云『古釋字作澤』，此『澤』、『釋』相假之據。」

案：是非不兩立。於文，是從日正。三綱五常、六經之教，得乎人心之所同然，如日正當天中，有目共見，由之則治，不由則亂，此之謂是。學者學此，學是而博，則格致誠正修齊治平一以貫之。訓者訓此，訓是而澤，則古聖典文百世可知，其益無方。反乎是則爲非。學非而博，遠如墨翟之託夏禮，近如王安石之假周官。順非而澤，凡百家雜流邪説淫辭，皆持之有故、言之成理，生心害政、惑世誣民。自生民以來，其禍固已多矣，然未有如今日之燎原襄陵、靡所底止，將使横目之民同歸於盡者。亂之所生，惟禮可以已之，君子反經，亦實事以求至是而已。

六

著書畢竟勝焚書，月令一篇文爛如。
通釋明堂容甫誤，要知告朔異常居。

呂不韋集賓客著書，蓋當時博學洽聞之士皆集。其書采會古昔墳典，並多七十子後學者微言，故説詩、説孝經具有精義。而月令一篇，先王良法美意多賴以存，故記禮者取之。不韋之爲人，君子鄙不屑道，而招士著書，前以存古典，後以益來學，則不爲無功。以視李斯之焚書坑儒貽害萬世，其事之善惡正相反，後之君子不當以人廢言也。

陳氏澧月令考曰：「月令之作，賈、馬之徒咸謂出自周公。自鄭君以爲禮家鈔合呂氏春秋十二月紀之首章，其所舉證，若太尉秦官，及孟冬爲來歲受朔日，由秦以建亥爲歲首，其非出周公已明矣。然呂氏著書，固亦蒐往古之舊文，成一家之新制，雖事有造因，體非沿襲，鉅典宏綱往往而在，故即其大義求之諸經，有若疊矩重規同條共理者。」又明堂圖説曰：「汪容甫明堂通釋以月令爲呂氏書，古未有此制，而譏宋人爲考工、月令之調人。蓋以考工記言堂、言五室而不言四太廟、八个，月令言太廟、太室而不言五室，未可合爲一也。澧謂考工、月令正相發明，蓋室方二筵，五室平列則廣十筵，與堂廣九筵參差不合。汪氏以五室平列堂後，阮太傅已駁之。而亦不能以四室蔽太室四面，其爲太室居中，四室居四隅，無疑義也。四隅有室必四面有堂，故考工記但言五室，而四面之堂不待言而明也。四室既在四隅，則四面之堂皆中深而左右淺，故左右則別名爲个。考工記但言五室，則四堂皆三分太廟與左右个，亦不待言而明也。明堂一面正與路寢同制。明堂之太廟，猶路寢之堂；明堂之左个、右个，猶路寢之東堂、西堂；明堂之太室，猶路寢之室；明堂每一面之二隅室，猶路寢之夾室；明堂左右个不與太廟同深，猶路寢東堂、西堂不與堂同深。月令但言太室，使無四隅之室，則惟四太廟有後壁而八个竟無後壁矣。其有四隅之室，又不待言而明也。考工記、月令脗合如此，信考工記安得不信月令耶？汪氏又以聖人南面而聽天下，天子之居不得四時易位，然明堂位夷、蠻、戎、狄之國在四門外，使明堂惟南面一堂，則在東門、西門、北門之外者，或朝堂背、或朝堂側矣。來朝者不必盡北面，則天子不必恆南面可知也。月令不可信，明堂位亦不可信耶？吕氏著書雖不盡述周制，而周制亦往往而在。況其與考工記、明堂位皆相發明，安得而不信哉？」並見東塾集。

案：明堂四時異居，天子惟每月告朔則然，其每日視朝，自在路寢門外之治朝，南面嚮明，汪氏誤。

陳氏又曰：「管子幼官篇、四時篇、輕重已篇皆有與月令相似者，故通典云『月令本出於管子』。卷四十三。漢儒以月令爲周公所作，鄭君不從其説，以月令之文明見於吕氏春秋，不能舍此實據而以空言歸之周公也。惠定宇明堂大道録必以爲周公作，且云『康成之徒猶復蔽冒，爲首鼠兩端之説，不能無罪』，其詆鄭君至此，鄭君果有罪乎？」

案：月令多采古書而雜以秦制，鄭注辨證灼然著明。其文辭雖雅麗，亦遠不逮周官之高古，謂其中多周代舊法則可，謂周公作必不可。惠氏夙尊鄭學，而獨蔽於此，且辭氣可怪，豈以爲當仁不讓耶？抑偶爾涉筆粗疏，非定稿耶？一言以爲不知，白圭之玷其可磨乎？然其他書闡明鄭義至多，弟子及後學者皆原本師法、演贊鄭志，則一眚固不足以累全功。阮文達編皇清經解不采明堂大道録，具有深意。後人於此書亦不信從，絶非周易述、九經古義等爲士林誦法者比，則是非固已共明。東塾所論極是，然不可以此病松崖他書也。

七

曾子問篇窮禮變，千秋禮議導先河。
惟賢能問聖能答，服問相參妙緒多。

曾子立事篇曰：「君子既學之，患其不博也。」阮氏曰：「曾子博學，罕可見知。然如今儀禮十七篇，儒者已苦難讀，曾子時禮經在魯，篇弟必十倍於今，而曾子問一篇皆窮極變禮，非曾子不能問，非孔子不能答。然則正禮無不學習可知，此博學可窺之一端。」

案：曾子考詳變禮如此，則正禮必皆精熟。而檀弓設小斂之奠、負夏之祖及襲裘而吊，一似曾子於禮甚疏者。且小斂奠處經有明文，曾子何容徇俗？他若指子游而示人、數子夏之三罪，皆不類曾子氣象。惟執親之喪，至七日水漿不入，得正而斃，雖一息勤禮不苟，爲確可信耳。蓋檀弓猶春秋之公羊、穀梁，其說義至精，而記事多出傳聞，得失並見。鄭注已微辨見意，學者取其義不泥其事可也。曾子问篇爲後世禮議之祖，服問說喪服交錯處亦然。

八

文王世子周公相，立極人倫孝與忠。
內則事親保傅教，陽和淑氣播祥風。

文王世子篇記文王之事王季，武王帥而行之。及周公攝政，踐阼而治，抗世子法於伯禽以善成王，立忠孝之極，所謂聖人人倫之至。其下論三王教世子、庶子，正公族及養老之禮，忠厚惻怛之意皆由此出。後篇內則說事親之道，及大戴禮述保傅之教，皆與此相表裏。讀之如景風淑氣發育萬物，草木欣榮，生意滿前，使人方寸間善機發不可遏，而桀驁不馴之氣自消。孝經所謂「先王有至德要道以順天下」，在此也。

九

皇古云遙智力争，緣何去殺保民生。
聖人制禮養人欲，十義脩明治七情。

禮運篇言「大道之行，人不獨親其親，不獨子其子」，所謂老吾老以及人之老，幼吾幼以及人之幼，慈孝之道廣而詐力不興，此禮之所由起也。及元氣既薄，大道漸隱，智力相競，禍亂易作，争奪相殺之勢日長炎炎，惟賴禮以維持之。教之父慈子孝、兄良弟弟、夫義婦聽、長惠幼順、君仁臣忠，使人喜怒哀懼愛惡欲之情皆協於中，相愛相敬相生相養，以各遂其飲食男女之欲，而免於死亡貧苦之患。故曰：「夫禮，先王以承天之道以治人之情，故失之者死、得之者生。」上古嗜欲未啓，無體之禮合同而化，故曰大同。後世機械日生，達善遏惡，惟禮是賴。如襄陵之浸，修隄防以制之；覂駕之馬，設銜策以驅之。一朝失禮，亂亡斯及，故曰「小康」。此氣運之無可如何，而聖人所以參天地贊化育，宏濟生民之大用也。周衰，禮之大義不明，異説遂起。而今日莠言亂正者，又穿鑿大同、小康之文，大誣聖人，重惑我民。予不得已，爲禮運説力辨之，在復禮堂文二集。

一〇

元麟終始應春秋，純義高文述子游。
變化神明歸大順，浩然天地氣同流。

禮運言聖人作則必以天地爲本、陰陽爲端，而歸於禮義爲器、人情爲田，其效極於四靈爲畜。鄭君曰：「此則春秋始於元、終於麟包之矣。」案：此聖人致中和、位天地、育萬物之事。易之既濟，春秋之祖述憲章，上律下襲，如天地之無不持載覆幬，其大意具此矣。下文極申禮義爲器、人情爲田之義，歸於大順，則修禮之極無以異於大同之世矣。此篇自首至尾一氣貫注，如河出崑崙，包納萬流，千回萬折，放乎大海；浩然之氣上下與天地同流，非聖人至教、文學大賢，其孰能與於此？

二一

松柏有心禮貴誠，三千三百待人行。
苟無忠信本先撥，朽木安能望器成？

禮器言禮使人成器，其篇首曰：「禮釋回，增美質，其在人也，如竹箭之有筠也，如松柏之有心也，二者居天下之大端矣。」注曰：「端，本也，得氣之本。」此言人以禮爲本也。

又曰：「先王之立禮也，有本有文。忠信，禮之本也；義理，禮之文也。」又曰：「經禮三百，曲禮三千，其致一也。」注曰：「三百三千，皆由誠也。」又曰：「忠信之人可以學禮，苟無忠信之人則禮不虛道。」此言禮以誠爲本也。蓋先王制禮，本天生蒸民仁義禮智信五常之性，以起尊尊、親親、長長、賢賢、男女有別五倫之義。有尊尊、親親、長長、賢賢、男女有別之義，而後有冠、昏、喪、祭、聘、覲、射、鄉相愛相敬之禮。有冠、昏、喪、祭、聘、覲、射、鄉之禮，而後有進退揖讓、升降酬酢精義析理密察之文。如竹箭松柏之由根而榦，由榦而枝，由枝而葉，得氣深固，故冬夏青青。若内無忠信之誠，則本實先撥，如朽木之不可雕，安望其成器。故曰：「人而不仁，如禮何？」又曰：「薄於德，於禮虚。」

一二

舊禮多存郊特牲，郊天社蜡説分明。
冠昏廟祭專篇義，詳略相成理並精。

郊禮略見祭義，而郊特牲尤備，社與大蜡則惟見此篇，古禮不盡亡，記者之功甚大。又「始冠，緇布之冠」一節説冠義，「天地合而后萬物興焉」一節説昏義，「有虞氏之祭也」以下説祭義，皆與冠義、昏義、祭義專篇相發明。而「禮之所尊尊其義也」一節，爲諸義提綱，尤治禮者所當知。

又案：禮運稱「言偃在側」，仲尼燕居稱「言游侍」，二篇純茂淵懿相似，皆子游親受聖旨而爲之，自題姓名若字，蓋其著書體例如此。禮器發端與禮運篇末相承，及郊特牲篇文義皆禮運之類，昔人謂禮器、郊特牲亦子游之徒爲之，近是。

一三

玉藻、少儀文委曲，昭明度數教溫恭。
徵文鄉黨多相似，中禮周旋盛德容。

玉藻器數，少儀節文，至纖至悉，非瑣碎也，所以明軌章物，使人溫溫其恭，不愆于儀。由灑掃應對進退之節，進而至於容體正、顏色齊、辭令順，陶淑性情，變化氣質，極於動容周旋中禮，則盛德之至矣。論語鄉黨篇多與此相似，但統心踐履，安勉有殊耳。

一四

時輅冕韶兼四代，爲邦大法示千秋。
試徵禮記明堂位，義本成王錫魯侯。

顔淵問爲邦，子曰：「行夏之時，乘殷之輅，服周之冕，樂則韶舞。」孔子舉四代之制以示萬世制禮作樂之準，實皆魯禮也。明堂位曰：「成王命魯公世世祀周公以天子之禮樂。凡四代之服、器、官，魯兼用之。是故魯，王禮也。」孔子本成王賜魯之制，舉魯禮之盡善者爲萬世法，憲章文武在此，變魯至道在此，其或繼周者、百世之下損益取法即在此。讀明堂位而後知聖人之所以俟百世而不惑者，即本乎學禮從周也。故曰春秋褒貶二百四十年之事，約以周禮。據明堂位之文，則黜周、王魯、改制等誣聖謬説不待闢而明。記禮者功大如此，安得以「君臣未嘗相弑」二語諱國惡過當失實而輕議之哉。

一五

大傳篇題承小記，發揮喪服獨鉤元。
人親大義貫終始，浩浩洋洋禮縱言。

喪服小記、大傳兩篇相承，先儒謂大傳即喪服之大傳，蒙上篇題省文，此說甚有見。蓋禮之本在喪服，喪服六術至周始備。而非天子不議禮，萬物本乎天，人本乎祖，王者尊祖配天，尤制禮尊親之大本。故大傳發首言「不王不禘」以明百王通義。次言武王克殷，柴於上帝，追尊先王，然後制禮。上治祖禰，下治子孫，旁治昆弟，同姓從宗，異姓主名，而尊尊、親親、長長、男女有別，服術無毫髮遺憾。篇末言人道親親故尊祖，尊祖故敬宗，極於百志成禮俗刑。由一本而千枝萬葉，由一源而萬派千流，然後知服制之所係者大，禮教之所濟者宏，祖宗人親之大義一得於天下，民無不足無不贍也。喪服有子夏傳，每條說其精義，猶易之彖、象、文言傳也。此篇提要鉤元，大放厥辭，猶易之繫辭傳也。

一六

學記科條百世循，師儒任道覺斯民。
聖人遺訓垂方策，鄭注討源渡學津。

陳氏澧曰：「司馬溫公謂學記、大學、中庸、樂記爲禮記之精要，見書儀卷四。且以學記在大學之前，此讀禮記者所當知也。黃山谷云：『溫公論政以學爲源。』劉道原墓志銘。澧謂學記曰『君子如欲化民成俗，其必由學乎？』必由者，言舍此別無他術也，即所謂論政以學爲源也。」

又曰：「學記云：『一年視離經辨志，三年視敬業樂羣，五年視博習親師，七年視論學取友，謂之小成。九年知類通達，強立而不反，謂之大成。夫然後足以化民易俗，近者説服而遠者懷之，此大學之道也。』案：學記與大學相發明，知類通達，物格知至也；強立不反，意誠心正身脩也；化民易俗，近者説服、遠者懷之，家齊國治天下平也。其離經辨志、敬業樂羣、博習親師、論學取友，則格物致知之事也。分其年，定其課，使學者可以遵循，後世教士當以此爲法。夫七年可以小成，九年可以大成，有志於學者當無不樂而從之。若以此爲法，學術由此而盛，人才由此而出矣。」

又曰：「鄭注云：『離經，斷句絶也。辨志，謂別其心意所趣鄉也。』此二者切要之學。近人治經，每有浮躁之病，阮文達公題淩次仲校禮圖詩云：「淺儒襲漢學，心力每浮躁。」隨手翻閱，零碎解説，有號爲經生而未讀一部注疏者。若限以斷句讀之，則不能浮躁，不獨有益於讀書，亦有益於治心矣。且浮躁者其志非真欲治經，但欲爲世俗所謂名士耳，故志不可不辨也。」

又曰：「『不興其藝，不能樂學』，鄭注云：『興之言喜也、歆也。藝謂禮、樂、射、御、書、數。』灃謂近儒皆尚名物制度、六書九數之學，即所謂興藝也。」

案：學記論教學之法至極精詳，百世之下國家育才、師儒設教、學者入道，皆必由此。而其主要所在，則篇内云「教必有正業」，孔疏云：「正業，謂先王正典，非諸子百家。」其義即本上文鄭注。上云「君子如欲化民成俗，其必由學乎」，注云：「所學者聖人之道，在方策。」方策謂六經。六經者，古太學所以教人。此篇論其教學之法，而大學一篇則隱括其道以示萬世。六經作自周公而定於孔子，論語發首言「學而時習之」，正據所定六經言，即此篇所謂學，而大學之道所自出也。後人或疑論語首句之字無所指實，此不知經學之過也。興藝所以使之樂學，六書九數、名物制度皆通經求道之資，近人或沾沾於此，而於經之大義不能深造自得，是興藝而仍不樂學，此無志入道之過也。鄭注特指出所學，且明所在，可謂探學津之源、達注海之道矣。

一七

樂傳制氏義難知，好學河間獨得之。
極遠窮高測深厚，不圖論樂至於斯。

漢書藝文志曰：「孔子曰『安上治民，莫善於禮；移風易俗，莫善於樂』，二者相與並行。周衰俱壞，樂尤微眇，以音律爲節，又爲鄭衛所亂，故無遺法。漢興，制氏以雅樂聲律世在樂官，頗能紀其鏗鏘鼓舞，而不能言其義。武帝時，河間獻王好儒，與毛生等共采周官及諸子言樂事者以作樂記，獻八佾之舞，與制氏不相遠。」

史記正義曰：「樂記，公孫尼子次撰。」

案：公孫尼子書自緇衣外今皆無傳，其論樂微言淵源深遠，賴獻王采輯以存。獻王大雅，毛公純儒，又博覽古書，元元本本。此記義理之精、文辭之美，性與天道、聖學王政一以貫之，真如篇内所稱「窮高極遠而測深厚」，洋洋浩浩，論樂至斯，觀止矣！

一八

雜記兩篇兼大記，王侯喪禮並能詳。
完篇尚有奔喪禮，逸簡應同孔壁藏。

雜記上下及喪大記多見天子諸侯卿大夫之喪禮，而奔喪一篇本逸禮正經賴記以存。大記多以王侯大夫士層遞言之，蓋制禮自士始，等而上之，其儀法度數大抵自上而下降殺以兩。觀於此記，則后氏推士禮而至於天子，雖不中不遠矣。

一九

圜丘方澤殊郊社，祭法、周官文灼然。
正論淵如斥王肅，無君所以敢無天。

祭法言禘郊祖宗，此祀天以祖配，禮之至大者。禘謂冬至祀昊天上帝於圜丘，以遠祖配。郊謂正歲孟春祀祖所自出之帝於南郊，以始祖配。祖宗，謂季秋萬物成，大饗五天帝於明堂，以五人帝及所自受命之王配。王者父天母地，方澤祭大地之神，與圜丘同名禘；北郊祭神州之神，與南郊同名郊。而五土總神、原隰專神別爲社稷之祭，亞於天地。鄭君以祭法合之周官，如重規疊矩，事事相應，分別至精。惟禘爲大祭通稱，散文則郊亦稱禘，記云「王者禘其祖之所自出」是也；祖宗亦稱禘，逸禮「王齋禘於清廟明堂」是也。禘、郊皆祀天，禘亦有時稱郊，詩序昊天有成命「郊祀天地」是也。然對文則禘也、郊也、祖宗也，三者畫然區别。天地之祭莫大於圜丘方澤，故獨專禘名。又宗廟之禮，五年大祭及三年喪畢審禘昭穆之祭亦謂之禘，以其大於四時祭也。故鄭注於周官大司樂三大祭樂説之曰「此皆禘，大祭也」。自王肅亂經，妄以禘專屬之宗廟，以禘其祖之所自出爲宗廟之禮，以圜丘方澤與南北郊爲一，以社爲祭句龍、非祭地神，以祖宗爲祖有功宗有德、非祀天，以五帝爲五人帝、非五天帝，紛紜顛倒，顯背周禮而不顧。夫昊天上帝之與五帝，猶乾元與五行八卦之神也。易「帝出乎震，齊乎巽」云云，帝即昊天上帝也，震巽以下以五行相生之次分主四時。木德、火德、土德、金德、水德，即五天帝之神氣，乾元之分著者也。五人帝則聖人以五德王天下者也。肅不知禮，惡能知易？而其爲人處心奸邪，爲魏臣而黨於司馬氏，充其無忌憚之心，非但遠不考周禮，且近不顧漢禮，竟敢議郊壇除五帝座。孫淵如先生三禘釋等篇力闢其謬，且以爲肅有無君之心，乃有無天之議，可謂卓論。陳南園、陳東塾更加推明，學者可無惑矣。

二〇

饗親饗帝格精誠，祭義能通天地情。
治國真如示諸掌，十倫祭統備昭清。

祭義「唯聖人爲能饗帝，孝子爲能饗親」，此理至精。蓋聖人以天地之心爲心，終日乾乾，至誠無息，先弗違而後奉時，致中和、贊化育，凡天之所生、地之所養無不煦嫗而覆育之，以協乎大生廣生之德，欽若顧諟，常若在帝左右而順其則，故饗帝而帝必饗之。孝子以父母之心爲心，夙興夜寐，僾見愾聞，一舉足不敢忘，一出言不敢忘，思貽令名，恐貽羞辱。所愛亦愛，所敬亦敬，無敢或惡慢於人以忝所生；戰戰兢兢，無有師保，如臨父母。聰聽彝訓奉以終身，故饗親而親必饗之。人受形於親，受性於天，孝子先意承志以事親，其極即聖人盡性至命以事天，故曰「仁人之事親也如事天、事天如事親」。又曰：「明王事父孝故事天明，事母孝故事地察。天地明察，神明彰矣。宗廟致敬，鬼神著矣。」

此其能事也。陳東塾謂：「祭義説精微之理，祭統説博大之理。」愚謂祭統十倫皆饗帝饗親仁孝之思所分著者，所謂治國其如示諸掌也。中庸序爵辨賢、尊尊親親舉其綱，此詳其目。漢安世房中歌曰「大孝備矣，休德昭清」，其十倫之謂乎。

二一

四術詩書兼禮樂，孔門增益易春秋。
六經通解同歸禮，契教人倫禹敘疇。

陳氏澧曰：「孔疏云：『六經其教雖異，摠以禮爲本，故記者録入於禮。』案記引孔子曰：『安上治民莫善於禮。』此篇當録入於禮，其義已明矣。」

案：王制：「樂正宗四術、立四教，順先王詩、書、禮、樂以造士。」而易掌於太卜，春秋掌於史官，高才者亦兼學之，故此篇兼陳六經之教。然詩、書、禮、樂先王訓典，當文自明。易則極深研幾，凡民以爲卜筮之用，儒者亦罕能究其精微之藴，至孔子作傳而其道始大明。春秋舊史但記邦國成敗以爲勸戒，至孔子筆削爲經，而後堯、舜、文、武之道永爲後聖法，與詩、書、禮、樂功用並無窮已。故治國之道在六經，而六經同歸，其指在禮。易，禮象也；書，禮政也；詩、樂，禮情也；春秋，禮法也。禮所以明人倫，契爲司徒，教以人倫，禹錫九疇、彝倫攸敘，禮而已矣。

二二

睽難多由家道窮，禮爲政本告哀公。
明王首重刑于化，要使清明常在躬。

易曰：「家人，女正位乎内，男正位乎外，男女正，天地之大義也。父父子子、兄兄弟弟、夫夫婦婦而家道正，正家而天下定矣。」又曰：「家道窮必乖，故受之以睽；乖必有難，故受之以蹇。」家道何以正，正以禮也；家道何以窮，窮於無禮也。哀公問篇孔子言大昏冕而親迎之義，極於物恥足以振、國恥足以興。爲政先禮，禮爲政本，故周之興也，關雎正始爲王化之基。大雅云：「刑于寡妻，至于兄弟，以御于家邦。」易首乾坤，禮重冠昏，春秋始元，皆正其本使萬物理也。孔子此言，若豫知公將以妾爲夫人，見非於國人，而使三家更無忌憚者，故正本清源以深誨之。惜乎公雖聞此言而不能自克。是以人君出治，務使清明在躬，可爲民表，則撥亂振衰大本立矣。

一二三

閒、燕兩篇義深美，積中和順發英華。

深通詩、禮推游、夏，文學本來經學家。

仲尼燕居、孔子閒居兩篇辭義深美，樂記所謂「和順積中而英華發外」，孟子所謂「善言德行者也」。燕居篇純茂類禮運，必子游所爲；閒居篇淵雅類詩大序，必子夏所爲。其治經深造成章而達善述聖言如此。蓋孔門所謂文學即經學，其言語則使於四方能專對之類，要皆原於德行而達於政事，其歸一也。

二四

聖作能知禮樂情，中爲大本禮由生。
發揮道德明仁義，復禮兩篇依據精。

中庸、大學兩篇乃孔門論禮至極精粹之言。蓋六經之道同歸於禮，聖人之學一禮而已。禮者，本於民受天地之中仁、義、禮、智、信五德之性，以立君臣、父子、夫婦、昆弟、朋友萬世不易之常道。記曰：「知禮樂之情者能作，作者之謂聖。」自伏羲至文、武、周公，制作禮樂，時措之宜，其文不同而本則同。孔子不得位，不敢作禮樂，而深正其本以示後聖執中建極之準，著之易傳。故易尚中和，本易簡之德，極變易之用，而歸於不易成既濟。乾九二文言曰：「龍德而正中者也，庸言之信，庸行之謹。」子思本之以作中庸，直揭禮之大原，道德仁義所由而成。鄭君曰：「中爲大本者，禮之所由生，禮即達道也。」淩氏復禮前兩篇言學以明倫、禮以制中，據中庸達道達德、仁者人也、義者宜也之文，謂

「此道德仁義不易之解，而統歸於禮以得其中」，可謂深通大義者矣。

元弼初讀禮記注疏，以中庸、大學兩篇古義與朱子章句相參考，積數十年，得其條貫，前年撰通義兩編，今約其義著各詩下。

二五

隱盜虛聲強負氣，適滋怪誕長囂陵。
自強不息遯无悶，君子中庸聖者能。

子曰：「天下國家可均也，爵禄可辭也，白刃可蹈也，中庸不可能也。」下「子路問強」章，承白刃可蹈，言強之中庸。「素隱行怪」章承爵禄可辭，言隱之中庸。蓋強者負氣，死而不厭，白刃不能攝其志，而未必中也。其流爲墨，殺身以成不仁，舍生以取不義，而囂陵之禍烈。隱者矜名，長往不返，爵禄不能移其操，而未必中也。其流爲楊，小廉以亂大倫，清談以誤家國，而怪誕之毒深。君子中庸，當強而強，至誠無息；當隱而隱，遯世无悶。惟聖者能之耳。説詳通義。

二六

聖人遯世應潛龍，憂患與民同吉凶。
深正乾元成既濟，微言大義備中庸。

此明中庸承孔子易學。蓋孔子既定詩、書、禮、樂，又推道之大本，極吉凶與民同患之情而作易傳，深正乾元消息、六十四卦、三百八十四爻，歸於既濟。元，中也。乾元通坤，中之用，所以和也。六十四卦皆乾元亨坤所爲，歸於利貞成既濟，致中和、天地位、萬物育也。易微言大義備在中庸，惠、張、姚三先生及愚易箋釋、中庸通義論之詳矣。

二七

祖述憲章垂大法，春秋萬事繫之元。

子臣弟友敦庸行，行在孝經立大原。

此明中庸承孔子春秋、孝經之學。董子謂春秋舉天下萬事而繫之元，元即中也，其所以褒貶二百四十年之事，使天下君君臣臣父父子子人事浹、王道備者，皆中之用。所謂盡性以盡人物之性，贊天地之化育，致中和之功也。中庸曰：「仲尼祖述堯、舜，憲章文、武。」鄭注云：「此以春秋之義説孔子之德。孔子曰『吾志在春秋，行在孝經』，二經固足以明之。孔子祖述堯、舜之道而制春秋，而斷以文王、武王之法度，以俟後聖。」又曰「辟如天地之無不持載，無不覆幬」云云，鄭注云：「聖人制作，其德配天地如此，惟五始可以當焉。」又曰：「唯天下至誠，爲能經綸天下之大經，立天下之大本。」鄭注云：「大經，謂六藝而指春秋也。大本，孝經也。」案：春秋兼包六藝，所陳堯、舜、文、武之道以示萬世大法，而其本在孝經。聖人參天地、贊化育之極功，不外子臣弟友，盡其道而已。此人之良知良能與生俱生，所謂中也。先王以至德要道順天下，則民用和睦、上下無怨，所謂和也。人人可以與知、可以能行，天不變道亦不變，所爲庸也。愚撰孝經箋釋、中庸通義論之詳矣。

二八

坊、表同源出子思，單行不始二程時。
漢書已列中庸説，文達推詳尚可疑。

坊記、中庸、表記同出子思子，記者録入於禮。程子特尊中庸，别出之。然漢書藝文志有中庸説二篇，則古已有單行本。阮氏元分「父母其順矣乎」以上爲上篇，「鬼神之爲德」以下爲下篇，立説未安。愚撰通義，文句較繁，敬分「哀公問政」以下爲下卷。其每章分合之故，參酌正義、章句，當文著之。

二九

中庸章句至精純，性道開宗鄭義因。

費隱即同微顯義，一誠樞紐貫天人。

朱子中庸章句理極精純，發首「天命之謂性」，據鄭義立訓。嘗謂後人論性多涉二氏，惟鄭注據五行爲説，最得其正。章句中引申鄭義甚多，惟「費隱」一條訓費字與古義異，又以此兩字貫穿諸章，近人或譏其甚難而非。愚謂費隱猶微顯。「鬼神」章言「夫微之顯，誠不可掩」，其前二章言「道不遠人」，人人之所能知能行，微也；其後三章言聖人「大德受命」，制禮治天下，顯也。由微之顯，至誠盡性，立子臣弟友之極，至於治國如示諸掌，所謂造端乎夫婦、察乎天地也。故大舜、文、武、周公之治天下，一孝而已，誠爲微顯之樞紐，天道人道一以貫之。費字不必訓廣，而用之廣、體之微則與經義固不相違。通義詳之。

三〇

愚必求明柔必強，孤忠謀國憶文襄。

求仁求知兼求勇，精義旁通勸學章。

張文襄師勸學篇序曰：「魯，弱國也，哀公問政，而孔子告之曰：『好學近乎知，力行近乎仁，知恥近乎勇。』終之曰：『果能此道矣，雖愚必明，雖柔必強。』夫中庸之書，豈特原心杪忽、校理分寸而已哉？孔子以魯秉禮而積弱，齊、邾、吳、越皆得以兵侮之，故爲此言以破魯國臣民之聾瞶，起魯國諸儒之廢疾，望魯國幡然有爲以復文武之盛。然則無學無力無恥則愚且柔，有學有力有恥則明且強矣。」通義曰：「有學有力有恥，則以五達道脩其身而政本立，以九經爲天下國家而治具張。正心以正朝廷、百官、萬民，物恥足以振，國恥足以興矣。聖人之言，如天地元氣鼓盪萬物，語語有真精神，所謂誠也。『博學之』以下，所以鼓舞歆動人君者至矣，千載下讀之猶奮發興起，而況於親炙乎。惜乎公慕聖雖殷，聞道雖熟，而不能致其誠以力行，此其所以愚不能明、柔不能立，而魯卒以不振也。後世讀聖人之書者，多不能實用其力以克去私欲、變化氣質，有必明必強之道而卒自棄於愚柔。甚或牽蔽於私欲，而理之本明者昏，氣之本剛者屈，儒效不見而天下國家受其禍，邪説詖行得乘虚而入，所謂不誠無物也。」

案：文襄此言雖於經文爲引申旁通，而實聖人意中所包含之至理。有通經致用、隆禮止亂之志者，讀此可以奮然興矣。

以上七詩皆論中庸。又惠氏棟易大義有中庸解一篇，甚約而精。戴氏震有中庸注殘稿，王生大隆鈔以貽余。亦可頗采。先師黄先生以周子思子輯解，説中庸多心得。我友唐氏文治中庸大義，采會純粹儒言，貫以己意。余並掇要采入通義。唐氏理學甚深，其間有爲言之之説，别具苦心。愚今所引，皆其正義，學者準此以讀君書可也。

三一

歎息春秋昭、定後，詩書徵引闃無聞。
孔門禮記雅言備，坊、表、緇衣博我文。

春秋襄、昭以前，列國君卿大夫多引詩、書，備見左傳；至昭、定以後，闃然無聞。

而孔門七十子興於其間，論學、論禮、論政無不稱引詩、書，著在禮記。而坊記、中庸、表記、緇衣四篇述夫子論理微言，取證詩、書尤多。蓋王澤既竭，而虞、夏、商、周大經大法，凡厥庶民是訓是行者，賴師儒以傳於萬世，此古今學術一大關鍵也。坊、表等篇以詩、書説禮，博文正約禮之資也。劉瓛以緇衣爲公孫尼子作，而諸書徵引多稱子思子，黄先生輯解據之。

三二

三年問出荀卿子，天地至文仁孝思。
即此一篇扶禮教，孔庭從祀復何疑。

三年問篇出荀卿子，極人子哀痛思慕之情，使讀者孝思感發，聲淚俱下不能已。即此一篇，有功禮教至大，當從祀孔庭無疑矣。荀卿書非卿手定，觀卒章可見。昌黎云「考其辭，時若不粹；要其歸，與孔子異者希矣」，此定論也。又曰：「余欲削荀氏之不合者以附於聖人之籍。」二戴禮記所録，皆深合於聖人者。而三年問尤爲至論，吐辭爲經，亞於孟氏矣。

三三

喪服變除閒傳明，立中制節稱哀情。
末篇四制終條理，三節兼觀孝弟貞。

閒傳詳喪服變除之節。蓋喪不過三年，示民有終。而二十七月如駟之過隙，孝子哀痛未盡，思慕未忘，見似目瞿，聞名心瞿。親喪有時而除，親没無時而生。一旦由凶即吉，人情當有大不忍者。故聖人既法天地四時之定喪期，復於其閒順人子哀情之漸殺，以爲受服之差，使之由漸而變，以至於除。然後四時致歲事之薦，忌日守終身之喪，皆所謂立中制節也。喪服四制以恩禮節權隱括制服大義，始終條理具矣，故以爲禮記卒篇。篇終括變除之節曰：「三月而沐，期十三月而練冠，三年而祥，比終兹三節者，仁者可以觀其愛焉，知者可以觀其理焉，強者可以觀其志焉。禮以治之，義以正之。孝子、弟弟、貞婦皆可得而察焉。」君子之觀人，必觀其根本之地何如，而居喪尤爲人情之實。民德之厚薄，人心之邪正，家國之治亂，皆於此察之而已。

三四

法服禮容古士夫，深衣有度燕投壺。
縉紳道息儒風墜，縱欲忘身肆譎觚。

古之士大夫衣服有章。燕樂以禮，故深衣爲善衣之次，而見直正方義、安志平心之度。投壺在燕飲之末，而有毋憮毋敖、偝立踰言之戒。世衰道微，縉紳先生緬越規矩，服之不衷，如蠻如髦，猱雜子女，博塞以嬉。後生加厲，縱欲忘身，譎觚怪民，敗常亂俗，而數千年法服禮容流風餘韻幾乎息矣。記入録此二篇，其有深意存乎。

三五

聖行兼包十五儒，譬如萬國會王都。
千年學派休爭執，夷惠殊趨仁不殊。

儒行廣陳十五儒，其行皆有獨至之處而不能無偏，惟聖人之儒兼而有之，全體中和，不名一德。譬如萬國各有封域，而皆會歸於王都。其在聖門，子夏、子游、子張皆有聖人之一體，其餘諸賢亦多學焉而各得其性之所近。進而上之，伯夷、伊尹、柳下惠皆百世之師。三子者不同道，同歸於仁，道並行而不相悖也。水火之相息也，失其正則離而爲未濟，得其正則合而爲既濟。儒者亦惟祖述堯舜、憲章文武、宗師仲尼，爲子孝、爲臣忠，博學爲政，通經致用，不失其正而已。學派異同，分別固當精審，若入主出奴，舉一廢百，竟見紛爭，使大道爲天下裂，則悖於孔子之論儒矣。

陳氏澧曰：「程伊川云『儒行之篇全無義理』，張橫渠則云『某舊多疑儒行，今觀之，亦多善處』。書一也，己見與不見耳，故禮記之可疑者姑置之，橫渠讀書審慎勝於伊川矣。」橫渠此説，張子全書無之，此據衛氏禮記集説統説録之。

案：張子此説甚善。均是書也，孫志讀之則見其善而益己之明，粗心讀之則自是而易見古人之非。儒行善言若此其多也，而伊川謂之全無義理。伊川於禮非不善也，而此説則乖聖人闕疑慎言之義，是知讀書審慎之難也。十五儒皆高行而或有偏，用人取友者知之，則能因才器使，擇善而從，無求備一人之蔽矣。

陳氏又曰：「儒行多善處固已，其最善處，如『博學以知服』是也。鄭注云：『不用己之知，勝於先世賢知之所言也。』孔疏云：『謂廣博學問，猶知服畏先代賢人，言不以己之博學淩跨前賢也。』後儒當以此書紳銘座。曲禮云「博聞強識而讓」，亦此意。范武子注穀梁傳引何休及鄭君説，而云『此吾徒所以不及古人也』。僖三十年注。朱子呂氏家塾讀詩記後序云：『一字之訓，一事之義，未嘗不謹其説之所自。及其斷以己意，雖或超然出於前人意慮之表，而謙讓退託，未嘗敢有輕議前人之心也。』此皆可謂博學知服者矣。」

又曰：「周禮太宰以九兩繫邦國之民，『四曰儒，以道得民』，儒字始見於此。此與

『牧以地得民』『長以貴得民』『師以賢得民』之類並言之，非儒自爲一家之學也，猶牧、長、師亦豈各爲一家之學哉？此可見作周禮時風氣淳古。至魯哀公乃問儒服儒行，蓋儒以道得民，則非先王之法服不敢服，非先王之德行不敢行。末世之人衣服行事皆變於古，遂若儒者自爲一家之風氣。其後道、墨、名、法並起，各自稱一家之學，遂謂孟、荀之等爲儒家耳。此儒行之篇，於古之儒風大可考據者也。

三六

大學科條諸記詳，詩書禮樂順先王。
欲知聖學爲何學，論道專篇綱在綱。

王制言「樂正崇四術、立四教，順先王詩書禮樂以造士」，而經解備陳六經之教。蓋古者大學以六經教人，六經之文蟠天際地，帝王質文世有損益，而其道則同。周衰學廢，民不興行。孔子既刪定六經，垂法萬世，猶恐學者陳數失義、逐末遺本，既作孝經以立道之大本，又説大學以括道之全體大用。學記言大學之法、大學之教、大學之禮，諸記論學科別條分。而此篇提綱挈領，統宗會元，專言其道，故特以「大學之道」一語發端，明六經之學、聖人之道盡在乎是。曾子受其説以授子思、公明儀、樂正子春之徒，傳述推詳以爲此篇，其所以幸教萬世者至矣。元弼謹引申鄭君微言，參以朱子精義，作大學通義明之。

三七

大學首章即致知，結言知至義無疑。
次章誠意理深廣，知道方能不自欺。

大學皆孔子之言，曾子、子思之徒述之。本無經傳可分，首章論道之全體，中言物有本末，而結言此謂知之至也，是即致知格物之義。蓋致知者，知道也。格物者，知於善深則來善物。本立而道生，日進於善而不能已，此致知之所在也，故知至而后意誠。此章言知有三義，首言知止，知至善之所在則宗旨正也；次言知所先後，學道必循序也；終言知本，知脩身爲家國天下之本，則由格致而誠正之功不能已也，本即物有本末之本。三知字遞相承，而結言此謂知之至也，則所謂致知者，知此而已。故下即以誠意繼之，中庸所謂明善誠身，鄭君云「知善之爲善，乃能行誠」是也。聖學之要在誠，次章以一誠貫「明明德」「親民」「止至善」，而又結言知本。蓋脩身爲平天下之本，而誠意又爲脩身之本也。通義論之詳矣。

三八

爭民施奪孰招尤，長國務財豈遠猶。
聚斂邪臣工盜國，用人金鑑照千秋。

「平天下」章論絜矩之道，而痛言與民爭利之禍，曰「外本内末，爭民施奪」，曰「貨悖而入，亦悖而出」，曰「長國家而務財用，必自小人，菑害並至，雖有善者無如之何」。

蓋小人樂其樂而利其利，天下所以平也。財盡而怨，力盡而叛，民不聊生，國誰與立？本篇曰：「一人貪戾，鄭注讀戾爲利。一國作亂。」孟子曰：「後義先利，不奪不饜。」我朝列聖養民至仁，薄斂蠲租，前古未有。而近三十年前，奸臣袁世凱借變法圖強以罔上營私，擅改祖制，剥削閭閻，羣邪蠭起，爭言權利，亂民乘機，遂成中原陸沈之禍。孟獻子曰「與其有聚斂之臣，寧有盜臣」，可謂大聲疾呼。然聚斂與盜畫然二事，且其聚斂無幾，所盜亦微。今之神姦巨蠹則朘竭民膏，擾亂法紀，騷動海内，以爲盜竊神器之地。朝廷愛民無失德，百姓戴上無異心，而夏祚閒於羿，漢統隔於莽，水深火熱，亂靡有定，則饕餮窮奇之罪大也。大學卒章，真萬世用人謀國之金鑑也夫！

三九

大學相傳無異辭，宋賢更定作然疑。
要知精理皆符合，明善誠身百世師。

大學孔門相傳舊本，自漢以來無異辭。鄭注精微，孔疏詳暢，鉤貫經文，條理秩如。宋程子、朱子別出而更定之，然疑乃作，是非互爭。愚謂大學並無錯簡，更次補傳皆可不必。然朱子所説義理，則於學者明善誠身之功開示親切，深得聖人遺意，足爲百世師資。愚作通義，敬遵欽定義疏，依據鄭注，約取孔疏，詳引朱子章句，別其同異，文雖相違，理實相成。學者讀古人書，務求有益身心，不必分爭門户，於此可見矣。

四〇

妙道循環如貫珠，鄭、朱文異理無殊。
浮溪古義多浮墨，擇善而從削誕迂。

注疏、章句，望文雖殊，理實相資。平心熟讀，妙道循環，左右逢原。宋氏翔鳳大學古義，發首附會明堂、五德，浮文妨要，其下解經或多牽強，然亦有精確不磨之處，今采入通義。

宋先生翔鳳，字于庭，江蘇元和人。好古博學，輯論語鄭注等甚精審。所著書彙爲浮溪精舍叢書，考核論説多善，此書蓋非其至者。

四一

古人隆禮尊其義，三百三千悉本誠。
大學一篇爲義海，冠、昏諸義萬流清。

禮之所尊尊其義。義者，意之誠。大學以誠爲脩身、齊家、治國、平天下之本，實禮之所從出。記者以此篇列冠義、昏義等篇之前，其以爲禮之通義乎？

四二

聘、射禮情妙化裁，陶鎔智勇使成才。
記稱由、賜爲標準，有恥知方詔後來。

天下事非智不治，非勇不立，而智勇必歸於仁。禮者，仁之道也。無禮則不仁，不仁則智勇之足以濟天下者反以亂天下。故射習武事而節之以禮樂，聘重使才而相厲以禮，皆所以陶鎔天下之人才，使之立德立功、有行有義，而詐愚威怯、侵陵暴亂之禍無由起也。射義記子路延射，聘義記子貢問玉。孔子設教，成德達材，有勇歸於知方，不辱本於有恥，如此乃可爲天下才百世師。此儒者學禮之準的也。

四三

孔門七十子之徒，各記所聞訓後儒。
百卅一篇尋墜緒，於今二戴煥聯珠。

漢書藝文志曰：「記百三十一篇，七十子後學者所記也。」
鄭君六藝論曰：「後得孔氏壁中、河間獻王古文禮五十六篇，記百三十一篇。」釋文敘録。

又曰：「戴德傳記八十五篇，則大戴禮是也。戴聖傳禮四十九篇，則此禮記是也。」禮記曲禮正義。

釋文敘録曰：「禮記者，本孔子門徒共撰所聞以爲此記，後人通儒各有損益。」陳邵周禮論序云：「戴德删古禮二百四篇爲八十五篇，謂之大戴禮。戴聖删大戴禮爲四十九篇，是爲小戴禮。後漢馬融、盧植考諸家同異，附戴聖篇章，去其繁重，及所敘略，而行於世，即今之禮記是也。鄭玄亦依盧、馬之本而注焉。」

戴氏震大戴禮記目録後語曰：「鄭康成六藝論曰『戴德傳記八十五篇』，隋書經籍志曰『大戴禮記十三卷，漢信都王太傅戴德撰』。今是書傳本卷數與隋志合，而亡者四十六篇。隋志言戴聖删大戴之書爲四十六篇謂之小戴記，殆因所亡篇數傅合爲是言歟？其存者，哀公問及投壺，小戴記亦列此二篇，則不在删之數矣。如曾子大孝篇見於祭義，諸侯釁廟篇見於雜記，朝事篇自『聘禮』至『諸侯務焉』見於聘義，本命篇自『有恩有義』至『聖人因教以制節』見於喪服四制。凡大、小戴兩見者，文字多異，隋志已前未有謂小戴删大戴之書者，則隋志不足據也。所亡篇目不存，或兩見實多耳。」文集。

又曰：「隋志戴聖删大戴之書爲四十六篇。馬融足月令、明堂位、樂記，合爲四十九篇。今考孔穎達義疏於樂記云『按别録，禮記四十九篇，樂記第十九』，然則樂記篇第，劉向列之别録即與今不殊。後漢書橋元傳云：『七世祖仁，著禮記章句四十九篇。』劉向當成帝時校理祕書，橋仁親受業小戴之門，亦成帝時爲大鴻臚，劉、橋所見篇數已爲四十有九，不待融足三篇甚明。作隋書者徒附會大戴闕篇，以爲即小戴所録，而尚多三篇不符，遂漫歸之融耳。」孔氏大戴禮記補注目録引。

王氏鳴盛蟻術編曰：「據六藝論則二戴各就百三十一篇而删之，以爲八十五、四十九，非小戴删大戴之書甚明。惟是大戴篇目，起三十九終八十一，而其中又缺四篇，則其缺者或即聖之所已載。蓋當馬融、盧植、鄭康成諸大儒並注小戴，其書盛行，後人見大戴絶無傳注，而其中有與小戴複出者，不須兩載，遂從而去之，存其原第，故起三十九篇耳。」

陳氏壽祺左海經辨曰：「釋文敘録引劉向别録云：『古文記二百四篇。』案百三十一篇之記，合明堂陰陽三十三篇，王史氏二十一篇，樂記二十三篇，孔子三朝記七篇，凡二百十五篇，並見藝文志。而別録言二百四篇，未知所除何篇。疑樂記二十三篇，其十一篇已具百三十一篇記中，除之故爲二百四篇。」

又曰：「大、小戴記並在記百三十一篇中。錢詹事大昕漢書考異云：『小戴記四十九篇，曲禮、檀弓、雜記皆以簡策重多分爲上下，實止四十六篇，合大戴之八十五篇，正協百三十一篇之數。』案：二戴記有投壺、哀公問兩篇，篇名同，其它篇目尚多同者。漢書王式傳稱驪駒之歌在曲禮，服虔注云『在大戴禮』。五經異義引大戴禮器，毛詩豳譜正義引大戴禮文王世子，唐皮日休有補大戴禮祭法。又漢書韋元成傳引祭義，白虎通畊桑篇引祭義、曾子問，情性篇引閒傳，崩薨篇引檀弓、王制，蔡邕明堂月令論引檀弓，其文往往爲小戴記所無，安知非出大戴亡篇中，如投壺、釁廟之互存而各有詳略乎？白虎通引禮謚法、王度記、三正記、別名記、親屬記、五帝記，少牢饋食禮注引禘于太廟禮，疏云：「大戴禮文。」周禮注引王霸記，明堂月令論引佋穆篇；風俗通引號謚記，論衡引瑞命篇，毛詩靈臺正義引政穆篇，即佋穆篇；彼汾正義引大戴禮辨名記，即別名記；文選注引禮瑞命記，即瑞命篇。皆大戴逸篇。其他與小戴出入者略可舉數，豈能彼此相足？竊謂二戴於百三十一篇之説，當爲記。各以意斷取，異同參差，不必此之所棄即彼之所録也。」

案：諸家辨傳禮源流甚悉。愚又謂藝論稱後得孔氏壁中、河間獻王古文禮五十六篇，記百三十一篇，周禮六篇，以孔壁與獻王所得合言之，蓋總舉大要之辭。漢書景十三王傳云：「魯恭王壞孔子宅而得古文尚書及禮、記、禮謂禮經，記謂七十子後學者所記。或當如河間獻王傳重禮字。論語、孝經凡數十篇。」計古文尚書、禮經、論語、孝經已百篇以外，更加禮記，其篇益多，云「凡數十篇」，「凡」下恐有脱字。孔壁所得記與獻王所得，篇數多寡不可考，要其總數爲百三十一篇。若周禮五篇則别出山巖屋壁，獻王得之，足以考工。鄭君隱括言之，明其皆古學耳。后氏校書曲臺，雖以古文禮三十九篇絶無師説付書館，而記則説經之書，其文易明，以傳學者，故二戴從而删取之。小戴之書見於大戴者蓋十之八九，故陳邵以爲删取大戴，而今篇數實不能適合。且大戴逸篇之名在今十三卷外不同小戴者，諸書所引尚有數條，則大戴缺篇非盡在小戴，而小戴全書非盡出大戴可知。陳邵約略言之未確，然亦藉此可見二戴所傳多同，故諸書引大戴曲禮、檀弓、文王世子等，篇名皆與小戴同也。二戴記皆取之百三十一篇，而小戴奔喪則出逸禮正經，月令明堂位則出明堂陰陽記，樂記別有專書，大戴保傅出賈誼書，公冠篇附孝昭冠辭，當出后氏曲臺記。蓋以百三十一篇爲本，閒有參取逸經及他記者，要在二百四篇及曲臺記之内耳。百三十一篇之記蓋起七十子，終於秦火以前儒者所爲，孔壁藏之，獻王別得之，后倉傳之，劉向第之。其篇數之定，蓋自獻王。陳左海謂叔孫通所編，引張揖上廣雅表爲證。然玩表文，似謂通增補爾雅，置之禮記。蓋禮記非一時之書，遞有增修，通猶循其遺法，非必百三十一篇皆通所編定，故漢書不及之。隋志謂子政校書得記百三十篇，又合之明堂陰陽以下各種，凡二百十四篇。考喪服四制，鄭目録云「此於別録舊説屬喪服」，特加「舊説」二字，蓋別録於百三十一篇外別列禮記四十九篇。四制本屬喪服，至鄭君時，子政敘録之本缺此一篇，而其説固在。隋志因此於百三十一篇中去其一，而兼樂記二十三篇計之，故爲二百十四，與釋文敘録所引異。然別録本缺四制，乃小戴本，子政計篇不及者，故左海以不合班書譏之。其謂小戴本四十六篇，説或有本。合之後漢書橋仁著禮記章句四十九篇之文，或月令、明堂位、樂記三篇橋君所益，而説者誤屬之馬融歟？當時橋君學盛行，故子政別録從之。若然，則鄭君謂戴聖傳記四十九篇，亦大分言之歟？藝論質言四十九篇，此數語姑備一義。先儒説多參差，愚撰禮經纂疏序，此條亦未及詳審，故采輯舊訓善者贊而辨之。

又案：釋文敘録云：「别録有四十九篇，其篇次與今禮記同，名爲他家書拾撰所取，不可謂之小戴禮。」此文脱誤不甚可曉，以意推之，「名爲他家書拾撰所取」九字，當讀正云「又有一本，次序各異，爲他家書拾取别録分類所撰」，文義乃明。蓋子政録小戴記，次序一如其舊，而以四十九篇分屬制度、通論等類，著於敘説中。後人或拾取其説，改易四十九篇之次，則非小戴之舊矣。又慶氏傳禮記亦四十九篇，與小戴異同無考。二戴、慶氏雖並立學官，而漢世直稱禮記者多在小戴四十九篇中，則其學在當時猶盛矣。

四四

大戴綢羅及漢初，次君惟取晚周餘。
鄭君答難論王制，不是漢文博士書。

大戴保傅篇采賈誼書，公冠篇綴孝昭冠辭，小戴所取則皆在秦火以前。鄭君答林孝存周禮難，謂王制之作在孟子後，則非漢文博士所爲矣。樂記本公孫尼子書，而河間獻王修定之，禮記所取前十一篇或皆公孫本文歟？

四五

羣書要略述更生，禮記諸篇分類明。
鄭目每條稱別録，不須類禮用文貞。

劉子政校書，每書條其指意，第而録之。鄭目録於禮經每篇云別録第幾，於禮記則云別録屬某事。蓋禮經十七篇二戴次第不同，故別録準冠義、昏義等次更定之；禮記四十九篇本小戴所編，故依其原次，而於其中分別義類以示後學。如子政所説類聚羣分固已昭然，何待以魏文貞類禮易古本乎？子政録小戴，亦必兼録大戴，但於百三十一篇等皆爲複出，故計篇不及，而漢志並略之。子政所分各類，若統而論之，則大類有三，曰「論禮」、曰「論學」、曰「論政」。政、學皆本乎禮，則尤以論禮爲主。小戴四十九篇論禮居多，故漢書郊祀志、梅福傳、韋玄成傳直引禮記者，皆在小戴書中。蓋當時雖二戴並立，而徵禮多以小戴爲主。盧子幹上疏言「今之禮記特多回穴」，亦謂小戴書也。禮文繁博，分類讀之固無不可，但唐世議以類禮易鄭注本，則違古訓是式之義，張説駁奏用魏徵類禮論之甚當。今注疏本立學已千載，朱子儀禮經傳通解、江氏禮書綱目合三禮而類分之，與本書相經緯，則盡善矣。

更生，子政一名，然仍以名「向」爲正，各書敘録皆書「光禄大夫臣向」。

四六

考定篇章馬季長，專精月令蔡中郎。

藉梁懷董羞千古，蘭蕙漸滫豈復芳。

馬季長考禮記篇章，蔡伯喈作月令章句，何嘗非通人達士雅才好博。然藉梁懷董，名融、澆身敗，范蔚宗傳贊歎息言之。荀子曰：「蘭槐之根漸之滫，君子不近，庶人不服。」晚節末路邕之事，豈其本願，但利疢威惕，一失足成千古恨耳。歲寒然後知松柏之後彫，可不慎乎！

四七

忠義千秋尚凜然，盧公注義恨無傳。
上書修禮推高密，合志同方此二賢。

釋文敘録：「盧植，字子幹，涿郡人，後漢北中郎將、九江太守。注禮記二十卷。」

案：後漢書本傳論曰：「君子之於忠義，造次必於是，顛沛必於是。」子幹大節，千載凜然，惜禮記注今不傳。盧君嘗上疏云：「修禮者應徵有道之人，若鄭玄之徒。」鄭君亦曰：「爲記注時，就盧君。」二公可謂合志同方，聯步孔門無愧色矣。

四八

始終條理兼融貫，鄭學金聲玉振之。
三禮集成百王法，孔門以後盛於斯。

鄭君兼綜三禮，會通羣經，精核漢經師百家之説，别同異、明是非而折其衷。禮記注闡明微言大義、性與天道，既極精純。而如祭法注之説禘郊祖宗，王制注之論封建，及其他考詳大典章制度，皆與二禮及羣經始終條理、一以貫之，可謂集諸儒之大成，足以述先聖之元意、爲後王所取法者矣。

四九

禮家王肅反康成，欺世豈惟思盜名。
鄭學遺風尚忠節，自慚形穢故相傾。

王肅議禮必反鄭君，豈惟欺世盜名而已。鄭君清風亮節，百世宗仰。再傳弟子孫叔然以高潔聞，其孫鄭小同以忠烈著。肅爲魏臣而黨於司馬氏，芳臭正相反，故力排鄭學以自掩形穢，豈知欲蓋彌彰乎！

五〇

鄭門學派重孫炎，勁節清風頑可廉。
記注承師遞推衍，六朝疏義貫洪纖。

釋文敘録：「孫炎，字叔然，樂安人，魏祕書監徵不就，注禮記二十九卷。」陳氏澧曰：「孫叔然授當爲「受」，下同。學鄭康成之門人，稱東州大儒，徵爲祕書監，不就。王肅集聖證論譏短康成，叔然駁而釋之。三國志王肅傳。鄭君卒於建安五年，叔然不及授學，蓋其年尚幼，後二十年而魏篡漢，叔然猶中年耳。而遂不仕魏，其高風峻節可想也。」

案：叔然爲鄭門傳學大儒，記注必多精發師説，自是源遠流長。六朝諸儒繼起，禮議經疏，擇精語詳，洪纖畢貫。鄭氏家法不墜，而孔書遂明矣。

五一

南學推皇北學熊，憲公正義會其通。

元元本本真宏達，宗廟百官如會同。

孔氏穎達禮記正義序曰：「爰從晉宋逮于周隋，其傳禮業爲義疏者，南人有賀循、賀瑒、庾蔚之、崔靈恩、沈重、范宣、皇侃等，北人有徐遵明、李業興、李寶鼎、侯聰、熊安生等。諸儒姓名傳寫多誤，今據校勘記讀正。其見於世者，唯皇、熊二家而已。熊則違背本經，多引外義，猶之楚而北行，馬雖疾而去逾遠矣。又欲釋經文，唯聚難義，猶治絲而棼之，手雖繁而絲益亂也。皇氏雖章句詳正，微稍繁廣，又既遵鄭氏，乃時乖鄭義，此是木落不歸其本，狐死不首其丘。此皆二家之弊，未爲得也。然以熊比皇，皇氏勝矣。今奉敕删理，據以爲本，其有不備，以熊氏補焉。必取文證詳悉，義理精審，翦其繁蕪，撮其機要，爲之正義，凡成七十卷。」

案：南北諸儒之説，蓋薈萃於皇、熊二家。孔氏兼綜而條貫之，翦其繁蕪，正其差忒，一遵鄭義以釋經文。原始要終，統同别異，元元本本，殫見洽聞，大理物博，如見先王宗廟之美、百官之富。玉帛冠裳，會同有繹；郁郁彬彬，於斯爲盛矣。

五二

宋賢禮學皆宗鄭，典則新安垂禮書。
淺學雲莊不知服，妄思碔砆易璠璵。

陳澔，字可大，號雲莊，都昌人。著禮記集説。其學於朱子爲四傳，於黄勉齋爲三傳。然朱子、勉齋説禮皆推服鄭注，考核精博，可大學問淺深與前賢不能相提並論，而苟訾鄭、孔，殊乖博學知服之義。國朝納喇性德專作一書駁之，近儒亦多辯論，略録如下。

洪氏亮吉請禮記改用鄭注摺曰：「元儒陳澔所撰禮記集説，自前明永樂以來用以取士。澔書本爲科舉起見，是以凡遇可備出題者，注解略爲詳明，其餘即謭陋殊甚，是以士子無所遵循。伏查十三經正義現列學官，内禮記及儀禮、周禮皆用漢儒鄭康成注，最爲詳備。誠如我皇上欽定禮記義疏所云：『精奥無如鄭注者也。』且陳澔集説其詳明者皆采取鄭注，其簡略者即自以意爲删改，是用鄭注則集説之精華已備，用集説則昔賢之訓詁半淪。愚昧之見，可否禮記改用鄭注，俾諸生通曉全經，兼明五禮，似於讀書行己皆有裨益。」

林氏則徐禮記訓纂序曰：「漢唐以來説禮諸家，精奥無如鄭注，博通無如孔疏，詳且明者無如衛湜集説。至明永樂中，專以陳澔集説列於學官，科舉宗之，而鄭、孔之義微矣。綴學之士去古日遠，絶鮮師承，遂不免空虚浮濫與鉤棘章句之病。我朝經學昌明，乾隆初，欽定禮記義疏嘉惠士林，而古義始昭然復明於世。」

案：衛湜，字正叔，吴郡人。正叔集説博采羣言，其自序云：「他人著書惟恐不出於己，予之此編惟恐不出於人。」可大之學遠不逮正叔，而其序譏鄭君祖讖緯、孔疏惟鄭之從。殊不知讖緯雖不盡純，而其精處實出七十子微言，鄭注抉擇至審，孔疏分別是非甚明，乃輒輕用訾謷，藉自矜伐。兩人著書，心量之公私大小相去遠矣。然正叔徵引雖多，異説空論亦所不免。可大紬繹注疏，申釋簡明之處，亦不無可采。二語本故友張聞遠同年。是又當分別論之。

王生大隆藏有海寧陳氏鱣禮記參訂稿本十六卷，欲爲校正刊行。謂余曰：「此書皆据鄭注以糾陳氏之失，精確詳明，勝於納蘭容若補正。」竊謂褚鶴侶之訂敖君善、陳仲魚之訂陳雲莊，皆大有功於聖經者。余甚韙其言，且喜仲魚書之將行也。

五三

世間集説久流行，三禮館開古學明。

欽奉聖裁編義疏，百家冠冕鄭康成。

明代以陳澔集説取士而鄭學微，當時荒經蔑古、數典忘祖，深没漢儒傳經莫大之功。不學妄人至請罷鄭君從祀孔庭之典，而時君從之。我朝列聖稽古右文，崇德報功，始復先賢誓宗之祀，用發孔書遂明之光。世宗憲皇帝諭云：「鄭康成醇粹深通。」高宗純皇帝詔開三禮館，修定義疏，以鄭氏康成冠百代師儒之首，與周、程、張、朱並褒而不名。說見禮記義疏凡例，囊括古今，折衷聖謨，經學昌明，風同道一，極千載一時之盛。學術治術相爲表裏，於此可見。夫六經同歸，其指在禮，而言禮必本鄭，故宋朱子、國朝顧亭林、江慎修諸大儒皆精通禮經、服膺鄭學。曾文正由此實事求是，講求經濟，光輔朝廷。近數十年來，邪説横行，離經叛道，非聖無法，先致難於鄭君，浸淫不已，遂成犯上作亂、天下分崩之禍。聰明才辯之士，或陷禍亂，或從凶逆。然未聞有守禮經崇鄭學之人，作聰明以亂舊章，背君親而爲不義者。蓋鄭學在禮，所言無非天秩人倫、忠孝至教，既有以提五經之綱、立百行之範。而三禮注疏言富理博，先王經世綱紀法度具在於斯，必潛心遜志，真積力久，乃能通曉。又有以戢少年學子囂陵浮競之氣，使知天下事之不可掉以輕心，貽誤家國。此鄭學所以有裨世道至大也。

文武之道未墜於地，閑先聖之道，救生民之灾，教育英才，使成德器，在隆禮之君子勉之而已。

五四

紛爭漢、宋笑羣儒，庸、學編排奉聖謨。
讀鄭讀朱循次第，考詳視履聖賢途。

欽定禮記義疏，中庸分章，大學文次，一依舊本。先録注疏，後録章句，聖謨折衷，至當不易。學者讀鄭讀朱，次第考詳，能自得師則履道坦坦，優乎入聖賢之途矣。

五五

綱羅載籍析篇章，綱目爛分珠璧光。
訓義擇言餘事好，深衣考證亦精詳。

欽定三禮義疏，如日月合璧，五星聯珠，煥乎文章，惟天爲大。江氏永生逢盛世，學爲儒宗，禮書綱目一書，分珠璧之末光，振鄭、朱之墜緒。又有禮記訓義擇言、深衣考證等，亦擇精語詳。

五六

二禮一時記萬世，里堂補疏頗滋疑。
要知大義傳千載，制作神明意在斯。

焦里堂謂周禮、儀禮一代之書，禮記萬世之書。其言粗率，輕重失倫，而意則可取。蓋禮之所尊尊其義，禮記説禮經之義廣大精微，而周禮之義亦由此可推，神明制作之意具在於是矣。學者由此引而申之，觸類而長之，則二禮良法至教盡人可行、百世可知也。補疏自抒心得，亦多可采。

五七

近儒禮記無專疏，舊疏精詳蔑以加。
順故經文便誦習，還推寶應與棲霞。

朱氏禮記訓纂、郝氏禮記鄭氏注箋，順詁經文，辭約指明，皆便初學誦習，蒿庵儀禮鄭注句讀之亞也。

朱先生彬，字郁甫，江蘇寶應人。郝先生懿行，字蘭皐，山東棲霞人，爲爾雅大師。

五八

明堂盛德陰陽記，禮意精微易道符。
可惜松崖大道録，一言不察哲人愚。

月令本四時盛德所在，於明堂每月順陰陽、布政教，正易乾元時乘六龍成既濟之事，蓋原本先王舊章。惠氏與易道通合論之甚是。惟既爲呂氏賓客所增損，則非盡周典。且其言雖善，而辭氣與周官五篇、禮經十七篇迥乎不侔，與呂氏春秋各章則水乳交融，其爲當時賓客儒生薈萃古書而潤色之無疑。惠氏必歸之周公，以爲鄭君功在聖經，於此不免一眚。明堂大道録措辭失當殊甚，哲人之愚，後之達者惜之。然禘説駁王肅，創通鄭義，亦功過足相除矣。

五九

月令探源時訓解，易通卦驗亦相符。
擷華紅豆删枝葉，消息參通姚仲虞。

月令與周書時訓解、易緯通卦驗相表裏，天人相與之故、先王敬天勤民之實，於此可睹。雖雜秦制，無害大義，故記禮者取之。姚氏周易通論月令二卷，根本惠氏，而擷其精華，删其蕪累，斯得之矣。

六〇

弁服深衣詳釋例，子田獲益戴東原。
孔、金、劉氏多通論，鄭讀尤精陳樸園。

任幼植初治禮，未識家法，戴東原貽書詳語之，義精而辭達，見戴氏文集。任氏由此得治經途徑，所著弁服釋例、深衣釋例皆甚精詳。蓋朋友講習之益如是，直諒虚受，後學並當取法。孔顨軒禮學卮言、金輔之禮箋、劉端臨經傳小記、文集説禮諸條皆多發前人所未發。陳樸園禮記鄭讀考詁釋異文足與懋堂周官、墨莊禮經之學並行。近師説戴記者斯爲善矣。又有孫氏希旦禮記集解，雖精核不及諸家，而博稽衆説，彙爲巨編，亦有可頗采者。

任先生大椿，字幼植，號子田，江蘇興化人。

劉先生台拱，字端臨，江蘇寶應人。

孫先生希旦，字紹周，號敬軒，浙江瑞安人。

六一

學制無論孰是非，後生不讓禮終違。
若論撫本精讎校，思適參詳足據依。

段懋堂撰四郊小學疏證示顧澗薲，澗薲作學制備忘之記駁之。各執是非，互相詭激。夫千慮一失，智者不免，而後生不讓，禮則愆矣。然顧氏爲張古餘校勘宋撫州本禮記，考正異文，則甚精詳。蓋校勘之學，乾嘉諸老但舉其要，至思適居士乃細密無遺憾，足以傳信不疑。校經爲治經之階梯，學者讀經，先取法顧氏精讎詳勘，勿惑誤本。而後觀其會通，審斷羣言是非，如戴、段可也。由是而進之，以經義實體之身達之世用，則顧亭林、江慎修矣。

六二

選樓合璧注曾、思，妙緒推尋定海師。
更有茹經用心苦，良醫收蓄富青芝。

阮文達有曾子注釋，我師黄元同先生有子思子注，可成合璧。内中庸一篇，精義甚多。唐君蔚芝大學、中庸大義，采輯先儒至理名言，引而申之。皆足上裨經義，下拯世心，其苦口良言，閒有降格之論，亦所謂因其明者而通之。然醫師之良，玉札丹砂、赤箭青芝，收蓄既多、運用亦熟，余擇其尤要者入通義。

黄先生以周，字元同，浙江定海人，作禮書通故等，學者傳習。

六三

留窮有客號天申，甘節茹荼味道真。

喪禮編排兼戴記，窮源竟委質經神。

張君聞遠感世亂命衰，取「西銘申生其恭」之義，自號天申子。擬昌黎送窮文而反之，作留窮文，題所居曰茹荼軒。蓋艱苦卓絶，困而不失其所亨，誰謂荼苦，其甘如薺也。所著喪禮鄭氏學兼及禮記檀弓、曾子問以下各篇，窮源竟委，極深研幾，雖未及通釋全書，然禮類中尤繁難而至要者已備舉之矣。

六四

坤貞牝馬息初乾，學易潛心十七年。
通義兩編還説約，得聞性道敢希賢。

元弼憂患學易，覃精研思，歷十七年，成周易鄭注箋釋、集解補釋兩書。嗣又檃括數十年治經心得，由博反約，成大學、中庸通義兩編。子貢曰：「夫子之言性與天道，不可得而聞也。」性道之説備於易大傳，曾子、子思遞傳而發明之以及孟子。七十子之徒積學有得，亦皆與聞，故禮記諸篇論道皆與此一貫。鄭注簡而精，朱注詳而明，末學淺闇，何敢仰希，惟階前賢之成訓，溯聖學之淵源，庶幾一得，有補將來云爾。

六五

愛死養生將有待，誦言述德不勝哀。

廿年明發懷遺訓，荆棘還期闕里開。

元弼少好議論，伯仲兩兄每以禍從口出戒之。光緒乙未秋，應張文襄師聘，將往金陵，先君子舉禮記語誨之曰：「愛其死以有待也，養其身以有爲也。」辭氣極慎重，小子依依，不忍敂辭，退而書紳，終身誦之，是以得免履虎咥人之凶。夫危行言孫，非忘百姓之病也。君子藏器於身，待時而動，苟非其時，則括囊无咎，蓋言謹也。念我無禄，遭時亂離，獨抱遺經，永懷明發，不勝周道茗華之感，尚望闕里荆棘之開。一息尚存，戰戰兢兢，永言遺訓，思終身弗辱爾。

六六

隱修經業學司農，遯世有如訪赤松。

國恥能興禮爲本，試徵記末論殷宗。

鄭君篤信好學，守死善道，隱修經業，杜門不出。元弼學鄭學，謹奉以爲法。禮是鄭學，六經同歸，其指在此。修身之要，爲政之本，國恥能興，亂生能止。喪服四制論高宗即位而慈良於喪，殷衰而復興，禮廢而復舉，其知禮之大用者乎！編禮者置之終篇，其終則有始守先待後之意乎！

復禮堂授禮記書目

講習書

學者治禮記，既讀近世通行陳氏集説本，略啓端倪，當進而上之。恪遵欽定禮記義疏，服膺鄭、孔，博稽近師之説，立目如左。

禮記注疏見前。又張氏敦仁影刊宋撫州單注本附考異，崇文書局重刊張本。近日有書肆印宋余仁仲單注本，潘銘勛影刊宋黄唐注疏本。

禮記釋文

江氏　禮記訓義擇言舊刻本、皇清經解續編本。

朱氏禮記訓纂舊刻本、學部印本。

郝氏禮記鄭氏注箋郝氏叢書本。

焦氏　禮記補疏雕菰樓叢書本、皇清經解本。

陳氏禮記鄭讀考左海全集本、皇清經解續編本。

孫氏禮記集解舊刻本。

張氏喪禮鄭氏學禮記各篇 見前。

姚氏周易通論月令原刻本。

黄氏子思子注原刻本。

惠氏易大義中庸一篇舊刻本，余通義中取其十之九。

宋氏大學古義浮溪精舍叢書本、皇清經解續編本。

唐氏中庸大義、大學大義施氏肇曾刊入十三經讀本中，又自刊單行本。

元弼自撰中庸通義、大學通義 家刻本。

江氏深衣考証舊刻本、皇清經解本。

任氏弁服釋例原刻本、皇清經解本。

深衣釋例原刻本，皇清經解續編本。

金氏禮箋内禮記一卷

孔氏禮學卮言内禮記各條

禮記文鈔

參考書

惠氏　禮記古義

明堂大道録、禘説經訓堂叢書本、皇清經解續編本。

戴氏　中庸注殘本見近日叢刊中，欣夫鈔以貽余。審其文義非出依託，余頗采入通義。聞故友費屺懷前輩言錢十蘭有内則注，惜未見。

禮記學支流

史記禮書、樂書

漢書禮樂志

復禮堂述學詩卷八　述大戴禮記

一

致君堯舜濟蒼生，内聖外王德素成。
試考亭林見龍説，王言大義辯當名。

今大戴禮記首王言篇，王言者，王者治天下之言，即孟子所謂王道王政。古者太學以六經教，六經之言皆王道也。故大學之道，格物致知至平天下一以貫之，自天子以至庶人皆同此學。位有尊卑，而言先王之法言則同。經傳所載堯、舜、禹、湯、文、武之言，王言也；皋陶、伊尹、太公、周、召之言，亦王言也；春秋書法祖述堯舜、憲章文武，孟子所謂天子之事，孝經述先王至德要道，皆王言也。此篇舉明王治天下之要，故以「王言」名篇，與論語堯曰篇答子張問相類。顧氏炎武説乾九二君德曰：「爲人臣者，必先具有人君之德，而後可以堯舜其君。故伊尹之言曰：『惟尹躬暨湯，咸有一德。』」愚謂孟子曰：「伊尹耕於有莘之野而樂堯舜之道。」自古聖人及名世大賢抱道在躬，所以拯蒼生於塗炭、措天下於治平者，其德素裕，莊子所謂玄聖素王之事。子曰：「如有用我者，吾其爲東周乎？」世莫能用孔子，故王道不得復興於周。而惟以王道之言垂於後，所謂有王者興必來取法，雖百世可知也。此王言名篇之義。然先王詩、書、禮、樂盡人讀之，而春秋時賢卿大夫如管仲、子產之流，雖功業可紀、嘉言足述，而視先王謨訓，純雜小大相去遠矣。此王言之所以未易語人，獨慎重以傳曾子也。

二

五義諸篇荀、賈文，儒言純粹述前聞。

人倫綱紀禮三本，本命尤嚴順逆分。

孔氏廣森曰：「哀公問五義文同荀子哀公篇；禮三本文同荀子禮論；禮察自『凡人之知』以下，取賈誼論時政疏；保傅取賈子書保傅、傅職、容經、胎教四篇。」

案：荀子爲七十子後學中大儒，記禮者取其説；賈子在漢初，最近古而達於禮，蓋后氏曲臺記取之，其言皆極純粹。三本篇曰：「天地者性之本也，先祖者類之本也，君師者治之本也。」此尤人道之大經，與孝經言「孝爲天經地義，始於事親，中於事君，終於立身」及檀弓事親、事君、事師三者並舉同義。反是則要君無上、非聖無法、非孝無親，大亂之道，天地所不容矣。故本命篇曰：「逆天地者罪及五世，誣文武者罪及四世，逆人倫者罪及三世。」天下治亂、生人禍福吉凶，判於順逆間而已矣。人性皆善，苟悔禍之延而欲止其亂，盍亦反其本矣。

三

孔子當年得夏時，正分大小並昭垂。

經文賴傳偏存略，虞史伯夷載筆遺。

孔氏曰：「太史公曰：『孔子正夏時，學者多稱夏小正。』漢世諸經解詁皆與本書别行，故熹平石經春秋傳不載經文，小正亦别有全經，此特其傳耳。」

傳曰：「四月初昏南門正。南門者，星也，歲再見壹正，蓋大正所取法也。」孔氏曰：「大正疑亦夏記時之書，此篇之事對彼爲小，故以小正名。周語引夏令時儆，豈即大正之遺與？」

案：禮運孔子曰：「吾得夏時焉。」蓋大禹承唐虞「欽若昊天，敬授民時」、「齊七政，撫五辰」之事，夏禮具焉。正同政，政以正民，事有大小，分而著之。秦焚書後，大正已亡，小正因禮家作傳存其略。其引經各條文義高古，誥志篇稱虞史伯夷，此蓋與典、謨、禹貢同爲伯夷所書，孔子所得之遺，古典之僅存者矣。

四

曾子十篇孝經傳，庸言庸德至精純。
服膺弗失終身誦，竊比當年樂正春。

曾子十篇發明孝經之義至極精純，中庸所謂庸德之行、庸言之謹須臾不可離者。元弼終身讀孝經，服膺十篇，一舉足、一出言不敢忘，竊自比於我樂正子春而深愧未能，惟俛焉日有孳孳，不敢以老耄自舍而已。

五

百歲之中有老幼，敦行孝弟幸毋遲。
日長加益履冰陷，善惡在身宜慎思。

曾子疾病篇曰：「人之生也，百歲之中，有疾病焉，有老幼焉，故君子思其不可復者而先施焉。親戚既歿，雖欲孝，誰爲孝乎？年既耆艾，雖欲弟，誰爲弟乎？故孝有不及，弟有不時，其此之謂與？」此言至惻怛沈痛，吾讀之未嘗不潸焉出涕也。又曰：「與君子游，苾乎如入蘭芷之室，久而不聞，則與之化矣；與小人游，貸乎如入鮑魚之次，久而不聞，則與之化矣。是故君子慎其所去就。與君子游，如長日加益而不自知也；與小人游，如履薄冰，每履而下，幾乎而不陷乎哉！」此言至深切著明，吾讀之未嘗不瞿然心惕也，願與天下孝子仁人俱服膺弗失。

六

官人、踐阼述先王，論語、文言得益彰。

此是禮家傳舊典，尚書百二並垂光。

文王官人篇「考其所爲，觀其所由，察其所安」，爲論語「視其所以」三語所本。武王踐阼記「敬勝怠者吉，義勝欲者從」，爲文言「敬以直内，義以方外」所本。夫子之言皆憲章文武也。尚書百二篇僅存二十九，此二篇周初古義賴後世史官及禮家以傳，可謂能道訓典者矣。

七

教人孝弟先詩世，七十三千並得聞。
可惜遷書弟子傳，徵文未及衛將軍。

衛將軍文子篇「夫子之施教也，先以詩世，道者孔曰：「者，讀爲諸。」孝悌」，蓋入室、升堂七十有餘人，其下子貢備陳諸賢之行。案：六經之教莫先於詩，其義莫先於孝悌，夫子之教如是，故童子就傅必先讀孝經，長而治經必先治詩。三千之徒同受至教，而異能之士尤推七十子。子貢所述與論語相表裏，夫子以爲知人，惜史記仲尼弟子列傳徵引略未及也。

八

易敘羲農書首堯，禮詳四代記三朝。
黄顓帝德神明系，萬古尤推信史昭。

易繫辭傳敘伏羲、神農、黄帝、堯、舜，書首堯典。孔子三朝記少閒篇歷陳虞、夏、商、周，而五帝德、帝繫兩篇詳述黄帝、顓頊、帝嚳、帝堯、帝舜之德及其世系，萬古信史，與尚書並重。太史公曰：「孔子所傳宰予問五帝德、帝繫姓彰矣。」又曰：「學者多稱夏小正。」或漢初兩書有單行傳本歟？

九

困石據藜易垂戒，安身取譽信爲難。
居高懼下如緣木，義在子張問入官。

易曰：「非所困而困焉名必辱，非所據而據焉身必危。」又曰：「善不積不足以成名，惡不積不足以滅身。」孝經以謹身揚名爲孝之始終，故子張問入官，而夫子告以安身取譽爲難。安身非庸臣持禄保位也，取譽非巧宦沽名弋譽也，庸臣巧宦之所爲適足使名辱身危耳。孝經言卿大夫之孝曰：「口無擇言，身無擇行，然後能守其宗廟。」篇内所言，正本此旨，與論語答子張問仁、問政諸章相表裏。夫然，故國治身安，夙夜匪懈以永終譽也。子曰：「爲上者如緣木者務高，而畏下者滋甚。」「赫赫師尹，民具爾瞻」，可不慎其德乎？

一〇

孔子三朝記七篇，當無墨説與牽連。
次君未録同曾子，漢代兩書多别傳。

陳氏澧謂：「小戴删大戴之書，不取千乘篇者，此篇云：『下無用則國家富，立有神則國家敬，兼而愛之則民無怨心，以爲無命則民不偷。』此則墨氏之説矣。下無用者，貴儉也；立有神者，明鬼也；以爲無命者，非命也；兼愛者尤顯然者也。不知墨氏之説何以竄入孔子三朝記内，小戴不取宜矣。」

案：記云「下無用」對「上有義」言。孔氏曰：「無用者抑下之，有義者尊上之。」云「立有神」，謂立郊社、宗廟、山川、五祀之神，教民嚴上，反本復始。云「兼而愛之則民無怨」，此孝經所謂博愛，民用和睦、上下無怨者，與墨翟愛無差等之兼愛截然不同。猶古之學者爲己，絶非楊氏之爲我也。云「以爲無命則民不偷」，孔氏曰：「民以爲有命在天，則必偷惰不致人事。」愚謂富貴利達得之不得，聖人以爲有命，仁義禮智盡其在我，則君子不謂之命，此皆與墨説無涉。阮文達曰：「孔子三朝記，論語之外，兹爲極重。」若謂次君疑其有語病而舍之，則曾子十篇何以不取乎？二戴並從百三十一篇中删取，小戴多取論禮者，而論學、論政兩類及别有單行專書者頗從略。三朝記、曾子既各有專書，學者多别傳，其餘諸篇亦自有大戴書在。當時二學並盛行，其後小戴盛而大戴漸微，前儒所不及料也。鄭君未及注大戴，而鄭學之徒從後存之。凡小戴所未録，存於今者尚十之九，則天之未喪斯文也。陳氏説偶誤，爲正之。

一一

遷廟兩篇及公冠，儼然曲禮正篇遺。
淹中逸禮付書館，墜簡零文猶記之。

諸侯遷廟、釁廟兩篇及公冠皆逸曲禮之正篇，猶小戴之有奔喪。而公冠篇辭甚略，下有成王冠辭，蓋記禮者所附。又有孝昭冠辭及祭天地祝辭，則又后氏爲曲臺記時所附也。投壺亦古禮之遺，二戴皆有之而文頗異，篇内亦有記者附益之辭。竊疑此等皆記人述舊禮，或稍删其繁，或掇舉其要，而系以後世之事，至曲臺記而止。后氏雖以逸禮付書館，而墜簡零文可屬讀指説者，著在禮記，傳學至今，古禮賴以存者實多矣。

戴氏震大戴禮記目録後語曰：「史繩祖謂大戴記雜取家語之書，其説不然。家語王肅所私定，竊取其書爲之。史氏誤連讀公冠篇孝昭冠辭爲成王冠辭，而云『祝辭内有先帝及陛下字，周初豈有此？家語止稱王，當以爲正。』此史氏不審章句，謬加譏評也。王肅襲取爲冠頌，已章句不辨。家語襲大戴，非大戴取家語，就此一條亦其明證。」

一二

太傅禮傳三十九，其餘多入次君編。
節良舊説非全誤，殘注猶存盧景宣。

今大戴禮記僅存三十九篇，而哀公問、投壺兩篇與小戴大同，度其餘亡篇同者實多，其不見小戴者蓋鮮，故陳邵以爲小戴删大戴書。説雖未確，然二家之本異同多寡，及太傅禮八十五篇前半盡缺、餘又缺八篇之故，由此可見。余述小戴禮記論之詳矣。

戴氏震曰：「太傅禮不題作注人姓名，朱子以爲康成作，惟王伯厚指爲盧景宣辯之注。是書自漢迄今，注獨此一家，而脱誤特多。書十有三卷，凡五卷無注。注中徵引漢、魏、晉之儒，有康成、譙周、孫炎、宋均、王肅、范甯、郭象及楊孚異物志，然則爲景宣注甚明。」

案：鄭君未及注大戴，北周僕射范陽公盧景宣之注雖精奥遠不逮，然猶是鄭學緒餘，惜殘缺脱誤實多。國朝戴東原、盧召弓、孔羿軒諸先生遞加考正，墜緒復舉矣。

一三

鄭君未注文多誤，古簡叢殘孰證明。
踐阼特詳王伯厚，夏時還據傅崧卿。

大戴記脱誤難讀，由鄭君未及注，師説曠絶也。盧注殘缺，傳習亦鮮。宋王氏應麟有武王踐阼記注，傳氏崧卿有考正夏小正專書，實開國朝諸儒校注此書之先。

一四

榛蕪初闢孰爲功，碩學東原與召弓。
繼起高郵精訓詁，發疑正讀妙疏通。

大戴文多脱誤，戴東原、盧召弓以博學通識參稽衆本，援據羣書而正定之，如闢榛蕪而成康莊。王石臞受學戴氏，研精聲音訓詁，以其學傳子伯申，成經義述聞，於尚書、大戴發疑正讀，尤多精確不磨之説。蓋易有鄭、荀、虞注，見李氏集解；詩、禮、公羊、孟子漢注具在，雖純駁淺深不同，而經文賴以不誤，經讀、經義傳述有本，通曉不難；左傳、穀梁、論語文義易明；若必求之假借，校以他書，改讀破字，變易舊訓，反近穿鑿而滋流弊。惟尚書文辭古奧、舊注多亡，當如鄭君注周官之例，深考訓詁、聲類以通其旨。而大戴師傳曠絶、積古承訛，雅言奥義非深通字例之條者不能使之文從字順，故王氏書於此二學最宜。而大戴疏通證明尤信多善，足與羿轩補注相輔云。

王先生念孫，字懷祖，號石臞，江蘇高郵人，著廣雅疏證、讀書雜志。子引之，字伯申，官至尚書，賜謚文簡，著經義述聞、經傳釋詞等。父子並爲小學大師。

一五

本朝大戴注多門，精善無如孔顨軒。
至性過人學有本，立言不愧聖人孫。

本朝治大戴禮記各家，義據通深、博而有要者，莫如孔氏補注。先生性至孝，學有本原，此書及公羊通義立言皆極純粹。聖人世澤，千載彌光矣。國朝孔氏通儒輩出，先生叔父曰繼涵，字體生，號葒谷，篤於内行，刊孔戴遺書。先生兄曰廣林，字□□[一]，刊通德遺書。此外學人曰繼汾、曰廣廉、曰廣牧等，皆有著述校刊之書。

[一] □□，原書爲墨釘。孔廣林字叢伯，此二字或作「叢伯」。

一六

曾子十篇詳注釋，名言妙契聖賢心。
惟論一貫嫌迂曲，訓詁無煩求太深。

阮文達曾子注釋訓詁詳確、義理精粹，足以闡聖學而厚人倫。惟「一貫」之解，必訓「貫」爲事，輾轉訓詁，反失語意。同門異户之見，通人不免，要不足爲全書累也。

一七

篆寫經文詳考注，夏時佳氣吐靈巖。
詁經學派成洪疏，古藻重新百宋函。

畢秋帆尚書夏小正考注，於傳中分别經文，以篆寫之，訓義優洽，刊入經訓堂叢書，藏版靈巖山館。阮文達立詁經精舍，通才蔚起，洪氏震烜有夏小正疏義，甚詳贍。又黄蕘圃百宋一廛有傅崧卿本夏小正，影刊入士禮居叢書。後附顧氏鳳藻集解，亦可參覽。

畢先生沅，字秋帆，江蘇鎮洋人。

洪先生震烜，字□□[一]，浙江臨海人。

顧氏字梧生，江蘇長洲人。

一八

教士提撕察邇言，績溪家學邃淵源。
料知箋證可千古，恨未相逢闓闠門。

胡先生培系有大戴禮記箋證，績溪家學淵源深遠，料足與竹村先生儀禮正義壎箎應和。先生爲校官時，有教士邇言一册，甚平實。光緒丙戌、丁亥閒，嘗至蘇，屺懷前輩約

[一] □□，原書爲墨釘。洪震烜即洪震煊，字百里，則此或當作「百里」。

余往見之，惜病未能。今箋證稿本不識存否，附識於此。

一九

古香曾挹積跬廬，眼底星羅萬卷書。
好博雅才寥落甚，查、王貞志並無渝。

屺懷積跬廬藏書有舊本大戴禮記，余少日見之，未及諦觀。近劉聚卿觀察覆刊元劉貞本，行款頗相似，或出一源。屺懷雅達廣覽，藏書極富，當時朋友講習，盍戠辯言、氣類甚盛，揚扢經義、各有論撰。轉瞬數十年，故人盡矣。其閒查同年翼甫欲疏大戴禮記，惜未成。余又於金陵識王君晉卿，以所著大戴禮記補注札記見貽。翼甫亂後十年窮老以没，聞晉卿抱道不污，近始作古，皆貞亮士也。

查同年燕緒，字翼甫，浙江海甯人，明經術，善屬文。

王君樹枏，字晉卿，直隸新城人，著書甚多。

二〇

鄭君注禮多稱逸，况是完然卅九篇。
理數參詳易本命，明堂盛德待重宣。

鄭君注禮多引逸篇，雖絶無師説，未及立注，而篤信好古，情見乎辭。今逸禮盡亡，而大戴尚存卅九完篇，其可以未立學官而置不讀乎？卷末本命、易本命二篇，天人理數具焉，氣化周流，終則有始、剥則反復。明堂盛德，朝事大義，周禮猶在，重光待宣，瞻卬昊天，日月幾之。

復禮堂授大戴禮記書目

講習書

大戴禮記盧氏注雅雨堂叢書本、近劉氏世珩影刊元劉貞本、黄氏影刊夏小正傅崧卿本。

孔氏大戴禮記補注顨軒所著書本、皇清經解本、江蘇書局本、王氏附札記本。

畢氏夏小正考注經訓堂叢書本。

洪氏夏小正疏義皇清經解本。

阮氏曾子注釋原刻本、劉氏文淇重刻本、皇清經解本。

王氏踐阼篇集解附玉海後。浙江書局本。

王氏經義述聞内大戴禮記三卷原刻本、皇清經解本。

大戴禮記文鈔

復禮堂述學詩卷九　述禮總義

一

七十二篇三禮注，更爲目録並加音。
義宗博極靈恩學，墜緒時從正義尋。

鄭君注周禮六篇、儀禮十七篇、禮記四十九篇，故自敘云凡著三禮七十二篇。賈氏儀禮疏引。又作三禮目録，隋書經籍志云一卷，梁有陶弘景注，久亡。孔、賈疏禮，篇題下皆引而釋之。又釋文敘録載鄭君有三禮音各一卷，考反語始於孫叔然，豈鄭君已發其端歟？抑叔然等述鄭義而爲之也？六朝鄭氏禮學甚盛，南史儒林傳稱崔靈恩注周禮四十卷，又作三禮義宗三十卷，蓋能貫串三禮、博學詳説者，孔氏禮記正義多引之。

二

三禮唯存聶氏圖，高曾規矩守前儒。
書儀、家禮維風教，酌古準今垂世模。

鄭君注禮有圖，其後阮諶、梁正諸家各有論撰。今所傳者，惟宋洛陽聶氏崇義三禮圖，據舊圖六本而參考審定之，蓋猶近六朝、唐儒精實之學，宋初甚重其書。自是儒臣蔚起，敦崇禮教，溫公作書儀、朱子作家禮，依據古典，箴砭世趨。顧氏廣譽謂鄭君爲傳禮大宗，溫公、朱子則既絶復續之別子。繼往開來，所以維繫世道人心者流澤遠矣。

三

東京虎觀會諸儒，濟濟洋洋紹石渠。

通義句溪精疏證，曉樓禮説示津途。

漢章帝大會諸儒於白虎觀，講論五經，如宣帝石渠故事，命史臣班固作爲通義，其書至今存，皆先王之法言、禮師之典訓。句溪陳氏爲之疏證，甚精詳。陳氏爲淩曉樓弟子，曉樓禮説及公羊禮説皆極平正。故陳氏説禮遵守鄭義，其公羊義疏雖所引各家或未經論斷，而其自爲説皆依據禮經，絶無不根可怪之論，由其師傳正，故不滋流弊也。是故六經以禮爲歸，治經以識家法爲入道之門。

淩先生曙，字曉樓，江蘇江都人。

陳先生立，字卓人，江蘇句容人。

四

通典論功孔、賈侔，網羅放失示千秋。

徐、秦通考尤詳備，壯麗如登五鳳樓。

杜君卿通典，根據三禮羣經，博采傳記子史，使歷代典章經制、源流因革燦然著明，漢魏六朝禮議多賴以存，其功蓋與孔、賈疏禮相侔。徐氏讀禮通考、秦氏五禮通考因是而擴充之，網羅古今載籍，大理物博，學者讀之，如登五鳳樓，巍乎盛矣。曾文正極推重五禮通考，其中按語閒有參錯，是在學者擇而取之。

徐先生乾學，字健庵，江蘇崑山人，亭林先生之甥。

秦先生蕙田，字樹峯，號味經，江蘇金匱人，官至尚書，予謚文恭。

五

問經大可言宜擇，學禮充宗義更乖。

求是得非求古謬，金、朱闢靡漫紆懷。

毛氏經問説禮頗多卓見，而辭氣囂張，是非雜糅，學者宜慎擇。萬氏學禮質疑多以己意變亂古訓、紛紊舊章，周官辨非尤爲大謬。戴東原謂遠如鄭漁仲、近如毛大可，適足賊道。余於充宗亦云，此國初經學草昧初開，未得正軌者也。金氏求古録禮説、朱氏實事求是齋經義繁稱博引，務以翻案爲能，所列事證多斷章横截以申己見，其弊將使六經無一定解，古制皆可臆改。求是得非，求古得謬，大道多岐，邪説乘之，此乾嘉經學昌明之後，盛極將衰，漸滋異説者也。法言有「紆朱懷金」之文，此借用其語。

毛氏奇齡，字大可，浙江蕭山人。

萬氏斯大，字充宗，浙江鄞縣人。

金氏鶚，字誠齋，浙江臨海人。

朱氏大韶，字虞卿，江蘇婁縣人。

六

當年師説受南菁，通故宏編博且精。

索隱鉤深真樸學，前人未發獨推明。

元弼少肄業南菁書院，從院長黄元同先生問故。先生承太夫子敬居先生式三家學，博通羣經，尤邃於禮，作禮書通故。仿許君五經異義之例，類聚典文，博采衆説，條分縷析而折衷之。樸學潛研，真積力久，多發前人所未發。其於鄭義，雖申訂互見，然遵守實多，引申尤善，且有相違而適相成者。元弼撰周禮學，於封建、軍制、廟祧等皆因先生説而推詳之。不揣固陋，閒有彌縫，亦先生贊辨前賢之義，雖下己意，實本師法。先生誨人不倦，因才設教。元弼嘗侍坐，承閒言治經當以家法爲主，先生正之曰「治經當以經爲主」。元弼由此不敢以株守舊説爲遵家法，務由注以通經，不强經以就傳，深推諸家離合異同之故，歸於按之經而合、問之心而安，久之乃益知鄭義之不可輕議。又目擊世趨，以陵轢先儒爲飾智驚愚之術，疑經非聖，犯上作亂，實由此階。是用大爲之坊，深塞禍源，説字宗許，説經宗鄭，説理宗朱，非徒沿襲其説，必求實得於心。先生往日嘗以力挽時失許之，惜所著各書不及就師訓定也。

七

先帝詔開禮學館，彝倫攸敘責儒臣。
張、錢正論同君直，芻議廿篇大義申。

光緒丁未，詔開禮學館，徵天下名儒修大清通禮，張聞遠同年、錢復初孝廉及先從兄君直閣讀並爲纂修。余以湖北、江蘇存古學堂初立，業經奏派爲經學總教，未克應徵，惟備顧問。時橫議蠭起，務亂舊章，三君子仰體聖人崇禮明倫至意，力持正論，距息詖邪。聞遠每謂君直兄惜余不能至館同力辨物正言。有修禮芻議二十篇，維持禮教，沮遏狂瀾，實爲救時良藥，今載茹荼軒文集。越三年，通禮成，奏上，未及奉旨頒行而大亂遽作。時數爲之，謂之何哉！然斯道之在天下，無中絶之時，禮廢復舉，安必不如古記所云乎？

自天常反易，中原陸沈，余伏處海濱以待天下之清。不意袁世凱僭設禮制館，以書幣來浼，余矢死力拒之。嗚呼，禮所以明人倫，亂臣賊子禮於何有？其所謂禮制，不過粉飾僭僞而已。禮學館書成未行，而大盜慝禮乃作，余兄弟每與聞遠言及，不勝痛心。然游魂假氣，轉瞬消亡，禮其可誣乎！

錢孝廉同壽，字復初，江蘇華亭人，耿介拔俗，志義凜然。

八

人綱天秩孰維持，兄弟相期共勉之。
禮議一編扶世教，敬隨勞沈列微辭。

宣統辛亥之變，三綱絶紐，四海倒懸，余與伯兄智涵先生元恒、仲兄再韓先生福元及君直從兄元忠閉門偕隱，以守死善道、貞志不移相勉。君直兄在禮館時，有禮議兩卷，闡明經義，甄綜史文，摧陷羣邪，力閑聖道。劉翰怡京卿爲刊行之，沈子培、勞玉初兩公爲之序跋，余亦次列微辭，載復禮堂文集。伯仲兩兄及兄行誼之詳，余並爲家傳述之，載復禮堂文二集。兄字夔一，號君直，長余二歲，同好經術，論學極歡。没後，余收其遺文，屬欣夫編校爲箋經室集。勞提學乃宣，字玉初，浙江桐鄉人。沈方伯曾植，字子培，浙江嘉興人。王臣蹇蹇，匪躬之故，二君子有焉。子培弟子封前輩曾桐，亦博學有雅操。

九

乾坤自古無時息，治亂循環豈自今。
手振頽綱回氣運，湘鄉論禮印吾心。

亂之所生，惟禮可以已之。爲天地立心，爲生民立命，致中和而贊化育，繼往聖而覺羣愚，人能弘道，强爲善而已矣。昔曾文正之論禮，旨深言大，究洞本原，我思古人，實獲我心。

復禮堂授禮總義書目

講習書

學者治禮，三禮及大戴必參互考求，左方所列各書，每治一經，並須講貫。

聶氏三禮圖通志堂經解本。

徐氏讀禮通考原刻本、江蘇書局本。聞鞠裳前輩言局刻兩通考頗有删節，余校之信然。

秦氏五禮通考原刻本、江蘇書局本。

凌氏禮説皇清經解本

陳氏白虎通疏證淮南書局本、皇清經解續編本。

黄氏禮書通故自刻本。

張氏茹荼軒文集内禮議各篇自刻本。

君直從兄禮議嘉業堂叢書本。

禮總義文鈔

復禮堂述學詩卷十　述春秋

一

春秋大義一言明，亂賊誅夷天下平。
囊括百王經世法，子輿揭要貫元精。

自古知春秋者莫如孟子，孟子曰：「世衰道微，邪説暴行有作，臣弑其君者有之，子弑其父者有之。孔子懼，作春秋。春秋，天子之事也。」是故，孔子曰：「知我者，其惟春秋乎？罪我者，其惟春秋乎？」孔子成春秋而亂臣賊子懼，此春秋之大義也。蓋天地之大德曰生，人之所以能相生相養相保、參天地而大别於禽獸者，以其有父子君臣之倫。

天生民而立之君，天子作民父母，以爲天下王。自伏羲氏作八卦、立人倫、別夫婦、以定父子，而君臣之義起。自是聖帝明王繼作，人倫益明，王道益備。天下君君臣臣父父子子，相愛相敬，各正性命，保合太和，生理遂而殺機無由作，此千聖百王之至德要道、大經大法也。周衰，王迹熄、諸侯驕、大夫亂，人心寖以不正，邪説淫辭敗綱斁倫，而賊臣簒子滋起。孔子懼王道絶而人類將同禽獸，生民相殺之禍莫之能救，於是祖述堯舜，憲章文武，作春秋，以周天子所守先王之法正褒貶、定名分、別是非。凡亂臣賊子，一以王法治之，明著其罪，以示天討。辨上下，定民志，而後天下曉然於事父事君之義，亂賊無所容於天地之閒。故自孔子之作春秋至於今二千餘年，雖婦人、小子、樵夫、牧豎，皆知不忠不孝之非人類，大逆不道人人得而誅之，此亂賊所以懼也。當時周天子守府之謂多，而在春秋則赫然中興大一統之氣象，故曰先正王而繫萬事，所謂「春秋天子之事也」。周天子之法本於文武，而武王定天下，周公制禮，尊文王以爲太祖，故曰「王者孰謂？謂文王也」，所謂憲章文武者也。文武之道本自堯舜以來，所謂祖述堯舜者也，莊子云「春秋經世，先王之志」是也。孔子不得佐天子行王道於當時，而空存其法以繼往，豫定其法以開來，故曰「兼素王之文焉」，史記自序云「垂空文以斷禮義，當一王之法」是也。春秋作而周天子之權復申，非惟興一代之治而實以開萬世之治，誅一時之亂賊而即以誅萬世之亂賊。自時厥後，有王者興，撥亂反正救民水火，莫不奉春秋之法以討逆惡而興治平，故曰「知我者其惟春秋乎？」亂臣賊子欲致難於君父，逞志於天下，必先爲邪說以毁聖教，而尤深讎春秋之正名分、辨順逆。當時桓魋、趙鞅已欲害孔子，至於今而逆天悖理之極者，竟以率天常、明人倫爲聖人罪狀，故曰「罪我者其惟春秋乎？」春秋作而亂賊懼，其罪孔子也，正其懼也。聖人之言，洞視萬古。天下之生，一治一亂，撥亂反正莫近春秋。苟人類而不滅也，横目之民其必將樂堯舜之知君子也夫！

陳氏澧曰：「孟子曰：『春秋天子之事也。孔子成春秋而亂臣賊子懼。』春秋之所以作，孟子既明之矣，其始於隱、桓何也？春秋之前，魯幽公之弟魏公弑幽公而自立，懿公之兄子伯御弑懿公而自立，見史記魯世家。春秋不始於彼者，周宣王伐魯殺伯御而立孝公，亦見魯世家。是時天子尚能治亂賊也。至隱公爲桓公所弑，天子不能治之，此則孔子所以懼而作春秋也。史記周本紀：「平王四十九年，魯隱公即位。桓王八年，魯殺隱公。」太史公書此於周本紀者，以此爲春秋所以作故也。穀梁隱元年傳云：『公何以不言即位？成公志也，將以讓桓也。讓桓正乎？曰：不正。隱不正而成之，何也？將以惡桓也。』桓元年傳云：『桓弟弑兄、臣弑君，天子不能定，諸侯不能救，百姓不能去，以爲無王之道遂可以至焉爾。元年有王，所以治桓也。』然則，春秋始於隱、桓，爲惡桓弑隱，而孔子以王法治之，大義昭然矣。」

又曰：「晉董狐書趙盾弑其君，齊太史書崔杼弑其君，魯桓公弑隱公，春秋但曰公薨，而孟子顧以爲亂臣賊子懼，何也？董狐非趙氏臣也，齊太史非崔氏臣也，可以直書也。孔子爲魯臣，於其先君之篡弑不可直書也。魯之舊史雖有如南、董者，於隱公之弑書公子翬而已矣，無以見桓公之罪惡矣。孔子修之，削去弑君者之名，但書薨而不書地，則與正終者異矣。隱公不書葬，桓公書即位，其爲桓公弑隱公不待言而明矣。范武子云：「推其無恩則知與弑也。」此南、董之筆所不能到者也。趙盾、崔杼弑君而不篡國，南、董能懼之；魯桓公弑君篡國，雖南、董不能懼之，惟孔子乃能懼之。孔疏謂魯舊史不書弑爲愛君，董狐則志在疾惡，此謬説也。春秋不疾惡，亂臣賊子何以懼乎？」

元弼昔爲周易學，於會通篇論春秋曰：「聖人，人倫之至也，治辯之極也。天下之治，治于人倫。人倫辯則治，不辯則亂。易曰：『臣弒其君，子弒其父，非一朝一夕之故，其所由來者漸矣，由辯之不早辯也。』孟子曰：『孔子成春秋而亂臣賊子懼。』何以懼之？以辯懼之。明其爲賊，賊乃可服。春秋之討亂賊，辯其爲亂也，辯其爲賊也。亂臣賊子雖窮凶極悍，未有不懼天下之一旦致討者，故諱其弒莫如深，飾其弒莫如工，冀天下之惛然而莫辯也。晉太史書趙盾弒君而盾自解之，懼其辯也。齊太史書崔杼弒君而杼殺之，懼其辯也。襄、昭以後，禍變日多，良史罕聞，凶德逆節習不爲怪。孔子請討陳恆而爲權臣所阻，不得已而以天經地義、萬世人倫寄之春秋。春秋之討亂賊也，正名以辯之，比事以辯之，充類盡義以辯之，探本窮原以辯之。曷謂正名以辯之？當時政在大夫，君弱臣強，魯昭公伐季氏而至自謂弒季氏，名之不正至此而極。春秋凡君殺其臣曰殺，臣弒其君曰弒，弒君二十六同辭。周禮曰：『凡殺其親者焚之。』又曰：『放弒其君則殘之。』書弒者，春秋所以焚之殘之也。當時史例，凡弒君，稱君，君無道，稱臣臣之罪。春秋則無論君有道無道，凡弒君者，罪皆在臣。夫父子無獄，君臣無獄，君已被弒而猶論其有道無道，則凡弑君者皆以其君爲無道者也，是亂臣賊子皆可以解免，而弑逆將公行無忌也。君果無道，其可弑乎？史文之謬，莫此爲甚。春秋斷以義，不以稱君稱臣爲分别曲直之辭，而惟以書弑爲正名定罪之辭，而後亂賊無所逃於天下萬世之誅，後世之爲亂賊者無所恃以藉口藏身，此正名以辯之也。曷謂比事以辯之？趙盾弑君，董狐書之；崔杼弑君，南史書之。然盾也、杼也，弑君而未篡國，故南、董得而懼之；其弑君而篡國者，南、董所不能懼，惟春秋能懼之。春秋凡公薨必地必葬，而隱公不地不葬，辯其爲弑也。繼弑君，子不言即位，而桓公書即位，辯弑隱者即桓也。此比事以辯之也。曷謂充類盡義以辯之？趙盾不弑君而加之弑君，許止不弑父而加之弑父，以爲盾也、止也雖無弑父與君之心，而充類至義之盡則與弑無異。苟盾也、止也可以解免，則天下之亂賊將有所藉口以行其逆惡，而弑禍不可止矣。故明正其罪以大爲之坊，而後天下懔然於君臣父子之義，辯之早辯也。曷謂探本窮原以辯之？春秋深塞亂源，齊崔杼弑君而豫書『齊崔氏來奔』以譏世卿；公子翬弑隱公而豫書『翬帥師』以誅專命；宋宣公舍子立弟，當時君子以爲知人，而春秋大居正，謂與夷之禍宣公爲之，辯之早辯也。故春秋者，辯當時之亂賊以杜萬世亂賊之漸，辯已亂已賊之爲亂爲賊以推所由亂所由賊之漸，所以保全萬世之君臣父子也，所以保全萬世生民也。」

二

其事其文存左氏，作經大義屬商傳。
恢張宏例觀三傳，如禹隨山導百川。

史記十二諸侯年表序曰：「孔子西觀周室，論史記舊聞，興於魯而次春秋。七十子之徒口受其傳指，爲有所刺譏褒諱挹損之文辭不可以書見也。魯君子左丘明懼弟子人人異端、各安其意，失其真，故因孔子史記具論其語，成左氏春秋。」左傳序疏稱嚴氏春秋引觀周篇云：「孔子將脩春秋，與左丘明乘如周，觀書於周史，歸而脩春秋之經，丘明爲之傳，共爲表裏。」孝經序疏引鉤命決云：「春秋屬商。」

周易學會通曰：「孟子曰：『晉之乘，楚之檮杌，魯之春秋，一也。其事則齊桓、晉文，其文則史。孔子曰「其義則丘竊取之矣。」』左氏所傳，魯春秋之事與文也；公羊、穀梁所傳，孔子春秋之義也。昔孔子與左丘明觀史記，以百二十國寶書參考魯春秋，筆削之以爲經，而以史書舊文本事屬丘明論之。昔人謂不見魯春秋與百二十國寶書，終不可以見春秋筆削之旨，不知是二者已備著于左傳。左傳所書朝聘、會盟、征伐之等，皆舊史之事也；所舉『五十凡』及所釋書法，皆舊史本文之例也；所謂禮者，當時之禮；所謂『君子曰』者，當時君子之言。皆其事其文之類也。春秋因其事其文而辯之以義，而後君臣父子之道立。舊史之例曰：『凡弒君，稱君君無道，稱臣臣之罪。』春秋辯之，凡弒君者，罪皆在臣，無有道無道之别。公羊傳謂大夫弒君稱名氏，微者窮諸人，衆弒君賊無主名稱國。雖未盡得春秋本義，然即此可見孔子口授弟子之義與魯史舊例不同。然則，春秋本義宜如何？曰：春秋之文，史也。史文實事不能從百年後追改，然仍其文於經而詳著其事之本末於傳，賊在傳與在經無異，則凡弒君者名氏無一得隱於千載，此亂賊所以懼也，此春秋本義也。且弒君者雖歸惡於君，而赴告他國必舉弒者之名，或諉罪微者，或託言衆叛，春秋正因其書人書國以見其當國脅衆、歸罪他人，而卒不免於萬世之公討，此義中之義也。穀梁説此止一語，疑後師失其本義而用左氏説補之。魯昭公出奔，當時論者以爲社稷無常奉、君臣無常位。春秋辯之，書公居于鄆、公在乾侯以存公，誅季氏。凡左氏説與公羊、穀梁異者，皆魯春秋失義而孔子辯之。聖人之用莫大乎義，義以辯而明。春秋於舊史或因或革，革者固辯，因者亦辯，辯其失義以歸於義。藉非左氏論其本事，何由見聖人辯義之精哉？」

案：孔子成春秋而亂臣賊子懼，春秋之大義也。其事則齊桓、晉文云云，春秋之大例即治春秋之要法也。蓋孔子作春秋，屬左丘明述其本事舊文，以明筆削所據、取舍所由。而以制作大義，所以經天地、理人倫、存王迹、俟後聖者口授子夏，數傳而有公羊、穀梁之學。左氏所説書曰各條，舊史之法也；公羊、穀梁所説經旨，孔子所取之義也。即如「元年春王正月」，舊史以爲奉周正而已，孔子取之，則有五始及「先正王而繫萬事」之義。隱公不書即位，舊史以爲攝而已，孔子修之，則有「正隱惡桓」之義。隱公之薨，左氏但云「不書葬」，不云「不書弑」，且有討寪氏之文，則舊史必直書弑而歸獄寪氏。孔子修之，則於隱書薨不書地以明弑，於桓書即位以明弑隱者即桓。且隱篇書「翬帥師」，桓篇書「公子翬」，合之則翬爲隱之賊、桓之黨可知。故左氏與二傳本非相違而相成，其後源遠末分，三傳各有後師增續，事或失實、義或違經，而大旨尚不遠。學者以左氏之事核公、穀傳聞之虛實，以左傳書法較公、穀説義之精粗，姑置其事之尤乖異不可合者而論其同者、置其義之尤可疑者而論其確乎可信者，聖人之意已思過半，已足治萬世之天下而有餘。以此治春秋，如大禹隨山導水，行所無事而放乎四海矣。元弼往日治易，沈研鑽極，因易例悟春秋例，欲爲春秋孟氏學一書，舉此三例以明大義。一息尚存，終當成之。

三

魯史原文各國書，莫言千載盡成虛。
丘明本事皆詳載，史記未亡秦火餘。

詳上。太史公曰：「秦焚書，諸侯史記尤甚，爲其有所刺譏也。詩、書所以復見者，多藏人家，而史記獨藏周室，以故滅。」然左傳存則各國史記不啻皆存矣，此秦火所不能及也。

左傳所稱書不書，爲經張本述其初。
史文謬失經皆改，公、穀參觀義炳如。

四

凡左氏所稱「書曰」，皆明舊史書法。如隱元年書曰「鄭伯克段于鄢」，傳明稱鄭伯書克不書弟之故是也。以穀梁較之，則知此義爲孔子所取，而又有精焉者。凡稱不書，皆謂舊史不書。如隱十一年不書葬，傳曰「不成喪」，據當時實事；而不言「不書弒」，則舊史必書弒。且文十八年書曰「子卒」，傳云「諱之」，而子般、閔公之弒皆不云諱，明舊史亦皆書弒。以今經文及公、穀義較之，則知孔子筆削其文以明大義。魯號秉禮，史官書法最合舊典，此孔子所以修魯春秋也。然王迹既熄，亂賊滋起，天討不加，史官或據其諉罪他人之辭而書之。且王迹漸而熄，史法亦以漸而改，彝倫之不斁者幾希，此魯春秋之所以必待於修，且非聖人不能修也。凡左氏釋史文有不合於道者，皆爲聖人取義改定張本。如斷獄之有舊案，失出失入必具載之，而後降典制中可得而見。或者謂左氏是非謬於聖人，此誤以舊案爲折中定論也。左氏閒有合舊文新義論之者，此千百中之一二耳。

五

聖人筆削魯春秋，遺迹於今坊記留。
此是子思傳祖學，無窮義例待研求。

禮坊記引春秋者三。一云「魯春秋記晉喪曰：『殺其君之子奚齊及其君卓』」，一云「魯春秋去夫人之姓曰吳，其死曰孟子卒」。此二條皆言魯春秋，則魯史舊文也。一云「春秋不稱楚、越之王喪」，直言春秋，不言魯，則孔子經文也。蓋魯春秋於未踰年君稱君之子，孔子取其義，而以「及其君卓」相連成文，則失書弑名義，且沒荀息死難之節，故改之。去夫人之姓以諱取同姓，孔子取其義，而仍見吳文則非諱，故改之但稱孟子卒。楚康王之卒，襄公實在楚，且魯與楚通好已久，則魯史必備書葬楚某王。孔子修之，乃削之以正名分。此筆削之迹昭昭可見者。子思蓋聞之曾子，深知聖祖經論之意，故分別如此其精。以此推之，義例觸處皆通矣。

又案：太史公自序稱吳、楚之君僭號稱王，而春秋貶之曰子；踐土之會實召周天子，而春秋諱之曰「天王狩于河陽」。此二者一改史文，一因史文。貶之曰子，故不書葬以絶僭踰，春秋之特筆也；河陽以王自狩爲文，史文合義，孔子取之。故左傳即引聖言以釋書法，然聖人書經之意則不惟此而已。春秋繁露曰：「齊桓不予專地而封，晉文不予致王而朝。」

六

發首春王正奉周，足徵秉禮魯春秋。
聖文五始理尤廣，元化真同天地流。

經發首書「元年春王正月」，此魯史舊文也。左傳言周正月，以明魯奉周正。蓋一王之興必改正朔以應天命，惟王者之後得用其先王之正，餘諸侯則皆從時王之制，故曰「王正月」。諸侯之史於正月必書王，明奉王正也。正朔三而改，周以建子爲正，則商正建丑爲王之二月，夏正建寅爲王之三月。記事之法，正月無事則於二月書王，二月無事則於三月書王。若春三月無事，亦必書「春王正月」。若元年，雖記事在二月、三月，亦必於正月當稱即位之時書王，明奉王正乃得即位，此魯春秋所守周公舊典也。周衰，諸侯或不奉王正，擅用異代之法，惟魯秉周禮，率由舊章，故孔子作經據之。子曰「吾從周」，此其明驗也。「元年春王周正月」，魯史之事與文也，曰元、曰春、曰王、曰正月，其下當書即位，五者相次推之，皆有莫大至精之義。公羊有五始之説，董子、何邵公極言其旨，皆孔子所取之義也。中庸「仲尼祖述堯舜，憲章文武」云云，鄭君曰「聖人制作，其德配天地如此，惟五始可以當焉」，此之謂也。王正爲周正，而周以文王爲太祖，制度皆推本之，故公羊云「王者孰謂？謂文王也」，與左傳義正同。而晉王愆期乃妄以文王爲孔子，書僞泰誓疏引。其謬或有由來。鄭君注中庸「憲章文武」，先引公羊文九年傳「是子也，繼文王之體，守文王之法度」，乃引隱公元年傳「王者孰謂？謂文王也」，以傳證傳，邪説不待闕而息矣。周禮凡言「正月之吉」，謂周正；言「正歲」，謂夏正。三代雖改正，而月令皆用夏時。故春秋書周正，論語言「行夏之時」，義本一貫，而後之臆説乃謂春秋正月爲夏正，與後文所記時令、典禮皆不合。嗚呼，春秋家説背經反傳、誣聖人者多矣，特於發首早辯之。

七

正月書王大一統，春秋天子事昭彰。
憲章文武從周禮，儼若王綱弛復張。

左傳曰「王周正月」。公羊曰「王者孰謂？謂文王也。曷爲先言王而後言正月？王正月也。何言乎王正月？大一統也。」當時王迹熄，周天子守府之謂多，而在春秋則赫然大一統之氣象，故孟子曰「春秋天子之事也」。趙氏云：「孔子懼王道遂滅，故作春秋，因魯史記設素王之法，謂天子之事。」素王者，聖人不得位，空存王法之稱。故莊子天道篇曰「以此處下，玄聖素王之道」，史記殷本紀稱伊尹從湯言素王之事。孔子作春秋，尊周天子以臨諸侯，示惇典庸禮、命德討罪之法以俟後聖，王道燦然分明，周綱弛而復張，是謂素王之法。聖人人倫之至，春秋尊周，乃素王之法第一義。使獲麟之後天子能用孔子，即如伊尹以素王之事說湯，撥亂反正，文武之道復興東周矣。孔子終不見用，而空存其法以繼往，豫定其法以開來，是則莊子所謂玄聖素王之道而已。子曰「吾學周禮，今用之，吾從周」，從周使王迹不熄，天子之事行而亂賊懼，所謂「春秋經世，先王之志」也。左傳哀十四年正義稱賈逵、服虔、穎容等皆以爲孔子自衛反魯，考正禮樂，修春秋，約以周禮，可謂微言未絕、大義未乖。餘詳元弼所爲素王說。載復禮堂文二集。

八

深正乾元王次春，文王典則世遵循。

敬天法祖先端本，王化誕敷率土濱。

春秋發首書元，易有太極，爲乾元也。次書春，乾元始出，萬物所由生，所謂「帝出乎震」，萬物亦出乎震者也。次書王，體元以位天地、育萬物者也。次書正，乾元用九，則各正性命，天下治也。次書公即位，萬國咸寧也。此即文王作易繫辭之大義，孔子於易傳發之，即本之以作春秋。所謂「文王既没，文不在兹乎」，此其大原也。春秋書王即時王，而時王之正實武王、周公所制，推本文王者。時王能式文王之典，則周之天下長治。文王之所以爲文，即天之所以爲天。春秋開宗明義，示後之王者當以敬天法祖爲正天下之本。故孝經曰「先王有至德要道以順天下」，又曰「則天之明、因地之利以順天下」，是其義也。凡一代受命之王，皆繼天立極，垂法以保子孫黎民，後世由之可長治久安。憸邪小人欲傾覆邦家，必先以利口辯言欺罔朝廷、變亂祖制，聖人作經，豫防萬世之弊至深遠矣。

九

褒貶諸侯奉王法，天王名義震蠻方。

桓、文翼戴安中國，華袞千秋曜太常。

春秋先正王而繫萬事，褒貶諸侯，一奉王法。曲禮曰：「臨諸侯曰天王。」春秋凡紀王事多書天王。坊記曰：「君不稱天。」雖臣以君爲天，王侯所同，而天之稱惟施於王，以明尊無二上，大一統也。春秋之義貴王道、賤霸術，然桓、文尊周室、攘夷狄，則聖人大其功，予霸所以尊王也，故曰「其事則齊桓、晉文，其文則史」。桓、文之功，舊史之文，皆孔子所取，天王之稱亦魯春秋秉舊禮書之，聖人於是著義焉。

一〇

魯隱不書公即位，史官據實闕其文。
春秋褒讓更申道，大義穀梁得備聞。

隱元年左氏傳曰：「不書即位，攝也。」蓋隱公不備即位之禮，故史不書，此當時實事也。公羊傳曰：「公何以不言即位？成公意也。」穀梁傳曰：「公何以不言即位？成公志也。」此言孔子仍舊史之文，所以表隱之讓也。穀梁又曰：「焉成之？言君之不取爲公，將以讓桓也。讓桓正乎？曰：不正。兄弟天倫也，爲子受之父，爲諸侯受之君，已廢天倫而忘君父以行小惠，曰小道也。若隱者，可謂輕千乘之國，蹈道則未也。」此又從「成公志」中推出聖人明倫遏亂大義，可謂抉經之心。鄭君云「穀梁善于經」，穀梁傳序疏。即此見矣。

二一

隱篇翬絶桓篇否，記事各申當日情。
深塞逆源明黨惡，經心遠比史文精。

隱四年，「翬帥師會宋公、陳侯、蔡人、衛人伐鄭」。左氏傳曰：「宋公使來乞師，公辭之。羽父請以師會之，公弗許，固請而行。故書曰『翬帥師』，疾之也。」十年，「翬帥師會齊人、鄭人伐宋」。傳曰：「羽父先會齊侯、鄭伯伐宋。」此魯史舊文，著翬專命先期之罪而已。公羊、穀梁則曰：「貶。曷爲貶？與弒公也。」又曰：「隱之罪人也，故終隱之篇貶。」此孔子修經之義，所以著翬爲弒君之賊也。桓三年，「公子翬如齊逆女」。左氏傳曰：「修先君之好，故曰公子。」此魯史舊文，依修好常禮書之而已。孔子修經之義，則以著翬爲桓之黨。范氏穀梁集解曰：「翬稱公子者，桓不以爲罪人也。隱之賊而桓不以爲罪人，則弒隱者即桓明矣。」隱弒在十一年，而豫於四年、十年絶翬，辯之早，所以深塞逆源也。隱弒而桓書即位，翬於隱篇絶、桓篇不絶，所以著黨惡，王法當並誅也。屬辭比事而春秋之教可知矣。

一二

隱弒寃誣討寪氏，史惟闕葬不成喪。
春秋比事誅元惡，篡賊千秋罪狀彰。

春秋去舊史弒者之名，而隱薨不地、桓書即位，翬於隱絶、於桓不絶，罪案昭彰，如鑄鼎象物，無所逃隱。上有王法，下有清議，亂賊安得不懼？餘詳上。

一三

桓正無王舊史同，參詳左、穀義昭融。
聖文特筆申王法，天討常懸不測中。

春秋之例，凡春與正月、二月、三月連文者，皆必書王，左氏傳同。惟桓公篇經自元年、二年、十年、十八年外，春下書正月等皆無王文，左傳更終桓篇春下無王。穀梁於元年、二年、十年皆明桓無王而稱王之故，十八年無傳，義可推。蓋桓弟弒兄、臣弒君，天子不能討，則是天下無王也。然桓身負大罪，自知王覲之未可，惟要結鄰國、獎助逆惡以自固，隱有不奉王正之勢。故史如其意，每年但書春正月，不書王。孔子修經，即因舊史成文以著其無王之罪，而特於元年、末年書王，以王法始終治之。又於與夷之弒書王以正君臣之義，於曹伯終生之卒書王以正父子之倫，見王法猶在。天討常懸不測之中，弑逆大惡，王誅必加，人心皆同此理，此亂賊所以懼也。桓無王之義，亦穀梁獨得經旨者。

又案：諸侯即位必受命於天子，而每歲月令皆由天子頒朔。春秋之初，弑君自立者，天子雖不能討，猶未敢公然如曲沃武公之請命。天子頒朔或不及之，以示不列之於諸侯，故桓初魯史不書王正。至四年天王使宰渠伯糾來聘，則頒朔必及。而是時桓羽翼已成，有不畏王章之意，故史仍不書王正以終桓之世。孔子修經，乃於無王中書王以臨之，此天下萬世人心中之王法無可解免者。桓爲魯之先君，聖人於其弑逆大惡，隱其文以守臣下之分，著其實以昭天理之公。無王而書王，其文則奉王正也，其實則申王法也。精義之至，非聖人孰能爲之？曰：春秋以王法治桓，來聘、求車皆書天王，而莊元年王使榮叔來錫桓公命，王不稱天，何也？曰：桓四年以後，王使雖屢下交，尚未直錫以命，至是竟追錫之，則王法蕩然無存矣。經書錫命凡三：文元年，天王使毛伯來錫公命，稱天王，其正也；莊元年，王使榮叔來錫桓公命，何氏曰「不言天王者，桓行實惡，而乃追錫之，尤悖天道，故云爾」，此公羊家舊義；成八年，天子使召伯來錫公命，穀梁傳曰「曰天子何也？曰：見一稱也」，見一稱者，謂於稱王、稱天王之外，又見一稱，明三者皆至尊之稱。據左傳似魯春秋，三者錯見無義例，大率稱天王者最多，直稱王者較少，稱天子者更少。孔子修經，亦並存三稱，如穀梁所説。而以錫命三文比事觀之，則來錫桓命獨不稱天，實有微意，何氏所説得之。錫桓命與賵成風皆直稱王，其文非貶也。三錫命各異稱，則義存乎其中矣。故曰：「屬辭比事，春秋教也。」又曰：「春秋之微也。」荀子勸學文。知微之顯，可與明教矣。

一四

般、閔史文直書弒，惟於子赤左傳作惡策書殊。

春秋盡諱明皆弒，宣、遂、桓、翬一例誅。

莊三十二年，子般卒。左傳曰：「共仲使圉人犖賊子般于黨氏。」閔二年，公薨。傳曰：「共仲使卜齮賊公于武闈。」文十八年，子卒。傳曰：「仲殺惡及視而立宣公。」書曰子卒，諱之也。」傳但於子惡之卒言諱，而於般之卒、閔之薨不言諱，且明指慶父所使之人，則是魯春秋於般、閔皆直書不諱，而歸罪犖、齮，則慶父與宣、遂之罪皆不見。即舊史書慶父，而或書或諱，一若子赤真非弒者，而宣、遂之罪愈不見。孔子修經皆書薨書卒，而閔繼般、僖繼閔皆不書即位，惟宣繼子惡與桓繼隱同書即位，則宣與桓同罪、遂與翬同罪著矣。或曰：文之末子卒而宣書即位，襄之末子野卒而昭書即位，何以見其一弒一非弒？曰：子般之卒也，下書公子慶父如齊，明弒般者慶父也。閔公之薨也，下書夫人姜氏孫于邾，公子慶父出奔莒，明弒閔者哀姜也、慶父也。子赤之卒，下書夫人姜氏歸于齊，明其被弒也。上書公子遂、叔孫得臣如齊，下又書季孫行父如齊，明弒子赤者遂，而得臣與謀、行父從逆也。子卒之文上下如此，與般、閔同，而宣書即位與閔、僖異，則宣與乎弒明矣。若襄三十一年，子野卒，上下文絕無牽連，其爲正卒甚明。或以子般卒、子卒爲例，疑爲季氏所弒。夫季氏雖不臣，然豈可於千載後臆加以弒逆之罪？經文屬辭彼此迥殊，何不考耶？

一五

公在乾侯處于鄆，不能外内語淒然。
春秋大著存公義，溝墓曾申司寇權。

昭公孫齊後，每年書公居于鄆、公在乾侯。左氏曰「言在外」，又曰「非公，且徵過」，又曰「言不能外内」，此魯史舊文也。穀梁曰「義不外公」，又曰「存公」，此孔子修經之義也。當時君弱臣強，列國權奸聲勢相倚，邪説淫辭習非成是，故舊史以非公徵過爲文。然曰不能外内，又淒然有恤公之心。孔子修之，則就其文而大著不外公、存公之義，存公所以誅季氏也。昭公薨，季氏葬之墓道南。孔子之爲司寇也，溝而合之墓，即春秋不外公、存公之義。孔子在當時雖不能有加於季氏，而春秋之義明，即司寇之典刑正矣。昭公伐季氏，誠不量力以取禍，然意如專僭之罪實王法所不容。論語孔子謂季氏「八佾舞於庭，是可忍也，孰不可忍也」，季氏之罪不可容忍，則昭公伐之非失刑明矣。此春秋懼亂賊之義也。

一六

天網恢恢疏不漏，慶殃善惡報昭然。

傷殘兄弟受妻禍，殷鑒魯桓與魯宣。

易曰：「積善之家必有餘慶，積不善之家必有餘殃。」春秋所記善惡殃慶昭若日月、捷於影響。如魯桓弑隱，而後爲文姜所戕；魯宣殺惡及視，而後有穆姜之亂。凡傷殘兄弟者多受妻禍，豈惟有國，有家亦然；豈惟天道，人事實然。兄弟至親，手足相爲左右、耳目相爲視聽，若自蔽其耳目、自斷其手足，則孤特無與。且如此之人必不能正身以齊家，一遇淫凶之婦，悍無顧忌，何惡不爲？此妻禍所以易及也。或曰：莊之哀姜、文之敬嬴，爲亂即在兄弟，如之何？曰：此不能以道正家之咎。詩曰：「刑于寡妻，至于兄弟，以御于家邦。」傳曰：「宜其家人，而后可以教國人；宜兄宜弟，而后可以教國人。」

君子言有物、行有恆、正倫理、篤恩義則家道正，正家而天下定矣。

一七

身膏蕭斧有時盡，名入春秋蓋覆難。
莫謂商臣逭天討，千秋掌戮永焚殘。

或謂商臣弑父與君，罪大惡極，而身以令終，且有賢子，世享楚國，以爲天道不可知。不知刑莫酷於萬世之誅，周禮大司馬九伐之法，放弑其君則殘之；掌戮，凡殺其親者焚之。焚殘之誅，嚴烈極矣。然既焚既殘，則亦已矣。商臣大罪著於春秋經至明，而傳文又詳載其凶逆之顛末，後世稱大逆不道者必首數之，是天討無時可避也，是萬古永永焚殘也。亂臣賊子雖有國如商臣、陳恆，有天下如明之永樂，而逆節惡名著在典册，雖孝子慈孫百世不能改。貴爲天子諸侯，而樵夫牧豎知其事者羞與爲比，故春秋之教行而亂臣賊子懼。

一八

元咺訟君獄既成，列邦史法漸紛更。
弑君凡例滋邪説，不有聖人誰廓清。

衛侯與元咺訟不勝，晉侯執而歸之京師，請殺之。蓋借以報其出亡不禮、假道弗許之怨，此夫子所以稱晉文公譎而不正也。襄王弗許，曰：「父子無獄，君臣無獄。元咺雖直，不可聽也。」大哉王言，猶秉先王之舊章，此周室所以雖弱不亡也。然自是亂獄往往歸惡於君，邪説興而史法因之以變。左傳言凡弑君，稱君君無道，稱臣臣之罪，此晉霸以前史例所未有者。孔子作春秋，乃一舉而廓清之，不以稱君稱臣爲分別曲直之辭，而惟以書弑爲正名定罪之辭，萬世人倫於是乎正。

一九

趙盾出亡不越竟，董狐書法著春秋。
兵權未解忍容賊，雖不與謀亦與謀。

晉趙穿弑靈公，宣子未出山而復，太史書曰：「趙盾弑其君。」宣子曰：「不然。」對曰：「子爲正卿，亡不越竟，反不討賊，非子而誰？」孔子曰：「董狐，古之良史也，書法不隱。趙宣子，古之良大夫也，爲法受惡。惜也，越竟乃免。」蓋越竟則身爲他國所制，不能即反，而本國兵權已屬他人，不能定以討賊責之。若未越竟而聞變，即當痛哭奔喪，反而討賊，此義所必爲、力所能及也。力能討賊而不討，雖初不與弑君之謀，亦何以異於與謀？故孔子謂董狐爲良史，稱其書法不隱，君父之際聖人加焉。宋昭公之弑，宣子嘗聲其罪而討之，則於君臣之義本守之甚嚴，必非與乎弑君者。然既不討穿，又使逆新君，忍心害理，忘君庇賊，則其受惡也宜矣。晉自曲沃篡翼以來，社稷無常奉、君臣無常位之邪説蓋已萌芽，其後卒爲三家所分。而魏安釐王塚中，後世竟得竹書穢史，誣衊古聖，以文姦逆。董狐在當時獨能嚴申君臣大義，春秋所以深取之。

二〇

篡賊更名逃史筆，不憂南、董紀當年。
豈知天網終難脱，同罪特書楚子虔。

楚公子圍弑君自立，以疾卒赴於諸侯，而自更名曰虔，以爲諸侯之史雖有知其事而直書者，但書圍、不書虔，則篡盜之名可脱，天下後世之耳目可塗。春秋深燭其姦，昭十一年書「楚子虔誘蔡侯般殺之于申」。蔡侯般名，楚子虔亦名。般弑父之賊，虔亦弑君之賊，二賊罪同故名同。般罪必討，虔罪亦當討，誘而討，討而取其國，春秋謹書之，此當事之義也。因般之討以明虔之亦當討，此前後比事之義也。左氏不釋書虔之故，蓋魯春秋但書楚子；加虔者，夫子特筆也。

齊、衛同謀拒晉師，曼姑圍戚涉嫌疑。
春秋比事誅無父，三傳文應合論之。

二一

哀二年夏，衛侯元卒。

晉趙鞅帥師納衛世子蒯聵于戚。

三年春，齊國夏、衛石曼姑帥師圍戚。

左傳曰：「齊、衛圍戚，求援於中山。」

惠氏士奇春秋説曰：「晉霸既衰，諸侯叛晉，而齊、衛之邦交尤密，故定十三年晉有范、中行之亂，齊、衛會于牽、于洮，謀救范、中行。哀元年，齊、衛遂聯兵伐晉。哀四年，齊、衛復聯兵伐晉，會鮮虞，納荀寅于柏人。則齊、衛之救范、中行者不可謂不力矣。獨哀三年齊、衛聯兵圍戚以救范氏，是時衛蒯聵在戚，而齊、衛圍之，故公、穀二傳以爲衛輒拒父，而左氏不言。傳曰『齊、衛圍戚，求援于中山』，中山者，晉之讐，不服晉，晉數伐之，中山亦伐晉以報之，故齊、衛圍戚而求援焉，則戚是時屬晉不屬衛也。戚乃衛、晉間之地，哀二年齊人輸范氏粟，鄭子、姚子般送之，士吉射逆之，晉趙鞅禦之。遇於戚，將戰，郵無恤御簡子，衛大子爲右。鄭人擊簡子中肩，衛大子蒯聵救之以戈。鄭師北，大子復伐之，鄭師大敗，獲齊粟千車。先是，晉趙鞅納蒯聵于戚，故爲簡子車右而敗鄭師。經書『戰于鐵』者，鐵乃戚城南之丘，明鐵之戰實在戚，則戚是時仍屬晉矣。哀元年夏，齊、衛救邯鄲，圍五鹿。蓋范氏之黨趙稷、涉賓以邯鄲叛，故齊、衛圍五鹿以救邯鄲。則三年齊、衛圍戚，救范氏也。元年秋，齊侯、衛侯謀救范氏而會于乾侯，魯師、齊師、衛孔圉、鮮虞人伐晉，取棘蒲。然則，齊、衛元年兩伐晉，一圍五鹿、一取棘蒲，而中山及魯亦與焉。至是，齊、衛復伐晉，圍晉之戚而求援于中山，乃救范氏，非拒蒯聵，益信矣。及五年范、中行之亂既平，趙鞅以衛救范氏，故伐衛。六年，晉治范氏之亂，伐鮮虞，則齊、衛、中山皆以救范氏而伐晉，故趙鞅亦報伐衛及中山，於衛世子何與乎？是時晉失諸侯，而趙氏與范、中行爭國，各據邑以叛，興兵相攻，諸侯皆助范、中行而伐晉。左氏據國史紀事，前後詳密；公、穀不信國史，而以意逆之，得失常參半。見經前有納戚、後有圍戚之文，又圍戚之師衛石曼姑也，遂疑曼姑爲子圍父。如其然，則齊國夏何爲者哉？四年，國夏伐晉，取晉八邑而納荀寅于柏人者，中山之力居多，故三年圍戚，國夏主兵而求援于中山也。人雖甚不肖，苟非兩足之禽，未有子圍其父、願爲戎首以助之者，吾知其必不然矣。或問曰：齊國夏、衛石曼姑帥師圍戚，曼姑不知蒯聵在戚歟？抑明知之而佯若不知歟？曰：非然也。蒯聵在晉不在戚也。何以知蒯聵在晉歟？哀十六年，蒯聵自戚入于衛。十七年，晉趙鞅使告于衛，曰：『君之在晉也，志父爲主。』以此知蒯聵在晉也。哀二年，蒯聵既以勇力持矛而爲趙鞅車右矣。三年，趙鞅圍邯鄲，蒯聵亦必從之，則蒯聵在晉不在戚又何疑？且晉取戚而蒯聵居之，實趙鞅爲主，故齊、衛伐趙鞅而圍戚，其事與其文甚明，又何必曉曉焉復爲之辨哉？」

案：左氏所說，魯春秋之事也。惠氏依據實事，貫穿前後，至爲詳明。圍戚實爲伐晉救范氏，並非爲輒拒蒯聵，故范、中行平後，絶不聞衛與戚有相涉之事。至哀十六年，蒯聵潛入衛，召獲駕乘車，奉衛侯輒來奔，示無校抗之意，則其初未嘗興兵拒父可知。又渾良夫曰：「疾與亡者，皆君之子也，召之而擇材焉。」若圍戚果爲拒父，則召之必不敢至，又何擇材之有？前後統觀，明輒未嘗仇其父，蒯聵亦未嘗仇其子。但戚既爲蒯聵所有之邑，而曼姑以輒之臣圍之，不免有爲子拒父之嫌。君父之際，聖人加焉，故趙盾不弑君而加之弑君，許止不弑父而加之弑父。曼姑雖本從齊伐晉，而不顧君之父在晉，戚爲其所有之邑，故比事書之，以見其陷君於無父之罪，而蒯聵之無父亦於是見焉。公羊、穀梁説經義未甚瑩，論語「夫子爲衛君」章及「正名」章即春秋此經之本傳，鄭注足補二傳之闕，詳下。

公羊傳曰：「戚者何？衛之邑也。曷爲不言入于衛？父有子，子不得有父也。」孔氏廣森通義曰：「以蒯聵對輒言之固父也，雖若得有其子之國；以蒯聵對靈公言之則子也，靈公不以衛與蒯聵，即蒯聵不得而有衛也。」

案：傳義當如孔説，傳以納戚爲入衛，蓋傳聞之誤。其言父有子、子不得有父，明輒不得拒父，蒯聵亦不得干父命，則甚是。

又曰：「齊國夏曷爲與衛石曼姑帥師圍戚？伯討也。此其爲伯討奈何？曼姑受命乎靈公而立輒，以曼姑之義爲固可以距之也。輒者曷爲者也？蒯聵之子也。然則，曷爲不立蒯聵而立輒？蒯聵爲無道，靈公逐蒯聵而立輒。然則，輒之義可以立乎？曰：可。其可奈何？不以父命辭王父命，以王父命辭父命，是父之行乎子也；不以家事辭王事，以王事辭家事，是上之行乎下也。」孔氏曰：「曼姑之義爲可距，則輒之義不可距父，文外自見，此傳立言之善也。蒯聵本靈公所逐，曼姑爲父距〔一〕子，非爲子距父也。假令輒以愛父之故委國而去，衛人猶當更立長君，將遂可以悖靈公之命迎蒯聵而君之乎？推是以論，曼姑不得不距矣。」

案：公羊義此時輒已出奔，曼姑以受命靈公之故拒蒯聵而使齊主兵討之，蓋欲逐之於外，如靈公在時。然蒯聵在先君爲無道見逐之子，而於今君則父也，爲子拒父，陷君於不孝，乃不義之大者。孔氏所説，固得此傳立言之意，且合當日情事，然如此則是蒯聵欲入衛而拒之，非已入衛而逐之，似與上傳齟齬。惟云曼姑之義可以拒之，明輒之義不可以拒父，則固傳意也、經義也。傳問輒之義可立否，曰可者，何氏解詁云「輒之義不可以拒

〔一〕距，底本作「拒」，據春秋公羊經傳通義及上下文改。

父，故但問可立與不」。孔氏曰傳言可者，謂衛人可以王父之命立輒，非謂輒可仇讐其父、偃然居位也。愚謂不以父命辭王父命云云者，此家庭子孫服事之常，祖已有命，父未知而復命以他事，則可敬對曰「俟王父事畢即敬爲之」；若父先有命而王父更有命，則不敢先父命而緩祖命。或父曰可而祖曰否，父必從而否之，而孫以從祖者從父，是父之行乎子也。不以家事辭王事云云者，此人臣移孝作忠之常，詩所謂「王事靡盬，不遑將父，不遑將母」，是上之行乎下也。禮，適子死則立適孫，或適子有廢疾，亦立適孫，故喪服有爲君之父服。以此推之，則靈公逐蒯聵而立輒，衛人之義固可以立之，而蒯聵不當干父命。然以王父命辭父命，絶非拒父之謂。圍戚之舉，嫌於爲子拒父。故論語子貢以夷、齊爲問，而知夫子之不爲衛君也。

穀梁傳曰：「納者，内弗受也。何用弗受也？以輒不受也。」案：何用弗受，謂衛人不受蒯聵之入也。以輒不受，謂輒之立不受命乎父而受命乎王父也。兩受字義異。又曰「以輒不受父之命，受之王父也」，此所謂輒不受。又曰：「信父而辭王父，則是不尊王父也。其弗受，以尊王父也。」此申内弗受之義。蓋天子、諸侯以大統授受相繼，故適子有廢疾不立，孫受國於祖，則高、曾、祖、禰四廟皆孫之爲君者主之。其父爲國君之父，尊之至而非君，君以國奉養養之至而不主國。其死也，君自服斬衰三年，而臣下服期。衛人蓋準此禮以辭蒯聵之入，以爲非拒父，乃尊王父也。當時晉納蒯聵，或以父不立而子立爲讓，衛人據此義辭之，於爲後公，義非不正，而於父子私恩則傷。子不私其父則不成爲子，時輒尚少，衛人所以處輒者實未當。且父有廢疾而孫繼祖者，變之常也，無所謂信與辭也。父見廢而孫繼祖者，變之變也。辭王父則國屬父，辭父則國屬己，是名尊王父而實爭國也。且當日情事更有難者，故經書納爲内弗受之辭，傳意蓋如此，而於三年圍戚終其義。范氏稱穀梁以衛輒拒父爲尊祖，非也。

又曰：「此衛事也，其先國夏，何也？子不圍父也。不繫戚於衛者，子不有父也。」

案：子而圍父，則天理絶、人倫滅矣，故以齊首兵。戚既爲父所有，子不得而有之，故不繫戚於衛。此終上傳義，明輒雖可立，衛人雖以尊王父弗受蒯聵，實陷君於不子。鍾氏文烝補注曰：「子不可圍父，故不從邾人、鄭人、宋人、齊人之例。子不可有父，故不從宋彭城之例。此論語不爲衛君之意。兄弟交讓無怨則以爲賢且仁，子與父爭國則爲之深正其義。明父雖不父，子不可不子。父雖以戚事晉，子終當以衛事父。既不能舍國而逃以從其父，則亦已矣，奈何以兵圍之哉？公羊亦謂父有子，子不得有父。」

以上二傳所説，孔子春秋之義也。蓋曼姑雖從齊伐晉，圍晉之邑，並非爲子圍父。而君之父實在晉，不顧之而與晉搆兵，則父子異黨，隱然相敵。戚雖屬晉，實爲君之父所有，又不顧而圍之，則與爲子圍父何異？故經上書「納衛世子蒯聵于戚」，下書「衛石曼姑帥師圍戚」，以見其陷君於不子，成父子爭國之惡。然以子圍父，既聖人所不忍言，而事涉嫌疑，意非本惡，故據伐晉本事，以齊國夏先之。明人子舉事，若不顧念其父，即不免於無父之罪。此春秋所以治輒也，即叔齊雖受國於父而不忍居之義。定十四年書衛世子蒯聵出奔宋，哀二年書夏四月衛侯元卒，晉趙鞅帥師納衛世子蒯聵于戚，明蒯聵得罪於父而出奔、父死而求入，其無父之罪自見。此春秋所以治蒯聵也，即伯夷不忍違父命而受國之義。

論語：冉有曰：「夫子爲衛君乎？」子貢曰：「諾，吾將問之。」入曰：「伯夷、叔齊何人也？」曰：「古之賢人也。」曰：「怨乎？」曰：「求仁而得仁，又何怨。」出曰：「夫子不爲也。」鄭注曰：「衛靈公逐太子蒯聵，公薨而立孫輒，後晉趙鞅納蒯聵於戚城，衛石曼姑帥師圍之，故問其意助輒不乎。」又曰：「父子爭國，惡行，孔子以伯夷、叔齊爲賢且仁，故知不助衛君明矣。」

案：春秋因曼姑伐晉圍戚，比事託義以深正父子之倫，公、穀説經意善而文不甚晰，讀論語鄭君此注，大義昭然矣。

子路曰：「衛君待子而爲政，子將奚先？」子曰：「必也正名乎。」注曰：「正名，謂正書字也。」案：君子居是邦，不非其大夫，況於其君，故渾言正名。書字所以正百事之名，而名莫先於父子。子路蓋誤以此正名爲專屬書字，故以爲迂，夫子因極言名正言順之義。則父子之名當正，不言而自明。若直言正父子之名，子路豈不知大義而云迂乎？曰必也正名，明必如是而後政可爲，非是則不爲也。

惲氏敬先賢仲子廟立石文曰：「衛出公未嘗拒父也。衛靈公生于魯昭公二年，其卒年四十七，而蒯聵爲其子，出公爲其子之子。蒯聵先有姊衛姬，度出公之即位也，内外十歲耳。二年魯哀公二年。蒯聵入戚，三年春圍戚，衛之臣石曼姑等爲之，非出公也。」

夏氏炘衛出公輒論曰：「靈公薨時，輒至長亦年十餘歲耳，以十餘歲之童子即位，則拒蒯聵者非輒也。蒯聵有殺母之罪，斯時南子在堂，其不使之入明矣，輒不得自專也。及輒漸長而君位之定已久，勢不可爲矣。考蒯聵於靈公四十二年入居於戚，及至出公十四年始與渾良夫謀入，凡在戚者十五年，此十五年中絕無動靜，則輒之以國養可知。孔子於輒之六年自楚至衛，輒年可十七八歲，有欲用孔子之意，故子路曰衛君待子而爲政。孔子以父居於外，子居於內，名之不正莫甚於此，故有正名之論。其後孔子去衛，而果有孔悝之難。甚矣，聖人之大居正，爲萬世人倫之至也。孟子曰：『孔子於衛孝公，公養之仕。』先儒謂孝公即出公輒。孔子在衛凡六七年，輒能盡其公養，則此六七年中必有不忍其父之心，孔子以爲尚可與爲善，而欲進之以正名。惜乎優柔不斷，終不能用孔子耳。設也輒果稱兵拒父，而孔子猶至衛，且處之六七年，何以爲孔子？」

案：二說皆當。輒之初立，南子在堂，本先君之命，不使蒯聵得入，故公羊謂曼姑之義固可以拒之。而十數年中，蒯聵在戚，絕無動靜，一則以君母在堂，靈公舊臣多存；一則輒必有奉養。及南子卒後，輒可迎父入國，奉以爲君。若父感其孝，使終居位，則爲君之父，備極尊崇，以國致養，如孔子正名之義，斯爲盡善。不能出此而遲延偷安，卒及於難。夫子去衛，蓋知輒之不足與有爲也。合春秋三傳及論語觀之，聖人所以明人倫者至矣。

二二

河陽會狩耀王靈，諸夏同盟踐土庭。
車馬攻同疑再見，召君可惜悖常經。

僖二十八年五月癸丑，公會晉侯、齊侯、宋公、蔡侯、鄭伯、衛子、莒子盟于踐土，公朝于王所。

左傳：「晉既敗楚而還，甲午至于衡雍，作王宮于踐土。」服氏解誼云：「既敗楚師，襄王自往臨踐土，賜命晉侯，晉侯聞而爲之作宮。」史記晉世家集解。

又曰：「丁未，獻楚俘於王。己酉，王享醴，命晉侯侑。王命尹氏及王子虎、內史叔興父策命晉侯爲侯伯。癸亥，王子虎盟諸侯于王庭。」
案：晉侯作王宫于踐土，則王涖踐土可知，獻楚俘於王即獻于踐土之王宫也。經上書公會晉侯等盟于踐土，下書公朝于王所，則是踐土之會王涖之，而晉侯率諸侯以朝，如古大朝覲、會同之禮。周自平王東遷，諸侯朝禮多曠，會同之典久廢，戎狄荆舒侵敗王略。晉文攘强楚、安諸夏有大功，王親勞而命之，遂率諸侯以尊天子，周室赫然有中興氣象。宣王車馬攻同之後，莫此爲盛矣。
冬，公會晉侯、齊侯、宋公、蔡侯、鄭伯、陳子、莒子、邾人、秦人于温。天王狩于河陽。壬申，公朝于王所。
左傳曰：「是會也，晉侯召王，以諸侯見，且使王狩。仲尼曰：『以臣召君，不可以訓。』故書曰天王狩于河陽，言非其地也，且明德也。壬申，公朝于王所。」孔氏正義曰：「晉侯志在尊崇天子，故解舊史隱其召君之闕，以明晉侯尊事天子之功德。傳於河陽之狩、趙盾之弑特稱『仲尼曰』者，史策皆書實事，晉侯召王使狩而作自狩之文，似言不實也。凡例弑君稱君君無道，靈公不君而稱臣以弑，似君無過也。案：傳意蓋謂不書趙穿而書盾，嫌失實耳，此數語未當。此皆變舊例以起大義，故特稱聖言明之。」

按：此疏以書曰云云爲解舊史之意，與前疏異，此説是也。左氏既引孔子之言，遂承其文以解舊史。凡傳内稱「書曰」者，皆謂魯春秋所書，孟子所謂「其文則史」也。曰「非其地」者，天子、諸侯狩皆於境内，河陽非其地而狩，則是因會而狩。書狩不書會，諱召王之失，且明王靈暫振，晉實有功也。史記晉世家：「孔子讀史記至文公，曰：『諸侯無召王，王狩河陽。』著春秋，諱之也。」言王狩河陽著於魯春秋，諱之也，如世家文。則是「故書曰」云云，謂孔子説魯春秋書法，如稱董狐書法不隱之比。公朝于王所，即所謂以諸侯見也。此條魯春秋之義深爲聖人所取，然經義則又有精焉者，詳下。

公羊傳曰：「曷爲不言公如京師？天子在是也。天子在是，曷爲不言天子在是？不與致天子也。」孔氏云：「晉文慮無以屬諸侯，上假天子爲重，作王宫于踐土，使王就而受諸侯朝焉。子曰：『以臣召君，不可以訓。』故但言朝于王所，舉其可訓者而已。」案：王以晉有大功而欲往勞之，晉文聞而就近作王宫，爲王合諸侯之地，固不失尊王之義，而其意則不免假王自重。故因溫之會召王，而於此即不與其致天子，此春秋「正名早辯，予奪各不相蒙」之義。

又曰：「狩不書，此何以書？不與再致天子也。」案：據左傳則惟溫之會召王，晉世家亦云「晉侯會諸侯于溫，欲率之朝周，力未能，恐其有畔者，乃使人言周襄王狩于河陽」。晉文實欲假王自重以討不服，而託言力未能盡致之周，反致天子以令諸侯，所謂譎而不正，故春秋不與之。且推見至隱，并踐土作宮而謂之再致，旨深而義嚴矣。

穀梁傳於踐土之會、溫之會皆曰諱會天王也。據左傳，溫之會晉侯召王以諸侯見，公朝于王所，則踐土之會經書公朝于王所，亦必晉侯以諸侯見，是二會皆王涖之。然既非時見曰會之常，又有召君而會之嫌，故魯史分別其辭，於諸侯曰「公會某侯某侯」，於天子曰「公朝于王所」，立言最爲得體。聖人用其文而深著其義，所以辨上下、示民不疑也。

又曰：「朝不言所，言所者非其所也。」案：此幸諸侯之屬於王所，而又惜王所之非其所也。

又曰：「天王守于河陽，全天王之行也。爲若將守而遇諸侯之朝也，爲天王諱也。壬申，公朝于王所。其日，以其再致天子，故謹而日之也。」案：經以王自守爲文，爲王諱見召，尊王之大義也。

以上孔子修經之義，取舊史之義而加精焉。蓋晉文當周室衰、強楚横之際，其始誅叔帶、定襄王，其後敗楚師、率諸侯朝王，自是晉霸歷百餘年，王室賴以久安，天下生民不至遽罹戰國之禍。齊桓餘烈，晉文實繼之，固春秋所深予。然狐偃之言曰：「求諸侯莫如勤王，諸侯信之，且大義也。」在取威定霸者言之，可謂知本。而以文王之德之純觀之，則其勤王也，爲求諸侯也；其申大義也，欲諸侯信之也。故既定襄王而即有請隧之言，踐土之會、溫之會皆假天子以自重，而又不能盡正君臣之禮，其後諸侯雖名爲尊王，而事天子遠不如事霸主，其視文王率六州之衆奉勤於商，誠僞敬肆相去爲何如哉！文王事大無道之主而爲臣止敬，晉文事可與有爲之主而不能盡禮，此王道、霸術之大别也。故春秋於霸者予其功，而有甚不予者存焉，此聖人所以明人倫、垂教萬世也。

二三

王狩不書此獨書，史文得體義猶粗。

春秋特據巡方例，深正君臣黜僭踰。

天王狩于河陽，以王自狩爲文。左氏以狩爲時田，此實事也，孔子修經，蓋又託巡守之義。古狩、守字通，范武子曰：「因天子有巡守之禮，故以自行爲文。」此必穀梁家舊說。古者巡守會諸侯，或兼田獵講武，故成有岐陽之蒐，宣有車攻之詩，二者義得相兼，巡守必至方嶽之下而祀四嶽河海。穀梁傳曰：「溫，河陽也。會于溫，言小諸侯。溫，河北地。以河陽言之，大天子也。」詩曰：「懷柔百神，及河喬嶽。」又曰：「允猶翕河。」因天子巡守有事於河，故依以爲文。王守河陽，公朝王所。若天子當陽，諸侯用命，普天之下莫不震疊者然。所以深正君臣，使冠履無敢顛倒，所謂春秋天子之事也。

又案：左傳言溫之會，晉侯召王，以諸侯見，且使王狩，是會、狩連事同地。又曰：「仲尼曰：『以臣召君，不可以訓。』故書曰天王狩于河陽。言非其地也，且明德也。」意蓋謂天王書狩不書會，變溫言河陽，言非會地也。溫即河陽之邑，因狩地必廣大於會所而殊別其文，爲王諱見召，且明晉有尊王之功。正名以垂訓，隱惡而揚善也。穀梁言小諸侯、大天子，全天王之行，正晉文之僨，正本舊史之義而精之。左傳非其地之文，如此解之，似較舊説密合。

二四

懿親衛、晉貶書戎，經義史文孰會通。
王略被侵誰執咎，義參盾、止得毋同。

隱七年，戎伐凡伯于楚丘以歸。據左傳則伐凡伯者實戎也，而穀梁以戎爲衛。成元年，王師敗績于茅戎。據左傳則敗王師者實茅戎也，而公羊、穀梁皆以戎爲晉。愚謂左氏所言魯春秋之實事也；公、穀所言，述孔子春秋之義而過焉者也。蓋楚丘衛地，天子使爲過賓於其境，而不爲捍禦，至使戎得伐之以歸，又不聞衛有討戎之師，是衛亦戎也。戎犯京師，晉侯使平戎於王，而王至使卿士如晉拜，成王室之卑。戎狄之肆，晉實爲之。及王師敗績，晉不出一旅以爲之援，是晉亦戎也。以趙盾、許止加弒之義充類至盡，聖人於此蓋有戎視衛、戎視晉之意，而經文則自據實書之。然楚丘衛地，王使見執，置若罔聞，則衛之罪著矣。晉爲盟主，王師敗績，乃伐齊而不伐戎，則晉之罪著矣。公、穀傳聞雖失實，而其義有與實事可相參通者，此類是也。

二五

大義尊王與保民，夷吾所以歎如仁。
子文雖善經無予，越乏一仁此引申。

五霸莫盛於桓、文。齊桓之時，南夷與北夷交，中國不絶如綫。桓公北伐山戎，南伐楚，存亡繼絶，至於邢遷如歸，衛國忘亡，中夏諸侯翕然歸心，率之以事天子，列國不交兵者且三十年。故孔子稱管仲相桓公，一匡天下，九合諸侯，不以兵車，如其仁，如其仁！楚令尹子文盡瘁事國，經無予辭，夫子但許其忠而未許其仁。蓋春秋天子之事，以天子之法論之，管仲有安天下之功，而楚之君臣僭王猾夏，天討必加。子文但當以其謀國之忠在議賢之列耳，豈得與管仲並論？論語云「未知，焉得仁」者，謂其質美無學，智未足知宏濟天下之遠猷，不能引其君以當道志仁也。聖人吉凶與民同患，生人者予之，殺人者絶之，天心也；天子作民父母，安民者賞之，殃民者誅之，天命天討也。漢膠西王以爲越有三仁，董子據柳下惠伐國不問仁人之言，對以越無一仁，正引春秋、論語之義。

二六

宣、穆法殷兄弟及，當時君子歎知人。
春秋防亂大居正，百世本支周禮循。

隱三年八月庚辰，宋公和卒。左傳曰：「宋穆公疾，召大司馬孔父而屬殤公。君子曰：宋宣公可謂知人矣。立穆公，其子饗之，命以義夫。」癸未，葬宋繆公。公羊傳曰：「當時而日，危不得葬也。何危爾？宣公死，繆公立，繆公逐其二子莊公馮與左師勃，終致國乎與夷，莊公馮弒與夷。故君子大居正，宋之禍，宣公爲之也。」

案：左氏所稱君子之言，魯春秋之文也；公羊所言，孔子春秋之義也。宋本殷後，殷代多兄終弟及，其間蓋變故迭起。武王將崩，欲以天下傳周公，而周公不受。後又閔管、蔡之失道，故其制禮以尊尊統親親，父子繼世、嫡嫡相承垂爲定法，以防骨肉之禍、弭生民之憂，實萬世不易之道。春秋重讓國，宣公之立賢，穆公之不背兄，皆行之至高者，然卒以讓啓爭，至有弒奪之禍，故春秋危之。吴子諸樊之欲立季子，亦猶是也。宋之事，穆公讓與夷，義不可以已也，而宣公則賢者過之矣。君子大居正，中庸所以萬世無弊也。聖人制禮，以漸致精。鄭君及賈、服謂孔子作春秋約以周禮，此其明驗。

二七

經書孔父及仇、荀，聖筆表忠大義申。
杜預飾邪沖遠誤，焦、陳正議足明倫。

桓二年，宋督弒其君與夷及其大夫孔父。

莊十二年，宋萬弒其君捷及其大夫仇牧。

僖十年，晉里克弒其君卓及其大夫荀息。

案：經三條皆表忠臣死難之大節，三傳無異辭。左傳云：「君子以督爲有無君之心，而後動於惡，故先書弒其君。」魯史蓋先得聖人之心。春秋繁露謂殤公知孔父死己必死，而不能早聽孔父，足以明宋督宣言司馬則然之誣。而杜預不顧經傳明文，顛倒是非，孔疏從其邪説，可謂大惑不解。焦氏循、陳氏澧辭而闢之，其義至正，今録於下。

焦氏左傳補疏序曰：「司馬昭收羅才士，以妹妻預。預既目見成濟之事，將有以爲昭飾，且有以爲懿、師飾。夫懿、師、昭，亂臣賊子也；賈充、成濟，鄭莊之祝聃、祭足也；王淩、毌丘儉、李豐、王經，則仇牧、孔父嘉之倫也。射王中肩，即抽戈犯蹕也。而預以爲『鄭志在苟免，王討之非』，顯謂高貴討昭之非，而昭禦之爲『志在苟免』。孔父、仇牧，預皆鍛鍊深文，以爲無善可褒。此李豐之忠而可斥爲奸，王經之節而可指爲貳，居然相例矣。」

陳氏澧曰：「孔疏云：『公羊、穀梁及先儒皆以善孔父而書字，知不然者，孔父之死傳無善事，故杜君積累其惡，以書名責之。劉君不達此旨，妄爲規過，非也。』杜云：「孔父稱名者，內不能治其閨門，外取怨於民，身死而禍及其君。」此孔疏所謂積累其惡也。此疏覼縷數百言，尤所謂鍛鍊深文，不知孔穎達何以惡其先世孔父至於如此。劉炫規杜過，孔疏又以爲妄，而不引其說。然千載之下，有焦氏之說，則劉氏之説雖亡若存矣。」

案：傳上云華父督，下云宋督，是華父爲字，督爲名。上云孔父，下云孔父嘉，是孔父爲字，嘉爲名。大忠大逆相反，而傳舉名字之例，則當文互證自明。祭仲足，仲爲字，足爲名，亦此例也。穀梁傳釋孔父稱字之義有云「孔子故宋也」，沖遠後疏亦引世本敘孔氏先世，而此疏乃自詆其祖，深可怪駭。其諸作疏非一人，此條非出沖遠手乎？然既總修疏之成，而於此要義不加檢視，更正謬誤，亦疏忽甚矣。或者此疏本引規過之文爲轉旋之説，至重修疏時爲同修人删節，不及審詳，成此巨謬，未可知也。禮，大夫之妻出門乘車，有容有蓋，人不易見，而凶邪之人有心窺伺，則豈能盡防？傳言督先宣言，明其誣善。而杜乃反傳據誣，又并仇、荀而非之，其悖聖經、亂名教甚矣。

二八

祭仲始終何足賢，心存世子實拳拳。
一時苟免君終復，猶勝邪臣自竊權。

桓十一年，宋人執鄭祭仲。

公羊傳曰：「祭仲何以不名？賢也。何賢乎祭仲？以爲知權也。莊公死已葬，祭仲將往省于留，塗出于宋，宋人執之，謂之曰：『爲我出忽而立突。』祭仲不從其言則君必死、國必亡，從其言則君可以生易死、國可以存易亡，少遼緩之則突可以出而忽可以反。古人之有權者，祭仲之權是也。權者，反於經然後有善者也。行權有道，自貶損以行權，不害人以行權。殺人以自生，亡人以自存，君子不爲也。」

案：祭仲事見左傳甚詳，無論成周取禾、繻葛拒王，長君之惡大爲不義。即就立世子忽一事論之，其始不慎而爲宋所執，以至君出，其終不能預防高渠彌之亂，又不能死難討賊，何足爲賢？然當其被執之時，若堅拒不從，身死而宋伐鄭納突，則忽出而事不可爲矣。姑與宋盟，使君暫避而徐圖其後，終出突而歸忽，則此數年中拳拳志在復君，實有可取。而向之立突，乃不得已而行權，絶非後世邪臣因亂取利者比。且衛獻公之復，先有政由甯氏之約；魯昭公之出，有子家羈之賢而卒不果復。祭仲不規利而能復其君，故春秋略其前後之失而取其一節。忽之出也，宋人出之也。時宋必以兵隨突，祭仲倉猝無如何也。其復也，則祭仲之力也。春秋之於祭仲也，猶其於宋襄也。宋襄一會而虐二國之君，又無謀而取敗，初無足賢。然當齊桓既没，晉文未興，天下將折而入於楚，而宋襄獨有抗楚之志，故春秋予之。當時諸侯失國，其臣能復之者實鮮，使意如逐君之後，國内有祭仲之臣摧季氏之權，與子家羈合謀以連齊、晉，則昭公復矣，故春秋特善祭仲之權。祭仲未足以言權而近乎知權，宋襄未足以語經而近乎守經。後世迂儒襲宋襄之迹以取敗亡，非春秋所謂守經也；奸臣邪説援祭仲爲口實，乃反乎經以爲大惡者。殺人以自生、亡人以自存，君子不爲。公羊子固已大爲之防，况其行僞而堅、言僞而辯，欺君父而覆邦家、舉生民而陷塗炭，是直春秋所必誅之亂臣賊子而已矣。

二九

宋盟穆子獨稱名，文與前條相接成。
舊史曲從季氏意，賈君駁正聖文明。

陳氏澧曰：「襄二十七年夏，叔孫豹會晉趙武、楚屈建云云于宋。秋七月，豹及諸侯之大夫盟于宋。傳云：『季武子使謂叔孫以公命曰「視邾、滕」。既而齊人請邾，宋人請滕，皆不與盟。叔孫曰：「邾、滕，人之私也；我，列國也，何故視之？宋、衛，吾匹也。」乃盟。故不書其族，言違命也。』此竟顛倒是非矣。賈逵云：『叔孫義也，魯疾之，非也。』服虔云：『雖以違命見貶，其於尊國之義得之。』並孔疏引。賈說可以糾正左傳，服注已稍依違矣。杜注云：『豹不倚順以顯弱命之君，而辨小是以自從。』孔疏云：『豹若即以爲真，共敬從命，則國内義士必云豹是國之大賢，聞是公命雖非亦從，則知公之所命悉不可違，豈不使季氏懼而公室尊也？』如杜、孔之說，權臣假稱君命，大賢義士共敬從之，權臣復何所懼乎？傳謬而注曲從之，注謬而疏曲從之，不可不辨。」

案：陳説誠是，然左氏所言乃魯春秋書法，蓋當時史官阿季氏意書之。孔子修經之義，則宣元年公羊傳云：「一事而再見者，卒名也。」例通於此，乃文勢當然，非褒貶所在。賈云魯疾之非，明據魯史言，服説則見孔子於此不取魯史舊義之旨，視杜氏阿附權臣之見，皆高下相去遠矣。

三〇

史録意如至自晉，立文尊晉喜其來。

春秋貶絶同輩、遂，晉若除之亦幸哉。

昭十三年，公會劉子、晉侯、齊侯、宋公、衛侯、鄭伯、曹伯、莒子、邾子、滕子、薛伯、杞伯、小邾子于平丘，晉人執季孫意如以歸。十四年，意如至自晉。左傳曰：「尊晉罪己也。」

案：此魯史之意，喜魯卿被執而得歸，故爲尊晉之辭。孔子修經蓋有數義：一則，一事再見者，卒書名；公羊義。一則，君以其至告廟，見君臣恩禮，君前臣名，穀梁義。與二十四年婼至自晉義同。而二者又各自有義，意如叛君之賊，於此去氏以豫絶之，如書翬帥師、仲遂卒不稱公子之例。使當時晉人除之，則爲魯去其疾矣。至叔孫昭子，忠臣也，欲納公而不能，至使祝宗祈死，然未能申大義、誅豎戾，則猶未免爲顧念子孫家族之見所累，不及其初之毅然誅豎牛矣。故亦因舊史不書氏見貶，春秋於賢者責之備也。至二人善惡前後比事自明，不嫌同文。或曰：「公羊作叔孫舍至自晉，一予一絶，立文迥殊。」孔氏通義論之詳矣。

三一

昭子忠誠猶有憾，微辭責備著春秋。
雖知祈死容豎戾，不及當年誅豎牛。

昭二十三年，晉人執我行人叔孫婼。公羊「婼」作「舍」。

二十四年，婼至自晉。公羊作「叔孫舍至自晉」。

義見前。抑又思之，此兩「至自晉」，左氏皆以去氏爲尊晉，而於意如云罪己，於婼則否，是意如有罪、婼無罪，魯史雖文同而意已異。孔子修經則一依再見卒書名之例，而各寓微意。或者夫子於婼特加氏以別異於意如。公羊此條獨得之，不發傳者，再見卒名爲常例，則兼録氏者爲特褒自明，無傳故亦無注。孔氏謂再氏者，爲舍賢而録之。公孫于齊，舍要季氏納公，季氏有異志，舍度力不能爲，怨咎自殺，賢大夫也，故預見賢於此。若然，舍稱氏見其賢，則意如去氏見其惡，此對證而明，不以再見常例論者。昭子欲納君而不能，至於以身殉之，則餘不必刻論矣。龔軒所説甚正，但左、穀皆無叔孫字，故並著兩説。

三二

自古二名難悉數，春秋垂法亦何譏。

竊疑何忌深加貶，文類曼多意獨微。

定六年，季孫斯、仲孫忌率師圍運。公羊傳曰：「此仲孫何忌也，曷爲謂之仲孫忌？譏二名，二名非禮也。」何氏曰：「爲其難諱也。」

哀十三年，晉魏多率師侵衛。傳亦曰譏二名。

案：二名何足譏，竊意此別有深意，因二名難諱而託義，以寓誅絶之意爾。昭公之難，何忌執公使殺之，遂伐公徒。又與陽虎伐鄆，公然叛逆。及孔子相魯墮三都，又譸張以梗聖化。雖少奉父命受學於孔子，而私欲固蔽之深，聖人亦不能化。是蓋僖子之逆子、魯國之亂臣、孔門之叛徒，故弟子籍不列其名，而春秋特於一年再見之中削其一字，爲去族之變例。但聖人危行言孫，故託二名之譏，援曼多爲例爾。聖意深微，特階前賢成訓竊窺萬一，或有當焉。

三三

三叛人名齊豹盜，史文合義即因之。
多聞從善無增損，豈獨梁亡鄭棄師。

孔子筆削春秋，合於道者著之，離於道者黜去之。昭三十一年，左傳論齊豹書盜、三叛人名，舊史之義，聖文因之。傳於三叛最後者發此論，明此數者經文皆同史文也。穀梁傳曰：「梁亡，鄭棄其師，我無加損焉，正名而已矣。」舊史正者因而正之，所謂述而不作，善與人同也。

凡左氏言「春秋」皆謂魯春秋，故成十四年傳曰「『春秋』之稱微而顯」云云。非聖人誰能修之，明魯春秋史法之善，惟聖人乃能修正以至於盡善也。國語言「春秋」則兼謂列國之史，蓋懲惡而勸善，昭明德而廢幽昏。魯及列國之春秋也，史也；君子樂道堯舜之道，撥亂世反諸正，春秋天子之事，春秋作而亂臣賊子懼，孔子之春秋也，經也。明乎此而魯春秋舊文與孔子筆削之迹可得而推見，而左氏與公、穀異同之故，道並行而不悖矣。

三四

郊禘無論是與非，成王錫命世無違。
後人妄説惠公請，何以閔、僖經始譏。

閔二年，吉禘于莊公。公羊傳曰：「言吉者，未可以吉也。」僖三十一年夏四月，四卜郊。公羊傳曰：「卜郊，非禮也。卜郊何以非禮？魯郊非禮也。」孔氏曰：「魯郊雖非禮，成王賜之，魯公受之，有自來矣，故不譏，譏其牲卜失禮者而已。」

案：禮有郊禘、有廟禘。廟禘者，五年殷禘及喪終吉禘，天子、諸侯皆得行之。郊禘者，南郊祀天之禘，所謂王者禘其祖之所自出，以其祖配之，不王不禘者也。成王以周公有大勛勞於天下，命魯郊祭天，賜以天子禘祭之禮樂，見禮記明堂位、祭統甚明。禮運孔子曰「魯之郊禘非禮」者，蓋魯廟禘禮樂雖盛，專以康周公，且行於廟。郊禘則祀天，其禮尤大，有違周公制禮天子祭天地、諸侯祭社稷之定分。然出於成王崇德報功之至誠，魯公勢不能辭，後世奉行已久，故春秋於魯禘無譏，惟譏其未可吉而吉。於魯郊亦無譏，惟譏其牲卜之失。宋劉氏敞據吕氏春秋「魯惠公使宰讓請郊廟之禮於天子」，以爲魯有天子禮樂，末王所賜。若然則其失甚於晉文請隧，恐當時王者必不許。即許之，春秋必早大書示譏，何遲至閔、僖之世且舍其大而譏其小乎？舍傳記重規疊矩之明文而取單文孤證，於春秋書法窒矣。

三五

史書嘗祭連焚廪，不害粢盛竊喜之。
經用其文譏苟且，灾餘豈是吉圭爲？

桓十四年秋八月壬申御廩灾，乙亥嘗。

左傳曰：「書不害也。」

公羊傳曰：「御廩者何？粢盛委之所藏也。御廩灾何以書？記灾也。」又曰：「常事不書，此何以書？譏。何譏爾？譏嘗也。曰：猶嘗乎？御廩灾，不如勿嘗而已矣。」

穀梁傳曰：「志不敬也。夫嘗必有兼旬之事焉，壬申御廩灾，乙亥嘗，以爲未易灾之餘而嘗也。」

案：左氏所言魯春秋之文也，就當日祭者苟且之情書之也。二傳所言，孔子春秋之義也，以仁人孝子之至情、祭禮之大義正之也。詩曰「吉蠲爲饎」，禮曰「孝孫某圭爲而明薦之」，而可以灾餘事神乎？

三六

杞、宋雖同二王後，當時強弱實懸殊。

杞常朝魯同滕、薛，足見春秋絀杞誣。

桓二年秋七月，杞侯來朝，九月入杞。

左傳曰：「杞侯來朝，不敬。杞侯歸，乃謀伐之。九月入杞，討不敬也。」

案：杞雖與宋同爲二王後，而國勢衰弱，遠不如宋。自桓二年朝魯以不敬見討，然其爵猶書侯。厥後恆朝魯，同於滕、薛、邾、郳，其爵稱伯或稱子。蓋以即東夷爲時王所絀，如滕、薛初稱侯，繼稱伯子之比，迥非宋守先代之後爲諸侯望國可同語。而説者乃謂春秋立文絀杞，豈不誣哉！杞侯，公、穀作紀侯。然左傳敘杞侯來朝，始則不敬，繼則見討，終則求成，顛末甚詳。下公會杞侯于郕，傳曰：「杞求成也。」又公會紀侯于成，傳曰：「紀來諮謀齊難也。」劃然分明，蓋不誤。公羊家説與左絶異，愚未敢從。

又案：詩商頌譜云：「王者之後，時王所客，巡狩述職不陳其詩，示無貶絀客之義。」王者之後稱公，杞爵本公而經書侯、書伯、書子，蓋微弱已甚，列邦皆以小國視之。又棄夏禮而即東夷，天子尊賢之義遂不復及。由公而絀爲侯、爲伯，甚且稱子，此事勢之變也。左傳書杞侯來朝、公會杞侯，與經文同。後傳又云用夷禮故曰子，明經皆因史文。設若當時杞仍公爵，魯史皆書杞公，而孔子修經改之曰伯曰子，名實相戾，此必無之理。設使後世修史，其人本爲督撫大吏，並未貶秩，而秉筆者改書之曰知府、知縣，雖愚者亦知其不可，況春秋信史，正名而有是乎？即公羊家有絀周王魯之説，然經於周固書王，於魯固書公，何獨於杞乃改其號乎？其亦自相矛盾矣。凡絀周王魯、新周故宋絀杞等語，皆漢人推説，就漢而言，不可以誣公羊，況誣春秋乎？

三七

故宋親周皆據魯，親親敬故禮從周。
新周絀杞漢人法，二説迥如涇渭流。

史記孔子世家曰：「孔子作春秋，據魯，親周，故殷，運之三代。」春秋繁露三代改制質文篇既敘殷、周之法，繼之曰：「故春秋應天作新王之事，時正黑統，王魯，尚黑，絀夏、親周、故宋。樂宜親招武，樂制盧氏文弨云：「疑當作制爵。」宜商，合伯子男爲一等。」

莊二十七年杞伯來朝，何氏曰：「春秋黜杞新周而故宋，以春秋當新王。」

案：史記無絀杞之文，蓋春秋本義受之董子者。繁露所言則董子推衍春秋之例，爲假設之辭以爲漢法。故其初承殷、周之後而曰故，明由殷、周推之也。其下云「樂宜親招武，制爵宜從商」，明以己意推春秋宜如是也。字皆作「親周」。何氏解詁又推之，字作「新周」，謂新絀周爲二王後，宋則仍其故，而絀杞爲小國，皆非春秋本義。蓋孔子筆削魯史爲經，立文皆據魯。魯於周爲懿親，春秋時周所建兄弟之國存者，魯、衛、晉、鄭尤顯。然衛、晉、鄭皆嘗干王命，惟魯秉周禮，未嘗失禮於周。尊周之義，普天率土所同，而魯於王室尤親，故曰親周。故殷即故宋，宋爲先代之後，天子有事膰焉、有喪拜焉，諸侯皆敬之。而魯與宋本姻舊，交兵少而休戚相關之事多，故曰故宋。周禮，太宰以八統詔王馭萬民，一曰親親，二曰敬故。周公謂魯公曰：「君子不施其親，故舊無大故則不棄。」論語曰：「君子篤於親則民興於仁，故舊不遺則民不偷。」親親之義莫大於同姓諸侯之親王室，敬故之義莫大於敬先代之後。敬先代之後，則杞、宋皆在所敬。春秋書「元年春王正月」，元年者，魯君之始年，據魯也；王正月者，周王之正月，奉周正，親周也；於春每月書王以通三王之統。王二月者王之二月，殷王之正月，故殷也。王三月者，王之三月，夏王之正月，敬故之義當夏與殷同也。然春秋於宋皆書公，於杞則書侯、書伯、書子者，蓋幽、厲之後諸侯多相併吞，杞爵雖尊而國甚弱，或自貶損其號以事大國，如戰國時衞自貶其號曰侯、又自貶其號曰君以事三晉之比。時王因其自貶而貶之，故稱侯稱伯。又時用夷禮而從夷稱，故又貶曰子。凡爵尊者貢重，宋之盟，季孫假託公命命叔孫曰：「視邾、滕。」果視邾、滕，則亦將自貶號爲伯、子矣！杞之絀，當時實事也，魯史及諸侯之史皆書杞侯、杞伯，或書杞子。孔子修春秋，爲正名信史，不能虛書杞公，而惟於王二月、王三月見周初本制，杞與宋同爲二王後，當同稱公之義。然則絀杞者，魯春秋之事與文；存杞者，孔子春秋之義。僖十四年城緣陵，公羊傳曰：「城杞也。曷爲城杞？滅也。孰滅之？蓋徐、莒脅之。」十五年楚人敗徐于婁林，何氏曰：「謂之徐者，爲滅杞。」文七年徐伐莒，何氏曰：「謂之徐者，前共滅王者後，不知尊先聖法度，惡重，故狄之。」

今自先犯，可起同惡，故復狄徐。」劭公此二説蓋得春秋存杞之意。杞於魯春秋未嘗稱公，與宋絶殊，故據魯惟得故殷。然城緣陵、狄徐皆以存杞，而二月、三月並書王以通三統，所謂運之三代也。禮運孔子曰：「吾欲觀夏道，是故之杞；吾欲觀殷道，是故之宋。」又曰：「杞之郊也，禹也；宋之郊也，契也。」是天子之事守也，此春秋二月、三月皆書王之義也。中庸子曰：「吾説夏禮，杞不足徵也；吾學殷禮，有宋存焉；吾學周禮，今用之，吾從周。」今用之，據魯也；吾從周，親周也。夫子他日嘗言杞、宋皆不足徵，而於此殊别其文者，春秋於宋書公，於杞則書侯、書伯、書子，故殷而不及夏也。下云王天下有三重，明周初並尊夏、殷之後，故春秋於春三月皆書王，考諸三王而不謬，所謂運之三代也。親周故殷，當時魯禮則然。説春秋者以魯當漢，以爲親者近取其禮，故者遠尊其法。推而上之，則周當親殷故夏而絀虞，殷當親夏故虞而絀唐。推而下之，則漢正當親周故殷而絀夏，絀夏故絀杞，所謂春秋爲漢制也，然此猶就制禮言之。所謂王魯者，假魯爲後王法耳。何氏作「新周」，則直謂新絀周爲二王後，與董子推説親周之義不同，與所傳史公「親周、故殷，運之三代」春秋本義更如涇、渭相入而清濁各異矣。新周見公羊宣十六年傳，而非若何氏所云，孔巽軒解之至確。故宋見穀梁桓二年傳，別一義。王魯、絀杞，公羊無文，董子假設爲言。絀周則董子亦不言，後師始有此說。要皆爲漢而云，非春秋義，賈侍中已早駁之矣。

總而論之，史記言據魯不言王魯，言故殷不言絀夏，而運之三代，以殷見夏、以宋見杞。王天下有三重，其或繼周，百世可知。春秋從周而通三統，即周公思兼三王之義。此真春秋微言，董子所傳，史公著之，惜乎後師不能發明，徒據繁露推衍之說又從而甚之，而大義乖弊多矣。今反覆稽求，辯之如此。

三八

春秋伯子男爲一，其說當從左氏求。

此是當時周禮變，義存卿不會公侯。

桓十一年鄭忽出奔衞。公羊傳曰：「忽何以名？春秋伯子男一也。」

僖二十九年會王人、晉人、宋人、齊人、陳人、蔡人、秦人盟于翟泉。左傳曰：「卿不書，罪之也。在禮卿不會公侯，會伯子男可也。」

案：三代建侯之制，夏爵五等而地三等，殷地因夏而爵惟三。周武王初定天下，復夏制。周公致太平，廣大邦國之境，爵土各五等，而公爲大國，侯、伯爲次國，子、男爲小國，五者又合爲三等，見周禮甚詳。迨春秋之世，公國甚少，而魯、衛望國，齊、晉霸主，皆係侯爵。秦伯、楚子強大，僻在戎蠻。中夏會盟之國，伯爵惟鄭較強，而土地狹小，攝乎大國之間。餘如曹、杞、薛等微弱，皆與子、男無異。故公爲尊爵，侯多大國，各爲一等，禮多相同。而伯、子、男爵卑國小，合爲一等，禮同降殺。時勢所趨，禮從而變。左傳云：「在禮，卿不會公侯，會伯子男可也。」謂當時之禮，非周官舊制。平丘之會，子産爭承曰：「鄭伯男也，使從公侯之貢，懼弗給也。」伯男，謂伯子男也。申之會，子産獻伯子男會公之禮六，皆以伯子男連言，與公侯殊別。僖九年左傳：「凡在喪，王曰小童，公侯曰子。」謂史書公侯曰子，如宋子、衛子之類。特言公侯，則伯子男皆不書子。故經鄭忽書名，因魯史舊文也。春秋伯子男爲一，實當時之禮，適與殷爵公、侯、伯三等不謀而合。春秋據舊史以著事之實、禮之變，且文久而反於質，亦事勢之常。周公思兼三王，猶遇有不合，况撥亂反正，必將因衰世之法權時制宜。春秋之時伯子男爲一，聖人因而一之，以寓變文從質之意，此禮之變而從時、權而得中者。周公復作，不易此道。論語：「拜下必從禮，而麻冕可從儉。」又言：「用禮樂，吾從先進。」皆此意。豈當時伯子男本不爲一等，聖人始合之，以變周從殷哉？春秋之義，必合觀三傳而後能會其通者，此類是也。或曰鄭注王制云「春秋變周之文、從殷之質，合伯子男以爲一」，何也？曰：變周之文、從殷之質，立乎漢世以爲言。當時春秋家之恒言，鄭引以明殷爵三等之爲公侯伯耳。中庸子曰：「吾學周禮，今用之，吾從周。」鄭君固以爲説春秋之書，又言春秋斷以文武之法度，豈相戾哉？故讀古書當以意逆志。

又案：春秋時杞、宋異爵，至漢而封殷、周後，不及夏。春秋時公侯與伯子男異禮，至漢而立王侯二等之爵。此皆事之必至、理之固然，聖人因以見三統文質損益可知之意。若其尊尊親親、率天常、正人倫、明王道，禮之大本，則百世不可得與民變革也。

三九

齊衰晉亂楚方肆，崛強宋襄暫繼桓。
泓戰喪師莫虛譽，淮陰泜水斬成安。

僖二十二年冬十有一月己巳朔，宋公及楚人戰于泓，宋師敗績。

左傳曰：「戰于泓，宋人既成列，楚人未既濟，司馬請擊之。公曰：『不可。』既濟而未成列，又以告，公曰：『未可。』既陳而後擊之，宋師敗績，國人皆咎公。公曰：『君子不重傷，不禽二毛。古之爲軍也，不以阻隘也。寡人雖亡國之餘，不鼓不成列。』子魚曰：『君未知戰。』」

鄭君箴左氏膏肓云：「刺襄公不度德、不量力。」詩大明正義。

案：左氏所載當時之論，聖人蓋有取，而義不盡此。

公羊傳曰：「君子大其不鼓不成列，臨大事而不忘大禮，以爲雖文王之戰亦不過此也。」

孔氏曰：「司馬法曰：『逐奔不過百步，從綏不過三舍，明其禮也；不窮不能而哀憐傷病，明其仁也；成列而鼓，明其信也；爭義不爭利，明其義也。此所謂文王之戰也。』襄公之於楚，始爲乘車之會，期以禮服之；不可得服，然後以兵治之。迹其征齊以義，會霍以信，不厄險以仁，雖功烈不及伯者之爲，其所嚮慕則王者之用心焉，是以引而進之。楚之病中國久矣，召陵之役有王事焉，泓之役有王心焉，能言距楚者，春秋之所高也。尚將伸齊而抑宋，則是先功利而後仁義，豈文王之所以爲治？」

案：公羊所説，蓋孔子修經一義。

穀梁傳以爲襄公守信而不知道，曰：「信之所以爲信者道也，信而不道，何以爲信？道之貴者時，其行勢也。」

陸賈新語説宋襄輕用師而尚威力，至死於泓水之戰，春秋傷之。

案：穀梁所説，亦孔子修經一義。蓋當時齊桓既没，晉惠、懷無親，覆亡之不暇，魯、衞、曹、鄭皆有折而入於楚之勢，周室之不危、中原之不絶者幾希。獨宋襄崛強其間，有志繼齊桓拒楚，支持數年，實爲晉文敵愾先導。而泓之戰不鼓不成列，有合於古者司馬之法。當譎詐並興之時，忽聞此言，君子不能不取其心。然此惟王者以仁義之師誅大無道之國乃能行之，故文王伐崇，再駕而降爲臣，蠻夷卒服。宋襄不度德不量力，圍曹伐鄭，兵連禍結，至臨大敵乃守小信以取敗，身死而功無成。春秋蓋予其有攘楚之志、守正之心，而惜其謀之不臧，公、穀各得一義，所謂弟子退而異言也。兵凶戰危，斷非迂謬所能儌幸。楚、漢之際，趙成安君陳餘自以儒者用義兵，不聽廣武君之策，爲淮陰侯斬泜水上，趙王被虜，身死國亡，蹈宋襄覆轍而禍尤烈，可爲殷鑒。子曰：「我戰則克，必也臨事而懼、好謀而成。」兵事爲儒學之至精，如漢之諸葛忠武、唐之郭令公、宋之岳武穆、明之王文成及我朝曾、胡、彭、左諸公，本忠義精白之誠，極方略運用之妙，斯合於春秋之道，爲聖人之所深與矣！

四〇

先王除暴師無敵，勝負何曾角戰場。

後世殺機興未艾，好謀始可救危亡。

於文，止戈爲武。王者之師除暴禁亂，以德服人。在我有必克之道，在彼無能禦之勢，如降時雨、如升虛邑，初無事效勝戰場也。春秋時諸侯放恣，陵弱侵小，搆怨連禍，力征經營，以詐取勝，殺機日熾。至戰國而兵法之精遠駕前古，卒成暴秦積血暴骨之敗。春秋於宋襄取其心而深惜其所以處之者非其道。夾谷之會，孔子曰「有文事者必有武備」，則齊桓九合諸侯不以兵車，不可施於盂之會也。清之戰，冉求用矛於齊師，故能入其車，孔子曰「義也」。則不鼓不成列之禮，不可行於泓之戰也。城濮之戰，胥臣蒙馬以虎皮，先犯陳、蔡，先軫横擊，狐偃夾攻，以敗楚師，而春秋以偏戰書之，大其攘夷之功。則所謂晉文公譎而不正者，非據敗楚言也。孔子曰：「好謀而成。」老子曰：「以正治國，以奇用兵。」人心機械變詐日出不窮，况至今日陰險詭計幾於神鬼莫測，殺人利器可使民無噍類，苟非內足兵食、外悉敵情，愛民選賢、乾惕震懼，本之以仁義、治之以節制、運之以謀略，其何以保我子孫黎民哉！

四一

喪畢成昏先納幣，當時咸謂禮無傷。
春秋探本譏喪娶，嘉事豫圖哀早忘。

文二年公子遂如齊納幣。

左傳曰：「禮也。」

公羊傳曰：「納幣不書，此何以書？譏。何譏爾？譏喪娶也。娶在三年之外，則何譏乎喪娶？三年之内不圖婚，吉禘于莊公，譏。見閔二年書吉，言未可以吉。然則曷爲不於祭焉譏？謂不於上文大事于大廟譏。三年之恩疾矣，疾，痛也。非虚加之也，以人心爲皆有之。以人心爲皆有之則曷爲獨於娶焉譏？娶者，大吉也，非常吉也。其爲吉者主於己，以爲有人心焉者，則宜於此焉變矣。」

春秋繁露玉杯篇曰：「文公取出三年之喪久矣，何以謂之喪取？曰：春秋之論事莫重於志，今取必納幣，納幣之月在喪分，故謂之喪取也。且文公以秋祫祭，以冬納幣，皆失於太蚤。春秋不譏其前而顧譏其後，必以三年之喪，肌膚之情也。雖從俗而不能終，猶宜未平於心。今全無悼遠之志，反思念取事，是春秋之所甚疾也，故譏以喪取。不別先後，賤其無人心也。緣此以論禮，禮之所重者在其志。」

案：左氏所言，魯春秋之文。當時之論禮也，以爲人君即位未娶者，喪畢必立元妃以共事宗廟。文公娶在三年後，此時但納幣，無傷也。公羊所言，孔子春秋之義。君子之論禮也，禮之所重在志，娶雖在喪畢後，而納幣在喪中，雖未有娶之事，而已有娶之志，喪而圖娶，是即喪娶也。此聖人所以正人心、厚人倫、隆孝道、立禮本，精義之至也。光緒朝，有某官喪將終而入都，起復之日即銷假者，言官劾其忘哀急仕，奉旨革職，教孝大義同符春秋矣。

四二

魯戰乾時齊滅紀，本心豈爲報先讎。

聖人因事論其義，何不此師用復仇。

乾時之戰本爲納糾，非有復仇之志也。齊人滅紀本爲兼併，或假復讎爲名耳。公羊皆以復讎言，此春秋因事以託大義，謂乾時之師若爲復讎而興、滅紀之役果出於復讎之誠則善矣。胡氏安國春秋傳專重復讎一義，雖不免持之太過，實臣子之至情、人倫之大義。臣事君猶子孫之事父祖也，世衰道微、彝倫攸斁，人臣靦顔事讎，甚且爲桀犬之吠堯者多矣，彼獨非圓顱方趾、戴天履地之人乎？天良喪盡一至於此，豈不大可哀哉！

四三

女而不婦論共姬，史氏哀之反咎之。

聖訓特明無可咎，身輕禮重示民彝。

襄三十年五月甲午，宋灾，宋伯姬卒。秋七月，叔弓如宋葬宋共姬。

左傳曰：「宋伯姬卒，待姆也，君子謂宋共姬女而不婦。」公羊傳曰：「外夫人不書葬，此何以書？隱之也。何隱爾？宋灾，伯姬卒焉。其稱謚何？賢也。」穀梁傳曰：「婦人以貞爲行者也，伯姬之婦道盡矣。詳其事，賢伯姬也。」

案：君子謂共姬女而不婦，蓋傷之而反若咎之，聖人修經則以爲無可咎。共姬寡婦，不肯輕率夜出，必待傅姆而行，守禮至嚴，以逮於火，故春秋詳録之以表其貞。董子繁露曰：「春秋貴禮而重信，齊桓公疑信而虧其地，宋伯姬疑禮而亡其身，信重於地、禮重於身。」

四四

會贏覿幣致深譏，違禮驕奢伏禍機。
淫逆自應申伯討，文姜惜未取夷歸。

桓公之娶文姜也，先會齊侯于嬴；齊侯送姜氏于讙，公又會齊侯于讙受之。其寵而驕之也如是，卒有公薨于齊之禍。莊公之娶哀姜也，先丹桓公之楹，刻其桷以待廟見；公親迎，而夫人要公，不肯隨入，又使宗婦覿用幣。其驕縱踰禮也如是，卒有通慶父、弒般、閔之禍。哀姜出奔，齊人取而殺之于夷，以其尸歸。當時君子以爲已甚，蓋魯人親親之言。實則淫凶覆邦，王法所必誅，惜文姜逭天討耳。國君娶夫人，冕而親迎，敬之至正，帥之以禮，故曰刑于寡妻。禮者，立中制節，不可過也，不可不及也。桓、莊失之過而至於驕，文公逆婦姜于齊失之不及而至於替，家道不正而睽難並作，禮之不可不慎也如是夫。

四五

仲子、成風皆妾母，母從子氏例宜詳。
三家各有後師續，此事合經推穀梁。

隱元年秋七月，天王使宰咺來歸惠公仲子之賵。

穀梁傳曰：「母以子氏。仲子者何？惠公之母，孝公之妾也。禮，賵人之母則可，賵人之妾則不可，君子以其可辭受之。」楊氏士勛疏云：「文九年秦人來歸僖公成風之襚，彼不先書成風，明母以子氏，直歸成風襚而已。成風既是僖公之母，此文正與彼同，故知仲子是惠公之母也。」鄭釋廢疾亦云：「若仲子是桓之母，桓未爲君，則是惠公之妾，天王何以賵之？則惠公之母亦爲仲子也。」鄭云亦爲仲子者，以左氏、公羊皆言仲子桓公母，然魯女得並稱伯姬、叔姬，宋女何爲不得並稱仲子也？陳氏澧曰：「此穀梁以僖公成風比例而獨得之。左氏爲魯史官，必無不知魯君之母之理，蓋此經左氏本無傳，而附益者襲取公羊之説耳。」

案：三傳各有後師增續，此條穀梁説於經例密合，故鄭君從之，疏及陳説皆是。

四六

正隱治桓申大法，王綱如日麗天中。

陳恆請討權臣阻，絶筆春秋吾道窮。

春秋爲討亂臣賊子而作，託始隱公，正隱治桓爲開宗第一大義，王綱聖法如日中天矣。至哀十四年孔子請討陳恆而爲權臣所阻，知撥亂反正必不能身親見之而以俟諸後聖，故春秋絶筆於是年西狩獲麟，曰「吾道窮矣」。

四七

詩、書、禮、樂先王訓，觸忌羣邪尚未深。
惟有春秋斥當世，齊陳、魯季倍寒心。

論語曰：「邦無道，危行言孫。」春秋爲討亂臣賊子作，而舉天下皆亂賊，齊陳、魯季實逼處此，故經文義嚴而辭微，此萬世有道仁人處民彝大泯亂之時，欲維持天經地義於不墜者，所當竊取而服膺也。

四八

但看萇弘與齊史，即知罪我在春秋。
口傳大義人心正，縱有匡魋不用憂。

孟子引孔子曰：「知我者其惟春秋乎？罪我者其惟春秋乎？」趙氏曰：「罪我者，謂時人見彈貶者。」

案：知我謂後世聖人，罪我謂當時亂賊。史記世家稱孔子曰：「後世知丘者以春秋，而罪丘者亦以春秋。」特於知我上加後世二字，不關罪我，故趙氏以罪我爲時人見彈貶者。此古義也，觀於萇弘之忠而趙鞅敢以爲討，齊太史之直而兄弟皆爲崔杼所殺，則罪我者以春秋，其義斷可知矣。孔子作春秋，屬左丘明論其本事，而以大義口授子夏等。俾師師相傳，俟時而著竹帛，以授後聖開太平。則當時雖遍地匡魋，無由起而致難，既明且哲、以保其身，天道王綱、日月常明，萬世人心永賴以正矣，此聖人時中之大用也。

四九

誰識春秋大學問，當年端木論其詳。
斯文未墜丘明述，宏略古今通萬方。

孟子説孔子成春秋而亂臣賊子懼，及論其事、其文、其義，此春秋之大義大例也。論語子貢曰：「文武之道未墜於地，在人，賢者識其大者，不賢者識其小者，莫不有文武之道焉。夫子焉不學？而亦何常師之有？」此春秋之大學問也。聖人博學，語大天下莫能載，語小天下莫能破，自三皇五帝以來訓典，易、書、詩、禮、樂，既博觀而約取之，而當時諸侯會盟征伐、典禮沿革，賢士大夫嘉言懿行，爲先王遺澤所存，以及天時水土萬事之變，無不兼綜條貫，故能褒貶至當，如繩墨之於曲直、規矩之於方圓。其詳具載左傳。學者知此，則可以通古今萬方之略矣。

五〇

春秋撥亂反諸正，堯舜道同峻極天。
元始麟終贊化育，公羊正誼董生傳。

哀十四年，西狩獲麟。公羊傳曰：「君子曷爲爲春秋？撥亂世反諸正，莫近諸春秋，其諸君子樂道堯舜之道與。」此公羊論作春秋之大義也。禮運：「聖人作則必以天地爲本，至四靈以爲畜。」鄭君曰：「此則春秋始於元終於麟，盡之矣。」蓋亦本公羊説。又董子論天人之理、仁義之法，淵源深遠、義理正大，與易道乾元用九成既濟、中庸至誠盡性贊化育之旨融合無間，蓋皆子夏親受聖人微言大義，傳之未絶未乖者。邵公解詁純粹之語，亦多類此，治公羊者當於此求之。

五一

善讀春秋別是非，荀卿勸學識其微。
屬辭比事無淆亂，此義穀梁殆庶幾。

史記太史公自序曰：「春秋別是非，故長於治人。」荀子勸學篇曰：「春秋之微也。」春秋之別是非，精義入神、纖微必察，絶惡塞亂於將然而未萌之時，而其辭甚微。蓋易與春秋皆聖人處小人道長之時憂患生民而作，其意不可以顯言。故易之爲書，旨遠而辭文，曲而中、肆而隱；春秋之爲書，約其辭文而指博。實則以經解經，求之辭同辭異之間而微者自顯，故曰屬辭比事春秋教也。穀梁氏最得此法，故鄭君以爲善於經。荀卿之學出於穀梁，其說春秋獨表一微字，知其微則知微之顯在是矣！

五二

鄭君當日論春秋，三傳取長示率由。
起廢、箴肓、發墨守，豫防階厲自何休。

鄭君先通公羊，後注左氏，而於三傳異義多從穀梁，蓋囊括大典、網羅衆家，以先聖元意折衷之。六藝論曰「左氏善於禮」，謂文武憲章燦然大備，聖人所據以定褒貶者在是也；「公羊善於讖」，讖者纖微之言，謂聖人神以知來，先覺覺民，憂患萬世之深意，獨能見其大也；「穀梁善於經」，謂深求經例以得經義，獨能致其精也。如此則三傳並行不悖，而春秋之義統之有宗、會之有元矣。何邵公作左氏膏肓、穀梁廢疾、公羊墨守，鄭君駁之，所以破拘迂之見，歸於大通，且恐絀周王魯等有爲言之之説爲誣聖惑世之厲階也。

五三

騶無師説夾無書，三傳並行千載餘。
啖、趙以來束高閣，學無家法説憑虚。

鄭君於三傳各舉其善，擇而從之，此非破壞三傳家法，乃盡通三傳家法而一以貫之者也。然其注春秋仍專據一傳，世説新語文學門稱鄭君注左傳未成，以與服子慎。使其書而存，必詳考典禮事實，而參取公、穀精義以解經旨。如宋之盟叔孫書名，賈、服之義是其一隅。至唐啖氏助、趙氏匡、陸氏淳始以意去取三傳而自爲書，宋人或且盡廢三傳而别爲説，而春秋之義盡荒矣！

陳氏澧曰：「鄭君治春秋以左傳爲主。陸氏纂例謂左氏功最高，蓋其意亦以左傳爲主。但其書名曰集傳，則不主一家，無師法耳。劉原父之書，即啖、趙、陸之法，删改三傳而合爲一傳，然所删改多不當。如鄭伯克段于鄢，原父録左傳而改之云：『大叔出奔，公追而殺諸鄢。』夫以爲左傳不可信則不當録之，豈有句句可信，獨太叔出奔共一句不可信者乎？既信公羊、穀梁殺段之説，乃録左傳而删改之，此則孔沖遠正義序所謂方鑿圓枘者矣。」

案：唐宋以來説春秋者，尚以劉原父、胡康侯爲多可取，而元趙氏汸尤有卓見，孔顨軒亟稱之。

五四

鴂舌荆舒敢非聖，悍無忌憚小人尤。
振興墜緒推文定，大義凜然著復讎。

王安石非聖無法，廢儀禮，又廢春秋，謂之斷爛朝報。將亂天下，先亂聖經，可謂小人無忌憚之尤。儀禮得朱子而復興，春秋得胡氏安國而復興，皆於斯道有撥亂反正之功。胡氏感憤時事，志在復讎，往往借經寓意，不必盡合本旨。然其議論正大，神氣激揚，使邇來喪心無恥，甘爲劉歆、馮道之耳孫者讀之，或亦汗顔無地矣。

五五

胡傳既行三傳荒，俗儒滯固昧通方。
幸逢堯舜知君子，筆削重昭日月光。

程子春秋傳甚略，胡文定本其義而推明之，又多感慨時事之論，視孫明復之尊王發微盡反三傳、謬爲刻深者固遠勝，然特一家之學耳。無論三傳之始皆親受聖人，古義斷非後學所及，即其餘諸儒議論亦有勝康侯者。明代專用胡傳，而三傳皆束高閣，春秋之學殊爲荒陋。我朝欽定春秋傳説彙纂，每條首列三傳，次及胡氏，擷其精華、刊其誤舛，博綜羣言、折衷睿斷，公羊子所謂樂堯舜之知君子，筆削大義如日月重光矣。

五六

元和四世傳經業，天牧雅才學已精。
闡發春秋據周禮，三家得失妙權衡。

惠氏四世傳經，至天牧先生而其學始精，易説、禮説皆信多善，而春秋説原本周禮、貫穿三傳、精考史事以求經意，權衡輕重，雖不中不遠矣。

五七

春秋即位改元考，戴氏開宗大義明。
經韻樓高多卓論，秋霜灝氣發清英。

戴東原春秋即位改元考開宗明義、能舉其大，雖末篇有未安處，而卓識通論實開孔㢲軒公羊通義之先。段懋堂經韻樓集明世宗非禮論、明三大案論等篇，推春秋義、闡禮意、斷史事，凜凜筆挾風霜，有功名教之文也。

五八

東塾最知鄭君法，考詳三傳義持平。
非常異論小人喜，遠識早防流弊生。

陳氏澧曰：「杜氏云：『古今言左氏春秋者引公羊、穀梁適足自亂。』集解序。孔冲遠云：『張蒼、賈誼、尹咸、劉歆，後漢有鄭衆、賈逵、服虔、許惠卿之等，各爲詁訓，然雜取公羊、穀梁以釋左氏。』正義序。諸儒言左氏春秋而皆取公羊、穀梁，誠以三傳各有得失，不可偏執一家盡以爲是而其餘盡非耳。鄭君之箴膏肓、發墨守、起廢疾即此意也。」又曰：「知三傳之病而後可以治春秋，知杜、何、范注、孔、徐、楊疏之病而後可以治三傳。夫諸經之傳、注、箋、疏亦豈能無病，然大抵考據訓詁之疏失耳，三傳注疏之病則動輒關於聖人之褒貶，若乖戾苛刻、是非顛倒，安得爲聖經乎？此禮所以各舉其病，恐後之治經者爲其所誤也。」

案：鄭君注經家法有宗主，復有不同。故其注禮記及喪服傳時有辨正傳記者，箋毛詩間有易傳者，度注左傳亦必如此。然左傳論書法有不合於道者乃魯史舊文，非謂孔子筆削之義如此也。公羊、穀梁義尤參錯，則傳聞之誤、推衍之過，學者求其大義而服膺之，闕疑慎言可也。陳氏於三傳注疏各論其病，不使聖經受誣、來世滋惑，議論持平，立心甚善。而執意今日誣聖惑世之説，有東塾所萬不及料者。非常異論，背經任意，反傳違戾，本小人所喜、流弊易滋，適遭天步艱難、生民多難，遂成充塞仁義、率獸食人之禍。吾爲此懼，不敢不辯。

五九

數萬文成指數千，竹林繁露愧精研。
會通三傳闢邪説，因一反三待後賢。

春秋文成數萬，其指數千。董子繁露竹林、玉杯等篇論制作大意彰矣。余不揆檮昧，欲本孟子所舉大義大例，以左傳所述之事與文，合之公、穀所傳之義，考筆削之迹，以推見孔子撥亂反正，討亂賊、教忠孝，並育萬物，幸教萬世，天覆地載肫肫之仁，爲春秋孟氏學一書。分別董、何爲漢推衍之說，勿與經混，以絕流弊、息邪說。而吾衰已甚，不知能成與否？姑舉宏綱以俟來哲隅反。

六〇

邪說譸張欲誣聖，其如思、孟訓彰彰。
推明大義尊君父，滄海倒瀾庶挽狂。

孔子成春秋而亂臣賊子懼，而今之亂臣賊子乃先誣春秋以亂人心。然聖人之道如天地之大、日月之明，不可得而誣也。中庸，子思發明春秋之書也，其言曰「爲下不倍」，曰

「非天子不議禮」，曰「雖有其德，苟無其位，不敢作禮樂」，曰「吾學周禮，今用之，吾從周」，曰「憲章文武」。元弼前年作中庸通義，論之曰：「孔子從周作春秋，一斷以文武之法，而公羊家乃謂春秋改制、變周從殷，又謂『黜周王魯，以春秋當新王』，此皆漢儒有爲言之之説，欲借春秋爲漢制法，使盪亡秦之毒螫、復三代之善治，託之孔子豫爲漢制作法度。所謂變周之文、從殷之質者，三王之道若循環，在漢改制則宜然。所謂黜周王魯者，黜周王漢也，以漢繼周，不以漢繼秦也。以春秋當新王者，以春秋當漢也。時代相隔，不可曰漢，故曰魯、曰春秋。此漢儒務引其君以當道志仁、歆動勸強之苦心，春秋絶無是義也，公羊本無是説也，周人從未聞有此言也。漢世公羊家初本爲推衍之辭，後乃變本加厲，故賈景伯駁之曰：『公羊以魯隱公爲受命王，黜周爲二王後，名不正則言不順、言不順則事不成，今隱公人臣而虛稱以王，周天子見在上而黜公侯，是非正名而言順也。如此，何以笑子路率爾？何以爲忠信？何以爲事上？何以爲法？何以全身？』此説深得『爲下不倍』『學禮從周』之義，足挽公羊家末流之失。蓋孔子作春秋，本周禮以垂法萬世，而漢爲繼周而王萬世之始，故儒者推三代改制之法託之春秋，以爲漢天子作禮樂之準。當時帝者由此推崇儒術、興禮教、用循吏，成四百年善治，則其言雖過而其意甚善、其功亦鉅。孰意二千年後，乃有心達而險、言僞而辯、無忌憚之小人，巧借其言以誣春秋、以誣孔子、以亂經術治術，釀成天下大禍。而豈知孔子中庸之行、春秋尊王之法昭昭如日中天，夫子、子思之言不啻至誠前知，豫燭其姦，豫防後世天下之亂，而示以正經興民、撥亂反正之大道者。作春秋之義彰彰如是，故孟子曰春秋作而亂臣賊子懼，蓋春秋以大順討大逆。思、孟之訓一義相成，學者由此推而明之，則君親尊、臣子順、人心正、邪説息，道濟天下，大本在是矣！

六一

空山兄弟待時清，痛論春秋大義明。
孝友忠廉儒行卓，哲兄閎議發心聲。

夏哀漢厄，羿、莽横行，余隨兩兄儉德避難以待時清，忍淚看天，縱言經史，於春秋治亂興亡之故及邪説誣聖履霜堅冰、星火燎原，遂致三綱絶紐、四海倒懸，使吾夫子愛敬萬世之仁不得施於今日元元之民，尤言之痛心。仲兄欲大論春秋以正人心，余以周易學會通篇説春秋三傳義相質，兄深然之。伯仲兩兄皆極孝友，伯兄仁術濟人至多；仲兄官河道，忠勤廉潔，功德在民，并詳家傳。言爲心聲，當時論古傷今，激昂慷慨，至今思之，洋洋乎盈耳哉，悽悽乎傷心哉！仲兄有花萼交輝閣詩文集行於世。

六二

因傳通經入門户，據經定傳執權衡。
闕疑傳信光天日，萬世由兹開太平。

因傳以通經旨之精微，據經以定傳義之是非，闕其疑、傳其信，此治春秋之定法。爲往聖繼絶學，爲萬世開太平，意在斯乎？意在斯乎！

復禮堂述學詩卷十一　述左傳、述國語

述左傳

一

孔子作經精取義，以文與事屬丘明。
正如通鑑分綱目，師弟編摩相與成。

孔子作春秋，以其義口授弟子，而以本事舊文屬左丘明論之。太史公之言信而有徵矣，而唐宋以後儒者乃有廢傳讀經之説。陳氏澧曰：「使有經而無傳，何由知隱公爲惠公之子、桓公之兄乎？何由知弑隱公者爲誰乎？此可以爽然自失矣。夫聖人之作經，所以必待傳而著者，聖人雖異人者神明，而朽没之期亦等。此皇侃論語義疏序語。孔子修春秋時年已老矣，故其傳付之丘明。傳之與經，一體相須而成也。此史通申左篇語。朱子之修綱目，亦與門人相須而成。其綱猶經也，目猶傳也，使去目而獨存其綱，可乎？不可乎？」

案：陳説至當，自伏羲、堯、舜以來，聖人作經，皆必有聖賢之徒傳其大義。其著竹帛或早或晚，或百世以後之聖人因相傳未絶之緒深通精微、大暢厥旨。而春秋文成數萬，據事褒貶，非當時即具論其語不可，此左氏傳所以與經一體相成也。豪傑之士篤於慕聖，好學深思，觀其會通，據左傳之事推公、穀之義，經旨可十得七八，以治萬世之天下而有餘矣。

二

丘明好惡合宣尼，論語明文無可疑。
作傳爲經存舊案，非同卜氏解經辭。

左丘明好惡與聖人同，明見論語公冶長篇，萬無可疑。而後世臆説乃謂論語之左丘明非作傳者，此大惑也。或疑左傳説書法是非多謬於聖人，不知此本論魯史舊文，爲孔子筆削取義張本。惟其有是有非，故春秋待修，非若子夏所傳春秋已修之義也。以左氏合公、穀，而魯史與聖經義之大小精粗昭然可睹矣。左氏之功正在是，而豈足以爲病哉。

三

鄭言左氏長於禮，載筆守官秉禮邦。
更與聖人觀柱下，史家博物古無雙。

鄭君謂左氏善於禮，蓋魯秉周禮，丘明爲魯史官，熟精舊典，又與孔子適周觀書，博物君子千古罕儔。其書於先王彝憲、當時文物、正變源流靡不彰著。故鄭君注三禮每引據之，注春秋奉以爲宗主也。

陳氏澧曰：「袁彦伯云：『春秋之時，禮樂征伐，霸者迭興，以義相持，故道德仁義之風往往不絶。雖文辭音制漸相祖習，然憲章軌儀先王之餘也。』後漢紀卷二十三。劉知幾云：『春秋傳載楚左史能讀三墳五典。禮記曰外史掌三皇五帝之書。由斯而言，則墳典文義、三五史策至于春秋之時猶大行於世。』史通正史篇。王伯厚云：『名卿大夫講聞故實，三代文獻藹如也。納鼎有諫、觀社有諫，申繻名子之對、里革斷罟之規，御孫別男女之贄、管仲辭上卿之饗，柳下季之述祀典、單襄公之述夏令秩官、魏絳之述夏訓虞箴，郯子能言紀官、州鳩能言七律，子革、倚相能誦祈招懿戒，觀射父之陳祭祀、閔馬父之稱商頌，格言猷訓粲然可睹。齊虞人之守官，魯宗人之守禮，懔懔秋霜，夏日之嚴。劉子所云天地之中，子産所云天地之經，胥臣敬德之聚，晏子禮之善物，又皆識其大者。統紀相承，淵原相續，得夏時、坤乾，見易象、魯春秋，而知三代之禮所以扶持於未墜者，豈一人之力哉。』漢制考敘。顧震滄云：『當時經學昌明，君卿大夫澤躬爾雅，謹守矩矱，一舉動必有占，一酬答必有賦，故賦吉日而具田備，賦匏有苦葉而具舟，而歌相鼠而不知，誦蓼蕭而弗答，即知其有敗亡之禍，豈非先王詩、書、象數之教浸漬于人心者久，故通行于天下而無間哉。』春秋大事表左傳引據詩書易三經表敘。阮文達公詁經精舍策問云：『春秋各國君卿大夫之德行名言，載在三傳、國語，近時學者發明三代書數等事遠過古人，試發明春秋學行以成精舍學業焉。』以上五説大意略同，讀左傳者不可不知，且當知所謂道德、仁義、憲章、墳典、故實、文獻、經學、德行、名言皆出於孔子之前，賴有左傳、國語述之，至今得以考見，此左氏之功之大也。」

四

純孝純臣垂至教，立言正得聖人心。
論仁論禮論忠信，想見先王教澤深。

陳氏澧曰：「左傳開卷記潁考叔、石碏二人最詳，此大有意也。君子曰：『潁考叔純孝也。』君子曰：『石碏純臣也。』賈逵云：『左氏義深於君父。』後漢書本傳。其此之謂乎？若如林黄中謂『君子曰』是劉歆之辭，見朱子語類卷八十三。劉歆能明忠孝大義如此乎？」

案：左傳所載論仁、論禮、論忠信之等徽言精義甚多，皆所謂文武之道在人，夫子焉不學者，於此見孔門垂訓，無一非則古昔、稱先王也。

五

矢魚納鼎著忠規，祭法敷陳三策垂。
朝聘會盟王霸雜，考詳周禮或差池。

矢魚、納鼎之諫，及柳下季論祭典書爲三策之等，燦然先王謨訓之遺。至朝聘會盟之禮，或與周禮不盡合。如鄭注王制比年一小聘、三年一大聘、五年一朝，謂是晉文霸時所制。推類求之，周公舊典及當時霸者之法，沿革源流俱可考詳。惜鄭注左傳未成，服注亦久亡也。

六

君姑修政親兄弟，內結人心外固交。
救急存亡知要領，漂搖風雨護危巢。

季梁謂隨侯曰：「君姑修政而親兄弟之國，庶免於難，內固人心、外善邦交，此萬世救急存亡之要策也。」季梁之言，辭危情迫，真足提撕聾聵、警覺昏頑，何讀者不察耶？

七

鬻拳兵諫蠻夷俗，自刖明心亦可憐。
後世脅君圖取利，忠奸相去尚天淵。

鬻拳兵諫以納君於善，此蠻夷粗獷之風，迫於一時忠憤，不暇顧禮耳。既而自刖，亦足以明其心矣。以視後世乘主少國危，阻兵罔上，以圖窺竊神器者，其處心固相去天淵，故君子以爲愛君。愛君而無禮，猶自以爲罪莫大，况竊權乘勢以致難於其君者，其罪尚天地所能容乎？

八

子父不奸之謂禮，卓然大義正齊桓。
臣心無二天之制，雖出原繁論不刊。

子父不奸之謂禮，管仲之言大義卓然，足以正父子之倫，故葵丘五命首誅不孝，霸道猶本王道也。臣無二心天之制也，其言雖出原繁，而足以明君臣之義，蓋文、武、周公之遺教深入人心，士大夫類能述之。雖其人不必賢，而其言實本先王之訓，故善讀左氏其益无方也。

九

勤王大義信諸侯，子犯真知定霸謀。
安得斯人假仁義，下泉思霸輔京周。

狐偃曰：「求諸侯莫如勤王。諸侯信之，且大義也。」知勤王之爲大義，知求信諸侯之必由乎此。雖行義未出於誠，而定霸實知其本，是以王室賴之、天下賴之。無欲而好仁者，本止天下一人，今安得有此假仁義之人以暫維三綱於既絶、解萬萬生靈之倒懸乎？嗚呼，此下泉所以思霸，春秋所以予桓、文也。

一〇

衛文、秦穆承衰困，轉敗爲功務利民。
後世圖強事搜括，以湯止沸火添薪。

衛文公大布之衣、大帛之冠，務材訓農，通商惠工，敬教勸學，授方任能，是以滅而能興、徙而能富，延祚至久。秦穆公悔過用賢，增修國政，重施於民，卒伐晉及郊，晉不敢出，遂霸西戎。自古易亡爲存、轉弱爲強無不以利民爲首務。後世欲圖強國，反先剥民，民窮財盡、人心怨叛，外患内憂倉猝並興，雖有善者無如之何。剥之象曰：「君子德車，民所載也。」言民心未去，雖當剥時猶可圖存也。「小人剥廬，終不可用也」，言自剥以速亡也。小人之使爲國家謀猶回遹，如以湯止沸、抱薪救火，其禍著於史傳彰彰矣，如前車覆，後不戒何？

一一

襄、昭幼立季孫專，隱與晉卿聲勢聯。

罔上營私同濟惡，當時晉亦替君權。

春秋之初政在諸侯，晉霸既衰，政在大夫。魯襄公、昭公皆幼立，季孫秉政，隱與晉卿聲勢相聯，罔上營私、同惡相濟，故昭公出奔。晉侯欲納之而卒不果，蓋當時晉君亦已失權，六卿專恣，三家篡奪之禍已兆。而其原則自狐偃會王子虎等於翟泉，實爲禮樂征伐自大夫出之始。其極至於孔子請討陳恆爲三家所阻，而春秋遂爲戰國矣。故曰：履霜堅冰，由來者漸，惟名與器不可以假人。

一二

民食於他公失政，得安守府已爲多。
惟名與器慎無假，倒柄何從返太阿。

觀女叔侯、子家羈之言而知魯昭之所以敗，觀叔向、晏子之言而知齊、晉之所以亡。君失其政，民食於他；螟蛉有子，蜾蠃負之矣。倒持太阿，授人以柄，雖欲返之，其可得乎？然則如之何？曰：任賢愛民，爲政以禮而已。

一三

漢水、方城俄失險，貪讒敗類信悲夫。
楚昭返國猶延祚，千古貞臣仰勃蘇。

楚國方城以爲城、漢水以爲池，而柏舉之戰，山川曾無溝阜之勢，五戰至郢、國破君出，禍敗之烈且易至此，其故實由囊瓦不仁、貪饕敗國，内離民心，外搆怨諸侯。詩曰：「大風有隧，貪人敗類。」貪則罔上營私，爲國斂怨，正直不容、讒邪盤結，元氣剥盡、大命以傾，悲夫殆哉。幸昭王幼小，並無失德，民怨令尹而不怨王，返國修政，猶能強盛。而易亡爲存，實由申包胥以至誠感秦，其行足以動天地、感鬼神，而况於人乎？申包胥，戰國楚策作蚡冒勃蘇。

又案：秦哀賦無衣，感申包胥之忠而毅然興師，遂定楚國。兵以義動而不爲利，與齊桓木瓜並高千古矣。

一四

將墮三都去藏甲，化行先自季孫斯。
圍成公將收兵柄，豈是要功在刻期。

孔子爲政墮三都，蓋當時季桓子感化聖德、天良暫發，故聖政能行，所謂孔子行乎季孫三月不違也。公圍成弗克，非不能克之，蓋特因是以收兵柄。非刻期威民，欲如文王之於崇、晉文之於原，俟其自服耳。

一五

孔子之徒盡忠魯，不惟求、賜試當時。
春秋大義傳通國，弓玉既歸莫敢窺。

孔子之徒皆忠於魯國，非獨子路、子貢、冉有小試當時而已。春秋之義口授弟子、遍傳通國，人誦先王之言、家知天澤之分，強臣由此畏憚清議、戢其姦謀。故田氏敢篡齊、三家敢分晉而季氏不敢窺魯，則聖人至教之明效大驗也。其後孔甲爲陳王死、魯人爲項羽守，君臣之義若此其嚴，豈非春秋之義家喻户曉、久而愈光乎？

後漢書儒林傳論曰：「自光武中年專事經學，其風世篤。所談者仁義、所傳者聖法，故人識君臣父子之綱、家知違邪歸正之路。自桓、靈之閒，君道秕僻，朝綱日陵，國隙屢啓，自中智以下靡不審其崩離，而權彊之臣息其窺盜之謀、豪俊之夫屈於鄙生之議者，人誦先王言也，下畏逆順埶也。至如張溫、皇甫嵩之徒，功定天下之半、聲馳四海之表，俯仰顧眄則天業可移，猶鞠躬昏主之下，狼狽折札之命，散成兵、就繩約而無悔心。暨乎剝橈自極、人神數盡，然後羣英承其運、世德終其祚，迹衰敝之所由致而能多歷年所者，斯豈非學之效乎？故先師垂典文褒勵學者之功篤矣。不循春秋，至迺比於殺讀曰弑。逆，其將有意乎？」

案：孔子之徒皆忠於魯，其效著於當時如此。而六經之教、春秋之法，所以維持天經地義、保全萬世天下國家者，其功用又如此，此聖人所以爲人倫之至也，此萬世爲人臣、爲人師者所當深思也。

一六

興廢存亡千古鑒，後王取法正無窮。
聊陳梗概資隅反，詠史盱衡愧太沖。

廢興存亡昏明之迹，著在左氏，昭昭揭日月而行，足作後王之鑒。前賢名論多矣，以上特略仿左太沖詠史之意，爲學者舉一隅耳。

一七

曾申以後迄荀、張，戰國嫚秦常隱藏。
賈誼傳經遷述史，重光金鏡理珠囊。

經典釋文敘録曰：「孔子與魯君子左丘明觀書於太史氏，因魯史記而作春秋以授弟子。弟子退而異言，丘明恐弟子各安其意以失其真，故論本事而爲之傳。春秋所貶損當世君臣，其事實皆形於傳，故隱其書而不宣，所以免時難也。」又曰：「左丘明作傳以授曾申，申傳衛人吴起，起傳其子期，期傳楚人鐸椒，椒傳趙人虞卿，卿傳同郡荀卿名況，況傳武威張蒼，漢丞相北平侯。蒼傳洛陽賈誼。長沙梁王太傅。」

説文解字序曰：「北平侯張蒼獻春秋左氏傳。」

漢書儒林傳曰：「賈誼爲左氏傳訓故。」

案：自丘明以下至賈誼授受源流如此，左傳隱藏百年，而鐸椒、虞卿各删取其文以自著書，韓非子亦述楚公子圍弑君事，蓋聞之荀卿也。賈生始爲傳作訓故。而司馬遷撰史記，述春秋事多據左氏爲本。嚴氏春秋引觀周篇，謂左氏傳與經相表裏。是漢初儒者多信好左氏，其學將大顯。惜末師蔽冒，信口説而背傳記，遂久抑不行耳。

一八

世學長卿本賈嘉，毛詩並起古文家。
淵源同出蘭陵令，元始遺文亦掇華。

釋文敘録曰：「賈誼傳至其孫嘉，嘉傳趙人貫公，貫公傳其少子長卿，長卿傳京兆尹張敞及侍御史張禹。」

案：貫長卿傳毛詩，毛詩、左傳皆古文學也。又左傳與穀梁其學並傳自荀卿。楊氏穀梁序疏云：「穀梁子名俶，字元始，魯人，一名赤，受經於子夏，傳孫卿。」蓋孫卿大儒，於詩兼授毛、魯，於春秋兼傳左、穀。意其説當據左傳之事推穀梁之義，掇其精華、闕其疑滯，以歸於大通，惜其文曠絶無傳耳。

蕭、尹早通左與穀，劉歆難父駭人聞。
說雖盡是禮何在，二傳師承况不分。

一九

敘録又曰：「禹數爲御史大夫蕭望之言左氏，望之善之。禹傳尹更始，更始傳其子咸及翟方進、胡常，常授黎陽賈護，字季君，哀帝時待詔爲郎。護授蒼梧陳欽。字子佚。始劉歆從尹咸及翟方進受左氏，由是言左氏者本之賈護、劉歆。」

案：蕭望之本治穀梁而善左氏說。尹更始本受穀梁於蔡千秋，又從張禹受左氏，取其義理合者爲之章句。則左、穀異同前人已會其通。劉子政受穀梁正與同時，必備聞其說。而漢書楚元王傳乃稱劉歆好左傳，數以難父向，向不能非閒，然猶自持其穀梁義。此事殊駭人聞，即使歆所言盡是，而事父之禮安在？子父不干之謂禮，歆治左傳獨未聞乎？况左、穀師承，上自荀卿，下至蕭、尹，本殊塗同歸，又何用紛爭短長乎？或曰：漢人治經，質疑問難不厭其詳，子於父猶弟子於師。歆之説，子政蓋有所取，特未遽舍舊義而從之，是其説經之慎，無溺愛之蔽也。歆之學實能承其父，其不孝之罪在附莽不在論學，故漢書以此事屬之向傳，與其失身黨逆之罪入莽傳者畫分爲二也。要之，子於父前雖論學辯物，或爲父所許，必不可有毫髮自是之意。

二〇

可怪太常諸博士，訟言左不傳春秋。
漫云述史非經解，真是須從實事求。

陳氏澧曰：「漢博士謂左氏不傳春秋，漢書楚元王傳後劉歆傳。晉王接謂左氏自是一家書，不主爲經發。晉書本傳。近儒劉申受云：『左氏春秋猶晏子春秋、吕氏春秋也，冒曰春秋左氏傳則東漢以後之以訛傳訛者矣。』左氏春秋考證。案：漢書翟方進傳云：『方進雖受穀梁，然好左氏傳。』此西漢人明謂之左氏傳矣，或出自班孟堅之筆，冒曰左氏傳歟？然翟方進受穀梁而好左氏，穀梁是傳，則左氏非傳而何哉？左傳記事者多，解經者少，漢博士以爲解經乃可謂之傳，故云『左氏不傳春秋』。公羊定元年傳云：「主人習其讀而問其傳。」何注云：「讀謂經，傳謂訓詁。」此可見漢人所謂傳者，訓詁解經也。然伏生尚書大傳不盡解經也，左傳依經而述其事，何不可謂傳？傳猶注也，裴松之注三國志，但詳述其事，可謂其非注乎？且左氏作國語，自周穆王以來，分國而述其事；其作此書，則依春秋編年，以魯爲主，以隱公爲始，明是春秋之傳。如晏子春秋、吕氏春秋則雖以訛傳訛，能謂之春秋晏氏傳、春秋吕氏傳乎？」

案：桓譚新論云：「左氏經之與傳，猶衣之表裏，相待而成。有經而無傳，使聖人閉門思之十年不能知也。」御覽六百十引。此足以解左氏不傳春秋之惑矣。左氏述魯春秋之事與文，以爲孔子春秋張本，此非當時載筆不可。惟丘明當日已具論其語，故弟子口受之義師師相傳，雖未即著竹帛，其離合得失千載後猶可推見。若舍實事而欲求是，豈有可得之理乎？

二一

若道莽、歆有增竄，范升、李育豈無聞？
彼方謬託唐虞事，豈假衰周史傳文？

後世耳食臆測之説，謂左傳有莽、歆增竄，果爾則東漢之初儒者爭論古今學，范升、李育等力排左氏，何不舉其增竄之文訟言攻之？即何邵公左氏膏肓亦不聞坐莽、歆罪。歆飾姦言以媚莽，方謬託唐虞禪讓、周公攝政，豈肯以衰周列國事爲比哉。考之漢書莽所作爲，並無依傍左傳，宋以後異説殊不足信。

二二

雅才好博起東京，鄭、賈、許、延學並精。
長義條陳四十事，義深君父一言明。

釋文敍録曰：「劉歆授扶風賈徽，字元伯，後漢潁陰令，作春秋條例二十一卷。徽傳子逵，逵受詔列公羊、穀梁不如左氏四十事奏之，名曰左氏長義，章帝善之。逵又作左氏訓詁。司空南閣祭酒陳元作左氏同異，大司農鄭衆作左氏條例、章句，南郡太守馬融爲三家同異之説。京兆尹延篤字叔堅，南陽人。受左氏於賈逵之孫伯升，因而注之。汝南彭汪字仲博。記先師奇説及舊注。太中大夫許淑、字惠卿，魏郡人。九江太守服虔、字子慎，河南人。侍中孔嘉、字山甫，扶風人。魏司徒王朗、字景興，肅之父。荆州刺史王基、大司農董遇、徵士燉煌周生烈，並注解左氏傳。梓潼李仲欽著左氏指歸，陳郡潁容字子嚴，後漢公車徵，不就。作春秋條例。又何休字邵公，任城人，後漢諫大夫。作左氏膏肓、公羊墨守、穀梁廢疾，鄭康成鍼膏肓、發墨守、起廢疾，自是左氏大興。」

案：劉歆之學本出子政，而又高才博聞，其人雖春秋之罪人，而其表彰左氏之功則不可没。厥後鄭仲師、賈景伯、延叔堅、許惠卿、服子慎以下，通儒相繼蔚起，惜注解皆亡，其軼僅時時見於他説。景伯長義雖亡，其云左氏義深於君父，可謂一言扼要，治春秋者首當如此。

二三

鄭君三傳並深通，注左宏編業未終。

親授服君成解誼，大儒傳道秉心公。

鄭君於三傳各著其善，而正何氏偏頗之失，此通儒卓識也。注春秋以左傳爲主，此治經家法也。注未成，聞服君解誼多與己同，盡以所注與之，此君子立心至公也。其説間有與服注異者，是非所在不苟同也，皆學者所當取法。

二四

鎮南作解襲先儒，獎逆短喪説更誣。

定本不知宗賈、服，竟拋周鼎寶康瓠。

釋文敘録：「杜預經傳集解三十卷；字元凱，京兆杜陵人，晉鎮南大將軍、開府儀同三司、當陽穆侯。杜預春秋釋例十五卷，四十篇。」

案：杜氏集解序舉劉、賈、許、潁四家而不及服氏，蓋當時服注左傳儒林誦法，亞於鄭注各經，杜氏故抑之，置而不道，是其忌嫉之私。今檢賈、服遺文引見各書者，多爲杜所襲，用先儒之説而深没其名，與王弼、僞孔伎倆將毋同。其書得失互見，惠定宇云：「杜氏雖有更定，大較同於賈、服。」易漢學序。段懋堂云：「鄭氏之於三禮，得真是者最多；杜氏之於左傳，得真是者較少。」左傳刊杜序。皆平心篤論。而短喪獎逆，借傳媚時，則有害名教，非徒訓詁考據之失，視漢師舊訓純粹深通、足垂範將來者，蓋不可同年語。唐時定本舍賈、服而取鎮南，失之甚矣。

二五

沖遠春秋治服氏，如何曲學徇當時。

疏中賈、服猶多引，杜過每稱光伯規。

孔沖遠治左傳本習服氏，而其作正義乃徇時尚用杜解，廢繩墨而變彀率，有愧於君子中道而立矣。然疏中多引賈、服舊注及劉光伯規過，評其是非，雖説多未當，抑亦藉此以存古義乎？

二六

蘇、沈遺文殘落盡，漢儒訓義孰鉤沈？

晚唐猶有古師説，魯望文遺一字金。

孔氏正義序曰：「晉世杜元凱爲左氏集解傳授至今，其爲義疏者則有沈文阿、蘇寬、劉炫。然沈氏於經傳極疏，蘇氏唯旁攻賈、服，劉炫習杜義而攻杜氏，規杜失凡一百五十餘條。」

案：蘇氏旁攻賈、服，當謂旁治賈、服舊義。而光伯規過至百五十事之多，蓋皆於杜解有所未安，惜遺文殘落，索隱鉤沈殊非易耳。古人云開卷有益，古義僅存，往往無意得之。哀二十五年傳：「褚師聲子韈而登席。」杜謂古者見君解韈，此臆說。古者燕坐有脱屨，從無解韈，此句説者多不得其解。陸魯望雜説云：「褚師聲子結韈而登席。」笠澤叢書。加一結字，其義瞭然。結韈曰韈，猶加冠曰冠，著衣曰衣，古人文法多如此。當時蓋聲子韈繫散，結之而登席。公以爲不恭而怒，故對以足有異疾，懼令公見，韈有不可不結之故。得此一字，上下文義盡明，此必漢儒舊説，晚唐人猶及見之。兹事其細已甚，而古書之不可不讀，博學多識，一字千金，即斯可見，故附及之。

二七

人臣大義秉春秋，昭代經師第一流。
杜解乖違俱補正，經畬開闢此先疇。

顧亭林先生學貫天人，行完忠孝，綱常萬古，節義千秋，秉春秋至教以木鐸天下。國朝江、惠諸先生以來經學，曾、胡諸公經濟之學，皆自先生開之。左傳杜解補正卷帙雖無多，而爲皇清經解羣儒著述弁冕，宜哉。先生名炎武，江蘇崑山人，著書極多，皆明體達用，士林所共知。

二八

乾隆聖治日方中，蔚起人文應景風。
司業春秋大事表，觀書卓犖契宸衷。

顧震滄春秋大事表據左傳爲本，參取公、穀，輔以羣言，將全經實事、禮樂征伐、曆法地理等類聚羣分，元元本本表而出之，崇論閎議、發揮旁通，足與徐健庵讀禮通考、秦文恭五禮通考方軌並驅，爲儒林大著作。時當乾隆文治極盛，深蒙高宗純皇帝契賞，特授國子監司業，御製詩兩章賜之，冠其書首，可謂極稽古之榮矣。左氏述春秋本事，得此書而始終條理、燦然分明，視杜氏長歷、土地名、世族譜三篇，規模宏大、考據詳博，蓋遠過之。間有疏失，爲後儒指摘，要其體大物博不可及也。

顧先生棟高，字復初，號震滄，江蘇無錫人。

二九

慎修地理考精詳，古義尤資定宇彰。
小宛、芳林多闡發，微嫌沈序近囂張。

慎修先生春秋地理考實至爲精核，定宇先生春秋左傳補注古義燦然，與顧氏杜解補正並足裨補經義、啓發後學。陳芳林春秋内外傳考正，沈小宛左傳補注、左傳地名補注，均多闡發。惟小宛序譏訕二傳，痛斥何邵公，未免入主出奴之見，辭氣頗涉囂張耳。

陳先生樹華，字芳林，江蘇長洲人。考正一編甚爲精審，余少得坊間傳鈔本，聞近有得其原稿欲刻之者，拭目俟之。

沈先生欽韓，字文起，號小宛，吴縣人。

三〇

洋洋灑灑放宏辭，容甫高才盡釋疑。
洪詁全書尤慨慕，北江忠孝是人師。

汪容甫述學左氏春秋釋疑篇卓識通論，浩乎沛然。洪稚存春秋左傳詁訓釋全經，雖未及詳備，而體例謹嚴，有益學者。且北江有忠孝至行，尤足使讀其書者師其人也。

洪先生亮吉，字稚存，號北江，江蘇陽湖人。

三一

精鋭聰明焦理堂，凜然論史挾風霜。
不留杜預容身地，足立千秋名教防。

焦理堂左傳補疏序大聲疾呼，斥杜預飾邪説以文司馬氏之奸逆，爲我夫子春秋之罪人，大義凛然，雖元凱復生不能置辯。要之此集解之謬，於左氏無涉。即就集解而論，除此等大謬外，餘亦尚可節取，當分别論之。

三二

孟瞻學派最通深，舊疏考詳真愜心。
各疏均當如此讀，吾衰掩卷幾沈吟。

劉孟瞻左傳舊疏考證至爲精核，各經疏皆以此法讀之則盡善矣。余撰禮經校釋，推賈氏增損黄、李之迹，略啓其端。孝經校釋將元疏、邢校舊文新義一一釐剔，即此意。恨老耄惽忘，餘經有志未逮耳。國朝左傳之學，以先生爲最。既考舊疏，因輯古注爲之疏義，卷帙繁博，歷三世之久，僅至襄公四年。士林想望此書久矣，若將已成之稿先刊行世，於振興經術非小助也。

劉先生文淇，字孟瞻，江蘇儀徵人。子毓崧，字伯山。孫壽曾，字恭甫。

三三

左通補釋徵文確，次白遺編述義詳。
察往彰來期致用，嘉言吾憶抱冰堂。

梁氏左通補釋采集羣言，徵實不誣。李氏左傳賈服注輯述發明古義，尤爲精詳。又有錢氏綺撰左札，余少見其書未及讀。先君子言其人好古數奇，爲諸生試輒下第，惟祁文端督學時拔置第一。先仲兄同年友王氏祖畬撰春秋經傳考釋，與梁氏書相近，余爲之序。我友馬氏貞榆有讀左傳法，刻於鄂，聞甚精善。儒者通經，務求致用。春秋經世，先王之志，於左傳固可考見。而列國交際、行軍用兵之道，尤於今日世務爲切。張文襄師嘗慨乎言之，師自題所居曰抱冰堂，體國之忠、憂時之急，情見乎辭矣。

梁氏履繩，字處素，浙江錢塘人。

李氏貽德，字天彝，號次白，又字杏村，浙江嘉興人，孫淵如先生弟子。

錢氏，字映江，江蘇吴縣人。

王氏，字子祥，太倉人，行己居官卓然可法。

復禮堂授春秋左傳書目

講習書

學者治春秋，當恪遵欽定春秋傳説彙纂，以三傳爲主，博稽注疏及各家説，審别家法，觀其會通，以求合經旨。讀經必據傳，先儒通説春秋之書，必根據三傳、實事求是者乃可信。今以類相從，分而列之。

春秋左傳注疏見前。

春秋左傳釋文

杜氏春秋釋例武英殿聚珍版本、岱南閣叢書本、古經解彙函本。

顧氏左傳杜解補正原刻本、皇清經解本

惠氏春秋説 原刻本、重刻本、皇清經解本。

江氏春秋地理考實皇清經解本。

惠氏左傳補注皇清經解本。

顧氏春秋大事表原刻本、國子監重刻本、皇清經解續編本。

沈氏左傳補注、左傳地名補注功順堂叢書本、皇清經解續編本

洪氏春秋左傳詁原刻本、皇清經解續編本。

劉氏左傳舊疏考證原刻本、皇清經解續編本。

李氏左傳賈服注輯述江蘇書局本、浙江書局本、皇清經解續編本。

春秋文鈔

左傳文鈔附論國語及戰國策。

參考書

陳氏春秋內外傳考正傳鈔本，聞原稿有盧氏文弨校語，待刊。

梁氏左通補釋原刻本、皇清經解續編本。

春秋左傳學支流

史記

馬氏繹史

述國語

一

左氏依經述本事，古文漆簡富名山。

失明以後還流藻，百廿實書此要删。

司馬遷報任少卿書曰：「左丘失明，厥有國語」。

韋氏國語序曰：「昔孔子發憤於舊史，垂法於素王，左丘明因聖言以攄意，託王義以流藻。其淵原深大，沉懿雅麗，可謂命世之才，博物善作者也。其明識高遠，雅思未盡，故復采録前世穆王以來，下訖魯悼、智伯之誅，邦國成敗，嘉言善語，陰陽律吕，天時人事，逆順之數，以爲國語。其文不主於經，故號曰『外傳』。」

案：左丘明生平蓋博極羣書，其作春秋傳據魯史爲本，遍采邦國之志，博觀約取，用力至勤。或書成而目光虧損，然餘意未盡，復分國論其語，尊王討逆、懲惡勸善，與本書相表裏，故謂之「外傳」。孔子得百二十國寶書，此其要删乎？左公名丘明，春秋傳作於未失明前，國語作於失明後，子長之言甚分明。但云左丘者，省文，段氏謂「猶云左丘明失明耳」，説者或因此謂作國語者姓左丘名明，謬矣。

君臣父子皆無獄，刑典本原天地經。
周德雖衰禮未改，強侯猶是奉王靈。

二

周語：「晉人執衛成公歸之于周，請殺之。王曰：『不可。夫君臣無獄，今元咺雖直，不可聽也。君臣皆獄，父子將獄，爲臣殺君，其安用刑？』」

案：此天經地義。蓋周之典刑本於文王作罰者，實萬世刑律之通義。晉文有大功於襄王，而請隧弗許；城濮敗楚聲勢至盛，溫之會以諸侯朝王，而請殺衛侯又弗許，大義足以昭示天下。是以周雖衰而久存，強侯莫敢逞志也。此等訓辭，内傳未及載，而實有裨春秋之義，外傳其可忽乎哉？

三

君命猶天天可讎，不聞逢比反操矛。
果令杜伯向王射，天討豈能逭蓐收？

左傳鄖公辛之言曰：「君，天也，天可讎乎？」此大義也。而周語有杜伯射王於鄗之言，韋解引周春秋。其事甚怪，夫君臣之義，人鬼一也，王雖失刑，天降之罰可也。無道之君莫如桀、紂，不聞龍逢、比干、鬼、鄂爲祟以殺之也。若果杜伯射王，則是死而弑君矣，天之刑神蓐收獨不能舉其職乎？傳曰：「人之所忌，其氣燄以取之，妖由人興也。」記曰：「國家將亡，必有妖孽。」度宣王枉殺杜伯，左儒爭死之，必有餒歉於心，故將崩而著此象，或周將衰而物怪依託見異乎？先王勸賞畏刑，天命天討，不參以毫髮喜怒之私，是以行無不慊於心，殺之不怨、利之不庸，而反物之妖、反德之亂幽明皆無自作焉，此傳者言外之意也。

四

書稱説命詩稱懿，爾雅文章深厚辭。
萇叔精忠天實鑒，支詩牽引我滋疑。

楚語：白公子張説説命，左史倚相説懿戒。韋云：「懿，讀曰抑。」其義深美，足以補古文之闕、開詁訓傳之先。可見當時經學之盛，文、武、周公遺澤未泯，列國君臣猶多以義相持。而周語衞彪傒引支詩而説之，其論廢興存亡之故可也，以譏萇叔則不可。未識人倫，安知天道？萇叔至忠，聖人所與。周之衰也，二百數十年，大夫、君子不聞有發憤圖中興者，有一於此而以爲違天，然則箕子、比干之於殷，子胥之於吴，亦在所譏耶？此晚周委靡無志之習，天下滔滔皆是，所以君子道消、一木難支，志未遂而身殲，卒如其言。余讀此傳，未嘗不撫膺歎息也。

五

軍容如火復如荼，尚使強吴僭號除。
冠履從來無倒置，傷心一旦短垣踰。

黄池之會，吴陳其軍，望之如火如荼如墨。晉知其不可與戰，猶責以短垣自踰，令去僭王之號以尊天子。冠履名分，尚如朽索之馭六馬，未遽絶也。至三家分晉、田氏篡齊，天子不能討，又從而命之，舊坊盡壞，而周室遂不復可爲矣。此春秋、戰國時勢遷變之大界限也。左傳、國語終於智伯之亡，司馬溫公資治通鑑始於命晉大夫魏斯、趙籍、韓虔爲諸侯，極論以垂萬世鑒戒，其春秋之志乎！

六

經藝並陳稱外傳，同昭明德廢幽昏。

多文爲富理深博，盡是先王法度言。

國語言富理博，昭明德而廢幽昏，詳内傳所略，皆先王法度之言。韋弘嗣謂實與經藝並陳，非特諸子之倫，是也。漢儒引國語多直謂之春秋傳。

七

事主孤忠劉子政，説經家法鄭司農。
卓哉弘嗣吾無間，讚辨三君有適從。

韋氏序曰：「遭秦之亂，幽而復光，賈生、史遷頗綜述焉。及劉光禄於漢成世始更考校，是正疑謬。至於章帝，鄭大司農爲之訓注，解疑釋滯，昭晰可觀。至於細碎有所闕略，侍中賈君敷而衍之，其所發明，大義略舉，爲已憭矣，然於文閒時有遺忘。建安、黄武之閒，故侍御史會稽虞君、尚書僕射丹陽唐君，皆英才碩儒，洽聞之士也，采摭所見，因賈爲主而損益之。觀其辭義，信多善者，然所理釋猶有異同。昭以末學淺闇寡聞，階數君之成訓，思事義之是非，愚心頗有所覺。今諸家並行，是非相貿，雖聰明疏達識機之士知所去就，然淺聞初學猶或未能祛過，切同竊。不自料，復爲之解。因賈君之精實，采虞、唐之信善，亦以所覺增潤補綴。參之以五經，檢之以内傳，以世本考其流，以爾雅齊其訓，去非要、存事實，凡所發正三百七事。」

案：序稱劉子政而不及歆，稱鄭大司農、賈、虞、唐三君而不及王肅，去取至精嚴。鄭後司農雖未注國語，而韋解增補三君，一如鄭君注周禮讚辨二鄭之法，序文亦極似鄭君周禮序。蓋其事君忠直懇誠類劉子政，而説經純乎鄭氏家法。三國通儒，斯爲甲矣。

韋君名昭，三國志作曜，避司馬昭諱。字弘嗣，吴郡雲陽人。吴侍中，領左國史，高陵亭侯。唐君固，字子正，丹陽人。

八

百宋廛開佳槧出，微波榭啓舊音存。

發疑正讀高郵外，精實無如汪遠孫。

黄蕘圃百宋一廛藏有常熟錢氏影鈔宋明道二年本國語，後刊入士禮居叢書。宋公序國語補音，孔弦谷刊入微波榭叢書本爲善。國朝治國語學者，高郵王氏發疑正讀多善，而汪小米三書尤爲外傳專門名家之學，陳南園亟稱之。

宋氏庠，字公序，雍邱人。

汪氏遠孫，字小米，浙江錢塘人。

復禮堂授國語書目

講習書

宋明道本國語士禮居覆刊本附札記、崇文書局本。

宋氏國語補音孔戴遺書本。

王氏經義述聞内國語二卷

汪氏國語三君注輯存原刻本。

國語發正原刻本、皇清經解續編本。

國語考異原刻本。

復禮堂述學詩卷十二　述公羊傳、述穀梁傳

述公羊傳

一

大義微言傳子夏，春秋經世本先王。
適當三晉、田齊世，口授公羊與穀梁。

孝經緯鉤命決曰：「春秋屬商。」孝經序疏。

案：孔子作春秋，屬左丘明論其本事，而以大義口授弟子。獨云屬商者，蓋屬子夏訓

其義。莊子云：「春秋經世，先王之志。」此語蓋得之子夏，所謂祖述堯舜、憲章文武，褒貶諸侯，斷以周禮，明王法以討亂賊者也。適當三家分晉、田氏篡齊，故卜氏所受之義未即著竹帛，徒以口説轉授後學。齊人公羊子高，魯人穀梁子赤，蓋傳習春秋尤精者。二家之學，又閱數傳始論撰成書。源遠末分，故其説不能無異，然大義所在其歸一也。

二

公羊五世得胡毋，更直廣川起大儒。
寫定傳文垂竹帛，背經怪論本皆無。

公羊序疏引戴宏序云：「子夏傳公羊高，高傳子平，平傳子地，地傳子敢，敢傳子壽。孝景帝時，壽乃共弟子齊人胡毋子都著於竹帛。」史記儒林傳曰：「漢興，言春秋於齊、魯自胡毋生，於趙自董仲舒。」又曰：「董仲舒，廣川人也，治春秋。進退容止，非禮不行，學士皆師尊之。」

案：苟非其人，道不虛行，公羊之傳，五世至漢初，有隱德君子胡毋生共定傳文，又得大賢董子光大其義，遂推明孔氏，抑黜百家，海内儒者翕然宗之，是用其學大興。傳文本極純正，絶無背經害義可怪之論，董子繁露義理精粹，閒有引申推合世用之語，以傳文相較，可灼知其有爲言之，顧讀者不察耳。

三

鄭説公羊善於讖，至誠贊化本知來。
漢初撥亂反諸正，風氣原從董子開。

鄭君説公羊善於讖。讖者，知來之别名。易言：「聖人吉凶與民同患，神以知來。」中庸曰：「至誠之道，可以前知。」前知者，理有必然，以道知之。孔子既傳易，又作春秋，蓋易與春秋皆聖人治萬世之書。文王憂患而作易，孔子懼而作春秋，所以爲萬世慮者意至深遠。六經皆聖人治天下之書，而易與春秋爲憂懼生民不得已而作，操心危、慮患深，精義入神以前民用。易斷吉凶以待後人之用，春秋正褒貶以示後人運用之準，所謂先知先覺也。蓋天下之生久矣，一治一亂，春秋之亂爲唐、虞以來所未有，聖人逆知萬世禍變之未有窮已，故因事明義以存王法。六經之道備在春秋，孔子經論六經，以前聖之道示萬世也；制作春秋，用前聖之道以治萬世也。是以周歷既終，秦政凶暴，盡滅聖法，而漢興猶得修先王之道以治天下，君君臣臣、父父子子，相生、相養、相保，歷唐、宋、元、明，屢亂而卒屢治，人類繇延以至今日者，皆夫子天覆地載之仁也。漢儒當秦糜爛生民創鉅痛深之後，喜天下之有王，急欲以孔子之道活夷滅創殘之餘民。賈生、董子之徒務引其君以當道志於仁，盪亡秦之毒螯，復三代之善治。董子治公羊春秋，以爲春秋孔子爲萬世而作，漢爲繼周而王，萬世之始，則春秋即爲漢作，故推衍春秋以備時王制禮作樂興太平之用。太史公曰「上大夫董仲舒推春秋義」，可謂知言。自是名儒接踵而起，經術大明。而漢四百年長治久安，幾與三代同風，雖不免以霸王道雜之，而儒效已大彰明較著矣。

又案：讖之言纖，蓋本傳述微言之名，其後術士附以禨祥之説，得失真僞以義定之可耳。

四

引君當道志於仁，毒螫務求盪暴秦。
假託春秋爲漢制，苦心急救倒懸民。

周易學會通曰：「撥亂世反諸正，莫近諸春秋。漢儒欲其君之本春秋以盡撥秦亂也，故董子之對策曰：『聖王之繼亂世也，掃除其迹而悉去之。自古以來，未有以亂繼亂、大敗天下如秦者也，其餘毒遺烈至今未滅，必變而更化之乃可理。』此言漢當盡掃秦迹也。又曰：『孔子作春秋，見素王之文。』此言漢掃秦迹，當法春秋，春秋已豫爲漢立法也。又曰『孔子曰：「鳳鳥不至，河不出圖，吾已矣夫。」自悲可致此物，而身卑賤不得致也。今陛下貴爲天子，富有四海，居得致之位，操可致之勢，又有能致之資』云云，言漢天子正行春秋之人也。又曰：『今漢繼大亂之後，若宜少損周之文、用夏之忠者。』忠質皆所以救文弊，損周之文，用夏之忠，漢則宜然。然則春秋變周之文、從殷之質，非以治漢之法託之春秋哉？公羊子曰：『制春秋之義以俟後聖。』漢誅無道秦，出民水火中，儒者以爲孔子所俟之後聖即漢。故班孟堅之典引曰：『天將授漢，先命玄聖綴學立制，宏亮洪業，表相祖宗，雖皋、夔、衡、旦比兹褊矣。』何邵公公羊解詁於西狩獲麟之傳極言春秋爲聖漢作，邵公又以春秋駁正漢事六百餘條。蓋自董子以訖邵公，皆欲推春秋爲漢制法以興太平。當時帝者雖未能盡用其説，然推明孔氏，抑黜百家，引經斷獄，正名定分，詔令奏議引據大義，人識君臣父子之綱，家知違邪歸正之路，吏治士節三代同風，是以滅而再興，歷年永久，豈非用春秋之效乎？」

案：漢儒推衍春秋，雖或離其本真，而引君當道、救民倒懸，亦可謂變通趣時，善學能繼其志者矣。

五

繁露本爲仁義法，每言改制必云宜。

可知經意初無此，推衍引申爲濟時。

董子作春秋繁露，本明春秋以仁義治天下，仁以安人、義以正我，尊尊而親親、善善而惡惡，貴禮而重信、大德而小刑。先正王而繫萬事，使爲人君者體元居正、敬天法祖，正心以正朝廷、百官、萬民、四海，人倫正、王道備，萬物並育，禍亂不作，所謂天不變道亦不變。周因於殷，殷因於夏，百世不可得與民變革者也。而制度文爲帝王世有損益，漢繼周而王，制禮作樂，以三代改制之法推之可知。易學會通曰：「春秋尊周，故公羊家推以尊漢。所謂黜周王魯者，黜周王漢也。董子推衍春秋，但言託王於魯，「黜周」二字後師所增。以漢繼周，不以漢繼秦也。所謂以春秋當新王者，以春秋當漢也。所謂素王者，謂孔子有王德，已爲漢立王法，猶孟子所謂王者師，班孟堅所謂孔佐也。所謂改制者，春秋爲漢制作，則漢當準之以作禮樂、興太平也。春秋通三統，周存夏、殷之後，在漢則當存殷、周，故曰『黜杞、新周、故宋』。新周，繁露、史記作「親周」，説詳前。王迹熄於周衰而興於春秋，春秋尊周則中興之象也。漢儒謂春秋爲漢作，則易姓之象也。於時漢未興，不可云王漢。以春秋魯史，故假魯爲受命王，當漢處。春秋繁露於改制之事皆曰宜，宜者，當如此而未如此者也。若春秋本已據魯改制，何待云宜？魯宜如此，實漢宜如此也。春秋制作之法莫著乎中庸，中庸曰：『爲下不倍。』『非天子不議禮、不制度、不考文。』『雖有其德，苟無其位，不敢作禮樂。』『吾學周禮，今用之，吾從周。』『仲尼祖述堯舜，憲章文武。』春秋之謹嚴如此。故素王也、王魯也、以春秋當新王也，漢儒始言之，春秋絶無是義也，公羊亦無是文也，周人皆無是説也。顔淵問爲邦，子曰：『行夏之時，乘殷之路，服周之冕，樂則韶舞。』此魯禮也，孔子舉魯禮之盡善者以爲萬世法也。周末文勝，人習奢僞，孔子憂之，子曰：『質勝文則野，文勝質則史，文質彬彬，然後君子。』又曰：『先進於禮樂，野人也；後進於禮樂，君子也。如用之，則吾從先進。』『周監於二代，郁郁乎文哉，吾從周。』從先進即從周也，孔子以周初之文救當時之文，即救文反質也。若立乎漢世而論，則以魯禮推之，損益百王以求盡善可也。以從先進推之，變周之文、從殷之質可也。夫言豈一端而已，夫各有所當也。」

案：漢儒推衍引申，本以求堯舜君民，雖非經義，而立心甚善。乃近世邪説巧借其語以誣衊春秋，隳壞名教，妄作聰明，變亂舊章，學非而博、心達而險，其罪浮於少正卯、楊朱、墨翟。適遭厄運，遂啓大亂，天下蒼生並受其禍，將未有已。吾是以大聲疾呼，正本清源，申春秋之大義，表漢儒之苦心，以告天下萬世。經義明則人心正，人心正則天下治，戴天履地之民仍得蒙我夫子肫肫之仁，以忠以孝、以仁以義、以生以養，余日望之。

六

史公最善春秋學，事本丘明義董生。
孔子世家遷自序，發揮大義至光明。

董子同時善春秋者莫如史公，史記序事多根據左傳、國語，而說義一本董生，與孟子合。孔子世家敘春秋曰：「春秋約其文辭而指博，故吳、楚之君自稱王而春秋貶之曰子，踐土之會實召周天子而春秋諱之曰『天王狩於河陽』。推此類以繩當世，貶損之義，後有王者舉而開之，春秋之義行則天下亂臣賊子懼焉。」太史公自序曰：「余聞董生曰：『周道衰廢，孔子爲魯司寇，諸侯害之、大夫壅之，孔子知言之不用、道之不行也，是非二百四十二年之中以爲天下儀表，貶天子、退諸侯、討大夫，以達王事而已矣。』子曰：『我欲載之空言，不如見之於行事之深切著明也。』夫春秋上明三王之道，下辨人事之紀，別嫌疑、明是非、定猶豫，善善惡惡、賢賢賤不肖，存亡國、繼絶世，補敝起廢，王道之大者也。易著天地陰陽、四時五行，故長於變；禮經紀人倫，故長於行；書記先王之事，故長於政；詩記山川谿谷、禽獸草木、牝牡雌雄，故長於風；樂樂所以立，故長於和；春秋辯是非，故長於治人。是故禮以節人、樂以發和、書以道事、詩以達意、易以道化、春秋以道義，撥亂世反之正，莫近於春秋。春秋文成數萬，其指數千，萬物之散聚皆在春秋。春秋之中，弑君三十六，亡國五十二，諸侯奔走不得保其社稷者不可勝數。察其所以，皆失其本已。故易曰：『失之豪氂，差以千里。』故曰：『臣弑君、子弑父，非一旦一夕之故也，其漸久矣。』故有國者不可以不知春秋，前有讒而弗見，後有賊而不知。爲人臣者不可以不知春秋，守經事而不知其宜，遭變事而不知其權。爲人君父而不通於春秋之義者，必蒙首惡之名。爲人臣子而不通於春秋之義者，必陷篡弑之誅、死罪之名。其實皆以爲善，爲之不知其義，被之空言而不敢辭。夫不通禮義之旨，至於君不君、臣不臣、父不父、子不子。夫君不君則犯，臣不臣則誅，父不父則無道，子不子則不孝，此四行者，天下之大過也。以天下之大過予之，則受而弗敢辭。故春秋者，禮之大宗也。夫禮禁未然之前，法施已然之後。法之所爲用者易見，而禮之所爲禁者難知。」此兩節之言，光明正大，提綱挈領，治公羊春秋者如此，何流弊之滋，亦誰得而議之哉！

七

孔子尊周董尊漢，説如相反理無殊。
步舒等輩迷師意，變本傳訛漸矯誣。

孔子尊周，董生推其義以尊漢，可謂善學春秋者。尊漢則周爲二王後，説似相反而理實一。周人尊周，漢人自當尊漢，臣各忠其君，猶子各孝其父也。如顧亭林、黄梨洲、王船山皆盡忠於明，則今日學三先生者自當盡忠於本朝。若因三先生之尊明而有離叛本朝之意，是見人之孝其父，不學之以孝己父，反欲叛己父而從之，是必喪心病狂之人，爲孝子之所絶矣。春秋之義明，則臣各忠其君，子各孝其父，聖教所以達之天下萬世也。且董子但託言王魯，未嘗言黜周，當漢時而以周爲二王後，是存周非黜周也。董子尊漢即以存周，並以存殷，此固春秋興滅繼絶之意。但不可直言孔子爲漢制，故假魯爲文耳。大師之門弟子衆多，不能皆賢，董子門人吕步舒至不識其師書，若此等輩受説不瞭、以辭害意，中人以下不可語上，積久滋訛、變本加厲，遂至背經任意、反傳違戾，而矯誣之弊不可勝言矣，然豈本師之咎哉！

八

嬴守師承孟知禮，尊王大義諒無乖。
貢疏論議詳班史，未見新奇作厲階。

釋文敘録曰：「漢興，齊人胡毋生、趙人董仲舒並治公羊春秋。東海嬴公諫大夫。仲舒弟子，守學不失師法，授東海孟卿及魯眭弘。字孟，符節令。」又曰：「貢禹字少翁，琅琊人，御史大夫。事嬴公而成於眭孟。」又曰：「疏廣字仲翁，東海蘭陵人，太子太傅。事孟卿。」

案：嬴公篤守師法。孟卿爲高堂生再傳弟子，禮家大師於尊王大義定無乖舛。貢、疏學行俱高，事詳漢書，絶無新奇可怪之論。胡毋氏、董氏説經本義必當未失。

九

眭弘篤學頗嫌迂，分授嚴、顔派漸殊。
尊漢解經并一説，殿中會議費躊躇。

敘録又曰：「弘授嚴彭祖字公子，東海下邳人，爲博士，至左馮翊、太子太傅。及顔安樂，字翁孫，魯國薛人，齊郡太守丞。由是公羊有嚴、顔之學。弘弟子百餘人，常曰春秋之意在二子矣。」

案：眭孟以言事觸大禍，蓋未免迂愚，不知輕重。嚴、顔分門，各持所見，雖云精習，或漸乖岐。至宣帝時，與穀梁家大議殿中，公羊説多不見從。其詳不可得聞，或已將董子解經之義與推衍尊漢之説并爲一談，支離轇轕，與人口實歟？

一〇

公羊歷世有傳人，修學豈宜遽失真。
惟誤引申爲本義，遂令周道塞荆榛。

公羊學在漢極盛，歷世修習，顯於儒林，詔令奏議多用其義，解經精處必無失真。就今何氏解詁中分别擇取，微言大義實多。惟誤以引申之義爲經本義，遂如踧踧周道，荆棘横生耳。

一一

閉户覃思十七春，洋洋學海孰知津。
諸堪憫笑已多削，漫説何休是罪人。

後漢書儒林傳：「何休字邵公，任城樊人也，精研六經，進退必以禮，作春秋公羊解詁，覃思不窺門十有七年。」又曰：「休與其師博士羊弼追述李育意以難二傳，作公羊墨守、左氏膏肓、穀梁廢疾。」

又張曹鄭列傳稱鄭君廼發墨守、箴膏肓、起廢疾。

拾遺記曰：「京師謂康成爲經神，何休爲學海。」

陳氏澧曰：「公羊宣十五年傳云：『什一行而頌聲作。』何注言聖人制井田之法，遂及於出兵車、選父老里正、女功緝績、求詩、造士，凡六七百言，蓋薈萃古書而貫串之，所謂學海於此可見一斑。」

案：漢代大儒經注存於今者，鄭君詩箋、禮注外，莫如何氏公羊解詁。其書貫串羣經，徵引祕緯、逸禮甚多，洋洋學海，博極淵深，非後儒所能及也。

陳氏又曰：「西狩獲麟，公羊但云『記異也』，但云『孰狩之，薪采者也』，但云『孔子反袂拭面，涕沾袍，曰：「吾道窮矣。」』何注則云：『薪采者，庶人燃火之意，此赤帝將代周居其位。言獲者，兵戈文也，言漢姓卯金刀，以兵得天下。』又云『得麟之后，天下血書魯端門』云云。信乎公羊之罪人矣。」又曰：「漢人多以獲麟頌揚漢代，何邵公囿於風氣，遂以注經。」

案：西狩獲麟，何解誠穿鑿，然即此可見其絀周王魯等異説皆爲漢而發。惟本義、引申，語少分别，後人不察，遂以爲罪耳。夫何氏立言未善，後人不諒其意而罪之，猶可也。若以此誣傳誣經，借爲厲階，破律亂政，上巇先聖、下蕩衆心，則邵公之所萬不及料，千載有知，必深惡痛疾，時怨時恫於無窮矣。余愛古人、哀今人，故力辯之。

何氏公羊解詁序曰：「説者疑惑，至有倍經任意、反傳違戾、以無爲有、甚可閔笑者，不可勝記也。」徐疏云：「成二年逢丑父代齊侯當左以免其主，春秋不非而説者非之，是背經也。公羊經傳本無以周王爲天囚之義，而公羊説及莊、顔之徒以周王爲天囚，故曰『以無爲有也』。」

案：莊即嚴，莊、顔之徒蓋謂嚴、顔之末派耳。以周王爲天囚，大背春秋尊周之義，背經反傳，不知輕重，當時腐儒知諛漢而不顧名義至於此極。何氏據胡毋生條例，將此等謬説一洗而空之，後人猶疑其有矯誣之罪，不知其大有廓清之功也，故又表而出之。

一二

元年正月傳分明，區別王侯義至精。
何氏無端生曲説，矜言墨守自傾城。

隱元年傳曰：「元年者何，君之始年也。」又曰：「曷爲先言王而後言正月，王正月也。」孔氏通義曰：「天子、諸侯通稱君，古者諸侯分土而守、分民而治，有不純臣之義，故各得紀元於其境内。而何邵公猥謂唯王者然後改元立號，經書元年爲託王於魯，則自蹈所云反傳違戾之失矣。」

案：天子、諸侯皆稱君，故天子紀元於天下，諸侯亦得紀元於其國。經書「元年春王正月」，是正月屬王，元年不屬王。傳申其義，以君之始年與王之正月相對，分別至明，傳「君」字並無王義灼然可知。邵公以引申之義牽合本義，以當時漢法爲春秋之法，故有此曲說，其餘可例推。何氏自稱公羊墨守，然如此之類顯與傳文相戾，則守城而自傾其城矣。隋書經籍志曰：「何休春秋漢議十三卷。」今其書亡，解詁中此等說，輯以補漢議可也，誤以爲經傳本義則不可。

一三

公羊口說豈無誤，要指宏綱得已多。
吾欲區分推說義，離之兩美免淆訛。

公羊口說，五傳乃著竹帛，豈能無誤？然要指宏綱，所得實多。惟繁露以來遞有推說，任城解詁不免牽混，治絲而棼，手繁益亂。若將推說之義一一區分，考合漢事，論其異同，俾上不與經義相混、下足爲後王稽古之資，所謂離之兩美者矣。此謂就解詁中分別其義，或輯録別爲之一書，非妄刪舊注文也。

一四

疏義相傳失姓名，推詳義據近遵明。
舊云徐彦無文證，阮校曾稱王説精。

阮氏公羊注疏校勘記序曰：「徐彦疏，唐志不載，崇文總目始著録，亦無撰人名氏。宋董逌云：『世傳徐彦所作，其時代、里居不可得而詳矣。』光禄寺卿王鳴盛云：『即北史之徐遵明。』不爲無見也。蓋其文章似六朝人，不似唐人所爲者。」

案：此疏引各經注家法甚善，漢人佚説多藉此可考，又知「絀周王魯」等説漢人爲漢而發，西莊、芸臺以爲徐遵明作，蓋近之矣。

一五

六朝二傳學幾絶，元朗爲音志闡幽。

唐代公羊殷氏注，昌黎稱道附千秋。

釋文敘録曰：「漢初立公羊博士，宣帝又立穀梁，平帝始立左氏。後漢建武中，以魏郡李封爲左氏博士，羣儒蔽固者數廷爭之。及封卒，因不復補。和帝元興十一年，鄭興父子奏上左氏，乃立於學官，仍行於世。迄今遂盛行，二傳漸微。江左中興，立左氏傳杜氏、服氏博士。太常荀崧奏請立二傳博士，詔許立公羊，云穀梁膚淺，不足立博士。王敦亂，竟不果云。」又曰：「二傳近代無講者，恐其學遂絶，故爲音以示將來。」

韓昌黎答殷侍御侑書曰：「蒙示新注公羊春秋，又聞口授指略。近世公羊學幾絶，何氏注外不見他書，聖經賢傳屏而不省，要妙之義無自而尋，非先生好之樂之，味於衆人之所不味，務張而明之，其孰能勤勤綣綣若此之至？固鄙心之所最急者。」

案：唐初二傳甚微，而元朗詳爲音釋，殷氏侑之書得失不可考，要爲味於衆人之所不味，賴昌黎文以見於後世。君子表微，其此之謂乎？

一六

天鍾靈秀聖人孫，絶學昌明孔顨軒。
通義足通何掾蔽，三科九旨統親尊。

國朝公羊學惟孔顨軒先生能見其大、確得其正，其公羊通義敘曰：「昔我夫子有帝王之德、無帝王之位，又不得爲帝王之輔佐，乃思以其治天下之大法，損益六代禮樂文質之經制，發爲文章以垂後世。而見夫周綱解弛、魯道陵遲，攻戰相尋、彝倫或熄，以爲雖有繼周王者，猶不能以三皇之象刑、二帝之干羽議可坐而化也，必將因衰世之宜、定新國之典，寬於勸賢而峻於治不肖，庶幾風俗可漸更、仁義可漸明、政教可漸興。烏乎託之？託之春秋。春秋之爲書也，上本天道，中用王法，而下理人情。不奉天道，王道不正；不合人情，王法不行。天道者，一曰時、二曰月、三曰日；王法者，一曰譏、二曰貶、三曰絶；人情者，一曰尊、二曰親、三曰賢。此三科九旨既布，而壹裁以内外之異例、遠近之異辭，錯綜酌劑，相須成體。凡傳春秋者三家，粤唯公羊氏有是説焉。漢初求六經于燼火之餘，時則有胡毋子都、董仲舒皆治公羊春秋，以其學鳴于朝廷、立于校官。董生授弟子嬴公，嬴公授眭孟，孟授東海嚴彭祖、魯國顏安樂，各專門教授，由是公羊分爲嚴、顏之學。方東漢時，帝者號稱以經術治天下，而博士弟子因端獻諛，妄言西狩獲麟是庶姓劉季之瑞，聖人應符爲漢制作，黜周、王魯、以春秋當新王云云之説，皆絶不見本傳，重自誣其師，以召二家之糾摘矣。」

案：譏、貶、絶，春秋所以治不肖輕重之差，討亂臣賊子防微杜漸，以明尊尊親親之大義，勉天下爲賢行者。時、月、日則譏、貶、絶所託以見義，而尊、親、賢之情由此以達者也。王法即孟子所謂天子之事，當時天下無父無君，充塞仁義，天理滅、人道絶矣。孔子作春秋，明王法，以天治人、以人治人，尊尊親親賢賢而已。顨軒以聖人之後明聖人之經，此説獨得要領，信乎其爲通義也。其斥黜周王魯等説爲傳所本無、自誣其師至當，但此等説萌芽不始東漢，其初本爲引君當道，於當時不爲無益，其後乃流爲獻諛，致誣聖滋弊耳。何邵公作解詁，於背經反傳雖頗廓清，而本義、引申猶多牽合，至顨軒通義出，乃撥雲霧而見青天。其書精義至多，閒有小疵，不累大醇。治公羊者苟遵其途轍，何至有非聖無法、惑世誣民之禍哉！

一七

吾愛江都凌曉樓，會通禮意説春秋。

謹嚴善述古師説，氣象迥殊武進劉。

孱軒之書體大思精，曉樓之學謹嚴篤實。蓋春秋爲禮之大經，曉樓深於禮，故其説中正無弊，以視劉申受高論異説，氣象迥不侔矣。先生之學授弟子陳氏立，成公羊義疏，蔚爲巨編。劉孟瞻，其甥也，精治左傳，蓋亦得其指授者。

一八

卓人正義遵師法，説禮彬彬信雅才。

可惜長編初脱稿，繁蕪未及盡删裁。

陳先生受學淩氏，精治禮及公羊春秋，著公羊義疏、白虎通疏證、句溪雜著，皆甚精詳。義疏網羅衆家、斷以己意，可謂覃思研精。以禮説春秋，一如師法，無流弊。惟徵引過繁，疑長編未及删裁。黄漱蘭師督學江蘇，得其稿本，擬刊未果。王益吾前輩繼任，乃刊入皇清經解續編。引書時有但標起訖處，由南菁書院諸生爲之檢原書填補。刊本誤字頗多，善讀者自能辨之。

近日故家書多散出，及門王欣夫言嘗見先生手稿，寫甚詳正，疑是定本，惟略有缺佚，不識世有嗜古君子能爲重刊否。

一九

實事平心説經傳，公羊何至啓囂陵。

三家以外求遺著，還數南園逸禮徵。

陳氏奐有公羊逸禮考徵，詳審無流弊。

別派莊、劉洎宋、戴，敢爲高論侮先儒。
土苴徽國排高密，飾智驚愚實自愚。

二〇

公羊學以孔、淩、陳三家書爲最善，此外武進莊氏讀書多心得，而春秋正辭陳義過高，漸啓流弊。劉氏逢祿從而甚之，申何難鄭，頗滋異説。宋氏翔鳳時以公羊説他經，得失互見。至弟子戴氏望好爲大言，自是其愚。譏短鄭君，侮慢朱子，作論語解，本申受述何，變而加厲，直欲奪朱子集注而易之，多見其不知量耳。

莊氏存與，字方耕，江蘇武進人，春秋正辭外有卦氣解、周官説等書，頗可采。

宋氏翔鳳，字于庭，長洲人，論撰多精善，惟論公羊係莊、劉之派。弟子戴望子高，遂以迂謬之見成猖狂之態，其友南匯張氏文虎嘗歎息言之，見舒藝室隨筆。子高受學南園、于庭，別有管子校正，頗精善，蓋南園學派也。

二一

運值漢家陽九厄，誣民惑世起妖氛。
古人有爲言之説，不料姦言若輩文。

周易學會通曰：「夫言豈一端而已，夫各有所當。昔文王三分服事，爲臣止敬。而周既克紂，尊文王爲太祖，禮樂制度悉推本之，後世遂傳於文王受命稱王之言。成王以周公有大勛勞，命魯郊禘如天子之禮，魯人遂傳於魯王禮之言，而漢儒以託之春秋。孔子作春秋，尊天王、奉周正、大一統，正君臣父子之義以示萬世，初非爲一代制。而漢儒推尊周之義以尊漢，謂春秋爲漢作，是以傳於以春秋當新王之言。春秋憲章文武，王道燦然分明。而有德無位者自古有玄聖素王之稱，見莊子。漢儒尊孔子以爲漢帝興太平之法，是以傳於孔子爲素王之言。凡此數者雖乖事實，然其失不過爲尊崇太過。孰意千八百年後，乃有元惡大憝，竊其説而反其道，始爲誣衊春秋、決裂三綱、犯上作亂之言，而後突如其來爲大逆不道之事，其禍蔓延，輾轉爲天下大患，臣子所不忍言。嗚呼，孔子以君臣父子之道垂示萬世，故自漢以來得相生相養，人類不絶以至今日。我國家尊行孔子之道，如天之仁，覆育萬物，作人養士二百餘年。方今中原多故，士之感憤報禮宜何如，而彼賊臣者乃乘國步艱難之際，挾其無厭叵測之亂心，拔本塞源、狂狺反噬，先變亂聖經、淆惑人心，而後公然致難於君父，姦詐逆惡至此而極，此春秋所當首誅之亂臣賊子也。嗚呼，君子、小人處心之不同，其順逆相去豈止霄壤耶？文王不稱王而周人推尊以爲王，是周人尊周也。魯實諸侯，而魯之儒者以成王賜魯重祭，謂魯爲王禮，是魯人尊魯也。孔子爲萬世明王法，而漢人以爲爲漢作，以春秋當新王，且因孔子豫爲漢立法而謂孔子爲素王，是漢人尊漢也。雖其説不合於春秋、不合於公羊，而其意則懃懃至忠以尊其君，是固春秋尊周之義也。古人推春秋以尊君，賊臣乃巧借以誣春秋、以叛國家，是賊臣者，非惟我孔子之罪人、春秋之罪人、公羊之罪人，乃尊周之周人、尊魯之魯人、尊漢之漢人之罪人也。孟子曰：『世衰道微，邪說暴行有作。』暴行必以邪說爲先驅。夫天下之所以尊尊親親者，以孔子六經三綱之教深入人心也。賊臣欲致難於國家，必先搖惑人心、決裂三綱；欲搖惑人心、決裂三綱，必先廢六經、排孔子。春秋專爲正人倫而作，尤賊臣所深忌而欲去其籍者。適有公羊家有爲言之之説可以巧借而倒持之，賊臣以爲謗毀孔子以激衆怒，不如誣孔子以惑人心，於是騰其姦言以誣公羊、以誣春秋、以誣孔子，使漢儒抱無窮之憾於千載之上。其餘諸經與春秋相表裏，足以破其姦言者，概斥以爲僞。而豈知春秋之文具在、公羊之文具在，漢儒之説其意昭然，萬萬非賊臣之所得而誣借者乎？亂臣賊子非一朝一夕之故，所由來者漸矣，由辯之不早辯也。漢儒推春秋以尊君，君子嘉其志、善其用而惜其稍失之不辯，今不得已爲漢儒辯、爲公羊辯、爲春秋辯。春秋明而後亂賊無所逃于天下萬世之誅，無所藉口以文其姦矣。」

案：此爲康有爲新學僞經考、孔子改制考而發，力闢邪説，冀塞亂源也。有爲之派出於廖平，平之派出於王闓運。闓運恃才傲物，猖狂無忌憚，爲禮教人心害久矣，謬種流傳，遂成洪水滔天、猛獸哐人之禍，上誣聖主、下害蒼生，元氣剥盡、權奸乘機，而大亂不可止矣。聞有爲他日亦頗自悔，或天良尚未喪盡，其彌天大罪蓋由於誤服狂藥。學術邪正關係世運豈不大哉？余是以上法孟子，閑先聖之道，息邪説、距詖行、放淫辭，數十年來不遺餘力者爲此也。此後邪説逆天悖理、公然爲亂賊者，苟有人心，皆知其謬，不待辯。

二二

孔子春秋討亂賊，而今亂賊衊春秋。
息邪閑聖吾宗孟，經正民興願必酬。

孟子曰：「君子反經而已矣，經興則庶民興，庶民興斯無邪慝矣。」余不敢謂春秋之義遂由吾而盡明也，而誣衊春秋之邪説庶幾由此而息，邪説息而後春秋可以明，春秋明而後萬世之天下可撥亂而反諸正。

復禮堂授公羊書目

講習書

春秋公羊傳注疏見前。又汪氏喜孫問禮堂影刊宋余仁仲單注本、江寧書局覆刊本、續古逸叢書印宋單疏殘本。

春秋公羊傳釋文

孔氏春秋公羊通義顨軒所著書本、皇清經解本。

淩氏公羊禮説皇清經解本。

陳氏公羊義疏皇清經解續編本。

陳氏公羊逸禮考徵滂熹齋叢書本、皇清經解續編本。

盧氏春秋繁露校本抱經堂叢書本、古經解彙函本。

淩氏春秋繁露注皇清經解續編本。

蘇氏春秋繁露義證湖南刻本。蘇氏輿，字厚菴，湖南平江人，王〔二〕氏先謙弟子。此書因盧召弓、凌曉樓成訓，更加深討，宗旨甚正。蘇氏又有翼教叢編，多有功世道之文。

公羊文鈔

參考書

惠氏公羊古義

莊氏春秋正辭皇清經解本。

劉氏公羊何氏釋例以下五種並皇清經解本。

公羊何氏解詁箋

發墨守評

穀梁廢疾申何

箴膏肓評

〔二〕「王」，底本作「黄」，誤。

述穀梁傳

一

穀梁鄭説善於經，傳授荀卿及廣、星。
文約理精去聖近，學官光顯自周、丁。

周易學會通曰：「鄭君有言，左氏善於禮，公羊善於讖，穀梁善於經。古者凡治天下之道皆謂之禮，禮樂、刑法、政俗、備物典策，君舉必書，無非禮也。左氏備載以見褒貶之旨，存筆削之迹，是春秋前之春秋也。讖者，知來之别名，聖人知萬世禍變之未有已，故爲之正人倫、明順道、塞逆源以立其本，決嫌疑、明是非、因義起禮、權時制變以達其用。公羊家窺見其旨，會秦滅漢興，遂推以輔世立事，當其可之謂時。漢人尊漢，不覺其言之過，是春秋後之春秋也。惟善於經者，就經解經，專守七十子遺説。蓋穀梁近孔子，其説上不及魯史，下不及漢事，以春秋爲春秋，故其義爲純。三傳各有後師增續，穀梁雖少過，亦不能盡合。多聞闕疑，慎言其餘，則春秋立教之旨明矣。」

桓譚新論云：「左氏傳遭戰國寢藏，後百餘年，魯人穀梁赤作春秋，下當脱「傳」字。殘略多有遺文。又有齊人公羊高緣經文作傳，彌失本事。」釋文敘録引。

鄭君云：「穀梁近孔子，公羊正當六國之亡。」王制疏引釋廢疾。

案：鄭君説與新論近，必有所本。公羊、穀梁皆子夏弟子，而其撰次爲傳則有先後，所謂近孔子者，謂其作傳時較公羊爲早耳。公羊撰次蓋當六國之亡，至漢初而章句始定。然穀梁亦有後師增續者，故其義或與公羊相涉。釋文敘録謂公羊受之於子夏，穀梁乃後代傳聞，非也。漢代公羊家謂穀梁非卜商高弟，其言雖非是，然足證其非後代傳聞矣。

敘録又曰：「穀梁名赤，魯人。麋信云與秦孝公同時。七録云名淑，字元始。風俗通云子夏門人。」

楊氏穀梁序疏曰：「穀梁子受經於子夏，爲經作傳。穀梁傳孫卿，孫卿傳魯人申公，申公傳博士江公。」

敘録又曰：「瑕丘江公受穀梁春秋及詩於魯申公，武帝時爲博士。傳子至孫皆爲博士。使與董仲舒論，江公吶於口，而丞相公孫弘本爲公羊學，比輯其義，卒用董生。於是上因尊公羊家，詔太子受，衛太子復私問穀梁而善之。其後浸微，唯魯榮廣、字王孫。浩星公二人受焉，廣盡能傳其詩、春秋。蔡千秋、字少君，諫大夫、郎中、户將。梁周慶、字幼君。丁姓字子孫，至中山太傅。皆從廣受。千秋又事浩星公，爲學最篤。宣帝即位，聞衛太子好穀梁，乃詔千秋與公羊家並説。上善穀梁説，後又選郎十人從千秋受。會千秋病死，徵江公孫爲博士，詔劉向受穀梁，欲令助之。江博士復死，乃徵周慶、丁姓待詔，使卒授十人，十餘歲，皆明習。乃召五經名儒、太子太傅蕭望之等大議殿中，平公羊、穀梁同異。時公羊博士嚴彭祖、侍郎申輓、伊推、宋顯，穀梁議郎尹更始、待詔劉向、周慶、丁姓並論。望之等多從穀梁，由是大盛。慶、姓皆爲博士，姓授楚申章昌曼君。爲博士，至長沙太傅。」

案：穀梁赤受經於子夏，去荀卿年代較遠，其間容更有一二傳，作傳或在此時。荀卿以詩授浮丘伯，伯授申公，疑春秋亦然。穀梁家謂穀梁子爲魯學，公羊子乃齊學，夫孔子弟子廣布天下，能者從之，何分齊、魯？但魯俗謹厚，故穀梁有殘略遺文之憾；齊俗誇誕，故公羊多傳聞失實之語。若論其長義，則公羊能見其大，穀梁能致其精，學者當擇善而從，無庸交譏而互誚也。

二

魯學大師推子政，春秋、詩學並能兼。
參通左氏成章句，更始傳經及子咸。

敘録又曰：「初，尹更始字翁君，汝南邵陵人，議郎、諫大夫、長樂户將。事蔡千秋，又受左氏傳，取其變理合者以爲章句，傳子咸大司農。及翟方進、字子威，汝南上蔡人，丞相，封侯。房鳳。字子元，琅邪不其人，光禄大夫、五官中郎將、青州牧。」

案：「變理」或當爲「義理」。易曰：「苟非其人，道不虛行。」公羊之興由董子，穀梁之興由劉子政，二子皆畜道德、達政治、盛文章者，是以能弘道立教。子政善魯詩，考其所著書，其於春秋，蓋本習公羊，後精穀梁，兼綜左氏。尹氏會通左、穀，皆通儒之學。子政守穀梁而推董先生爲大儒，謂王佐之才，伊、吕弗過，絶無門户之見。西漢賈生精左氏，董子精公羊，劉光禄精穀梁，使三君子而同時，講習相益，春秋之義其折衷歸一矣夫？

三

舊注難徵麋信文，於今最古豫章君。
說經家法依高密，疏證詳明楊士勛。

敘録又曰：「麋信注十二卷。」字南山，東海人，魏樂平太守。

穀梁序疏曰：「案晉書，范甯字武子，順陽縣人，爲豫章太守，傳穀梁，別爲略例一百餘條。」

後漢書鄭君傳論曰：「王父豫章君每考先儒經義而長於玄，傳授生徒，並專以鄭氏家法。」

案：穀梁尹更始、唐固、麋信之注皆亡，今存者最古惟范氏書。范書於魏晉人經注中最爲精善，以其根據鄭學，所守者正也。閒有一二專輒之病，不足爲全書累。楊士勛疏亦詳明可觀，楊氏與孔沖遠同修左傳疏，蓋亦貞觀時通識之士也。

四

柳書説義太求深，禮釋君謨例桂林。
可惜注家寥落甚，子勤空谷嗣遺音。

國朝經師説穀梁者較少，侯君謨禮證頗爲詳核；許同叔論例有見，而説三傳源流則惑；柳賓叔好用深沈之思，宗旨正而發揮不盡確當，且多遺闕；鍾氏補注其最優乎？柳氏興恩，字賓叔，江蘇丹徒人。鍾氏文烝，字子勤，浙江嘉善人。沈穀成年丈善登其高第弟子也，博學洽聞，每與余稱述師説，皆甚平實。

侯氏康，字君謨，廣東番禺人。

許氏桂林，字同叔，江蘇海州人。

復禮堂授穀梁書目

講習書

春秋穀梁傳注疏見前。又古逸叢書覆刊宋余仁仲單注本。

春秋穀梁傳釋文

鍾氏春秋穀梁傳補注原刻本、皇清經解續編本。

侯氏穀梁禮證皇清經解續編本、廣雅書局本。

穀梁文鈔

參考書

惠氏穀梁古義

柳氏穀梁大義述皇清經解續編本。

許氏穀梁釋例皇清經解續編本。

穀梁善於經，其大義已略舉於述春秋詩中。近儒説此傳專書虽少，而如惠天牧、陳左海、陳蘭浦諸家多發明其義，學者參互求之可也。

復禮堂述學詩卷十三　述孝經、述論語、述孟子

述孝經

一

則天因地順人情，長長親親天下平。
行在孝經垂至教，仲尼元氣發春生。

孔子作春秋，又作孝經。春秋者，治天下之大法也；孝經者，順天下之大本也。聖人治天下，一本天地生人之性、人之良知良能，順而行之。子曰：「先王有至德要道以順天

下，民用和睦，上下無怨。」又曰：「天地之經而民是則之，則天之明、因地之利以順天下，是以其教不肅而成，其政不嚴而治。」黄氏道周孝經集傳曰：「順天下者，順其心而已，天下之心順則天下順矣。」又曰：「至德要道本皆生於天，因天所命以誘其民，非有强於民也。」阮氏元釋順曰：「孝經稱至德要道之於天下也，不曰治天下，不曰平天下，但曰順天下。聖人治天下萬世，不別立法術，但以天下人情順逆敘而行之而已。」

案：聖人治天下，因人心所固有者而利導之。人受性於天，孩提之童無不知愛其親，及其長也無不知敬其兄。聖人先得人心之所同然，盡其性以盡人之性，故順之而無不順。善心推暨，仁氣洋溢，措之天下，無所不行。百姓親，五品遜，而爭奪相殺之禍自消。有子言「其爲人也孝弟，不好犯上作亂；孝弟也者，爲仁之本」，孟子曰「人人親其親、長其長而天下平」，皆此義也。孔子行在孝經，立人倫之極，致中和、贊化育之仁，發育萬物、峻極于天，其本盡在孝經。浩浩乎元氣，熙熙乎春生，德至矣哉！大矣！

二

六經大義此根萌，至道須由至德行。
曾子受書游、夏稟，微言不絕到康成。

鄭君六藝論曰：「孔子以六藝題目不同，指意殊別，恐道離散，後世莫知根源，故作孝經以總會之。」孝經正義。元弼孝經鄭氏注箋釋曰：「孔子既經論六經，特作孝經立大本以總會之。蓋六經皆愛人敬人，使人相生相養相保之道，而愛敬之本出於愛親敬親，故孝爲德之本，六經之教皆由此生。」箋釋序及原道篇論之詳矣。

孔子曰「孝經屬參」。

史記仲尼弟子列傳説孔子以曾參爲能通孝道，故授之業，作孝經。

陶淵明五孝傳曰：「至德要道莫大於孝，是以曾參受而書之，游、夏之徒常咨稟焉。」

元弼校孝經鄭氏注吴刻本序曰：「夫茍不至德，至道不凝。孔子篤行至孝，德參天地，躬備聖王之道，爲禮樂之宗，言爲世法，行爲世道，受命制作，宣教明化，以愛敬天下生民。自天子至於庶人，莫不畏而愛之、則而象之。是以崇聖之祀，尊及五世；衍聖之緒，流慶萬年。德爲聖人，尊爲帝王師，宗廟饗之，子孫保之。立身行道，顯親揚名，爲生民未有，所謂行在孝經，故大訓垂世，日月並明。曾子事親養志常以皓皓，是以眉壽。修身慎行，忠實不欺，患之小者毫髮必謹，節之大者死生不奪。二十四字阮文達語。故孔子以爲能通孝道，授之業。鄭君篤信好學，守死善道，進退容止，非禮不行，故依經立注，爲學者宗。」

案：孔子作經，曾子述之，歷子思、孟子以及漢儒，微言未絕，大義未乖，至鄭君作注而經旨益明。今注雖殘缺，而各書徵引猶可得其五六，是天之未喪斯文也。

三

劫歷秦燔貞受芝，顯親不愧孝經師。
長孫、后、翼今文學，光禄編摩定本垂。

釋文敍録曰：「孝經亦遭焚燼，河間人顏芝爲秦禁藏之，漢氏尊學，芝子貞出之，是爲今文。長孫氏、博士江翁、少府后蒼、諫大夫翼奉、安昌侯張禹傳之，各自名家，凡十八章。又有古文出于孔氏壁中，別有閨門一章，自餘分析十八章，揔爲二十二章，孔安國作傳，劉向校書定爲十八。」

案：顏芝藏經，子貞傳之，能繼父志以昌聖教，可謂「孝子不匱，永錫爾類」矣。長孫、江、后、翼皆爲君子儒，惟張禹事君不忠，爲孝經罪人耳。閨門章及孔傳皆僞，前人早有定論，余於孝經學流別篇詳著之。壁中古文度多複重雜亂，故子政定從經文十八章。蓋顏氏本出於秦禁前，乃孔、曾以來相傳定本也，箋釋於篇題下論之詳矣。

四

說文序後載封章，孔壁孝經傳議郎。

孝弟學文先聖訓，汝南並上意深長。

陳氏澧曰：「説文卷末載許叔重遣子沖上説文書，并上孝經孔氏古文説。」孔子教弟子孝弟學文，許君以二書並上，蓋亦此意，惜孝經孔氏古文説竟不傳也。

五

高密遺文理至深，明彰禮樂感人心。
明皇集注行沖疏，古義多存耐繹尋。

釋文敘録曰：「後漢馬融亦作古文孝經傳而世不傳，世所行鄭注，相承以爲鄭玄。」案：鄭君道德純懿，尤深於禮，故其注孝經深得禮本。如「先王有至德要道」，注云：「至德，孝弟也；要道，禮樂也。」余嘗論之曰：「經文前後自相證明，廣至德章言孝弟，廣要道章言孝弟又言禮樂，而統歸於禮，蓋孝弟皆須禮以行之。樂與禮同體，經文明以要道爲禮樂，禮樂即本孝弟。」孟子曰：「仁之實，事親是也；義之實，從兄是也；禮之實，節文斯二者；樂之實，樂斯二者。」春秋傳曰：「孝，禮之始也。」白虎通曰：「孝經者，制作禮樂，仁之本。」後儒歧禮樂於孝弟外，是不知禮樂，且不知孝弟矣。注義深通如此，其他經緯聖典、感動人心者甚多，非鄭君不能爲。徒以文句較他注易明以便童蒙，敘録家偶佚其目，遂至後人疑難百端，雺圛千載，直至通儒陳氏澧據郊特牲正義引王肅難鄭孝經注定爲禮堂寫定之文，聚訟始息。但鄭注雖累世積疑，而唐陸氏德明釋文、孔氏穎達正義皆以鄭爲主。自明皇好事，改作新注，是非雜糅；元澹作疏，而鄭注孔疏漸亡，釋文亦爲妄人所亂矣。今謂唐注雖醇疵錯出，而所采衆家，元行沖疏每條表明此係某義，鄭君及韋弘嗣以至皇侃等舊義猶賴以略存。近儒據之，并采會羣書，輯録鄭注，元弼又考定其文，箋而釋之。

六

行完忠孝率天常，漳浦鴻文日月光。

融貫禮經成集傳，淵源直接鄭公鄉。

鄭君而後深通孝經大義者，莫如明黄忠端公道周。公學貫天人，行完忠孝，至文闡道，日月爭光。作孝經集傳，融貫禮經，根極禮要，條列三禮以證本經，俾先王順天下之大道綱舉目張。蓋孝、禮一也，大本謂之孝，達道謂之禮。孝以愛興敬，禮以敬治愛。鄭君而後千數百年，見及此者惟公耳。元弼治禮經久，夙興必莊誦孝經，每歎冠、昏、喪、祭、聘、覲、射、鄉無一非因嚴教敬、因親教愛，與孝經之旨融合無閒。讀孝經而後知禮之協乎天性、順乎人情，仰高鑽堅，竊有論撰，或與高密、漳浦之旨有合歟？黄先生道周，字幼平，號石齋，福建漳浦人，大節詳明史，從祀文廟。

七

大義千年待發蒙，芸臺相國會其通。

孔、曾傳授心如揭，餘論猶存補疏中。

阮文達曰：「春秋以帝王大法治之於已事之後，孝經以帝王大道順之於未事之前，皆所以維持君臣、安輯邦家。」其孝經解、論語解、釋順等篇，發明孝經、春秋之義，獨見其大，孔、曾正傳昭揭萬古，余於孝經學、孝經鄭氏注箋釋備引而申明之。其子福孝經補疏雖未甚宏深，而援引古書甚多，文達遺説亦往往而見。番禺陳氏澧，文達弟子也，經傳洽熟，海内翕然稱爲純儒，其東塾讀書記首孝經一卷，至爲精粹，余於孝經學備載之。

八

推明孔氏遏横流，述孝篇成願少酬。
六藝同歸歸愛敬，一言心得質千秋。

光緒甲午，余爲欽旌節孝亡妹校刊臧輯孝經鄭氏注，舉愛敬大義作述源流爲之序。至丁酉、戊戌閒，邪説横流，暴行將作，學非而博、言僞而辯之徒謀亂天下，先亂聖經。張文襄師與余商榷，欲將經義提綱挈領，昭示士林，以閑聖道、放淫辭。余謂六經之本在孝經，因靜思窮神爲述孝一篇。以孝經貫通羣經，列目凡百，公深然之。當時即刊行大字本，梁文忠爲校字題簽，版存崇文書局。既而又欲每經各自爲書，屬余撰次。余編纂有年，孝經學七卷最先成。不料世變日非，狂瀾遽倒，無父無君，爭奪相殺，率獸食人，亂靡有定。閉門隱居二十餘年，易學既成，爲中庸、大學各通其義，不勝區區愛敬斯人之心。又撰孝經鄭氏注箋釋三卷，並校注疏脱誤，爲孝經校釋一卷。庶以繫千鈞於一髮，存人道於幾希。以聖人之至教，宏天地之大德，出萬萬生靈於死地而生之。杞人憂天，愚公移山，天下後世孝子仁人鑒其心焉。

余往時憤世疾邪，議論每慷慨激烈，先仲兄曰：「天下殺機已著，我輩宜以生氣化之。」因誦班孟堅東都賦「優游自得，玉潤金聲，下舞上歌，蹈德詠仁」一段，曰：「此天下至文，春陽之氣洋溢楮墨閒。」余深感於心，曰：「是孝經之旨也夫。」尋作述孝篇，就正於兄。兄大喜，曰：「斯盡善矣。」追憶前言，曷勝悽惻，流光如駛，白髮衰頹。每誦曾子之言「親戚既没，雖欲孝，誰爲孝；年既耆艾，雖欲弟，誰爲弟」，未嘗不悲從中來，隕涕沾襟也。

復禮堂授孝經書目

講習書

我朝列聖以孝治天下，御纂孝經注義窮理盡性，顯道神德。禮作於上，學修於下，純儒蔚起，大義益明。學者治孝經當欽遵御注本，以顏芝、劉向、鄭氏相傳十八章爲定，參酌羣言，仰窺神恉，以會五經之元而立百行之本，列目如左。

孝經注疏　見前，又單注有唐石臺本近新印，内府所藏宋岳氏珂本。

孝經釋文

孝經鄭氏注　臧氏庸輯本，刊入鮑氏知不足齋叢書。光緒甲午，余爲亡妹欽旌節孝吴章澧妻校正重梓，近又覆刊。嚴氏可均輯本，刊入姚氏咫進齋叢書。元弼後定本，即孝經箋釋所載注，似較詳核。

黄氏孝經集傳　舊刻本、施氏彙刻十三經本。

阮氏孝經説見孯經室集。

阮氏孝經義補疏文選樓叢書本、皇清經解本。

唐氏孝經大義施氏十三經本、自刻本。唐氏孝行甚篤，此書尤精善之語，皆從至性中流出，余箋釋中多采之。

唐氏孝經救世編新印本。

陳氏孝經説廣東印本。陳子礪前輩伯陶，東莞人，受學陳蘭浦先生，純孝孤忠，人倫師表。此書極有功世道人心，閒有考核未確，不足爲累。

元弼自撰孝經學朱竹石師刻本。

孝經鄭氏注箋釋家刻本。

孝經校釋家刻本。

孝經六藝大道録目首篇已載孝經學及箋釋，所列百目，具有微意，崇文書局庯尚有印本。

孝經文鈔

參考書

丁氏孝經徵文皇清經解續編本。丁氏晏，字儉卿，江蘇山陽人。

皮氏孝經鄭氏注疏湖南刻本。

簡氏孝經集注述疏廣東刻本。簡氏朝亮，字竹居，廣東順德人。

孝經學支流

陶淵明五孝傳陶公於孝經、論語妙契其微，非後儒所能及。

洪氏弟子職箋釋卷舒閣全書本。漢志以弟子職附孝經類，今從之。

黃氏弟子職集解考證句讀補音江蘇書局本。黃先生彭年，字子壽，貴州貴筑人。博學爲政，明體達用，官蘇藩時刻此書。又有乾坤正氣集選鈔行於世，立學古堂造就人才甚多，比年弟子輯其遺文爲陶樓文集。

高氏小學纂注江蘇書局本。童子入塾，必先授讀孝經，講明孝弟忠順大義，兼講朱子小學以示入孝出弟準則，蒙以養正，關係至大，不可以其近而忽之。高氏愈，字紫超，江蘇無錫人。

述論語

一

學而一語聖開天，所學維何仁最先。

孝弟爲人忠信主，知能易簡本坤乾。

陳氏澧曰：「論語二十篇，以『學而時習之』五字爲首。趙邠卿云『聖人之道，學而時習』，孟子章指。得其意矣。陸氏釋文云：『以學爲首者，明人必須學也。』亦至精之語。」又曰：「論語最重『仁』字，編論語者以『孝弟爲仁之本』爲言仁之第一章，『巧言令色鮮矣仁』爲言仁之第二章。他如『克己復禮』『出門如見大賓』，皆遠在其後。且『孝弟』『巧言』二章，以有子之言在前，孔子之言在後，尤必有故矣。蓋『克己復禮』

『出門如見大賓』，惟顏淵、仲弓乃能請事斯語；若爲人孝弟，不巧言令色，則智愚賢否皆必由此道，而孝弟尤爲至要。此其編次先後之意也。此二章之後，則弟子章曰『汎愛衆而親仁』，孔子於子路、冉有、公西華皆曰『不知其仁』，於令尹子文、陳文子皆曰『焉得仁』，而教弟子則曰『親仁』。弟子安所得仁者而親之乎？惟先有『孝弟』『巧言』二章在前，則親仁之仁不煩言而解，蓋即孝弟不巧令之人耳，此則十室之邑有之矣。以此見論語之言仁至平至實，而深歎其編次之善也。」

案：聖人所以仁天下萬世者在學，所謂「天生斯民，使先知覺後知，先覺覺後覺也」。論語首章言學，次章、三章即言仁，而其所以言仁者，曰「爲人孝弟」，曰「不巧言令色」。「不巧言令色」即忠信，故下即繼以「爲人謀忠，與朋友交信」。又曰「入則孝，出則弟，謹而信」，又曰「事父母能竭其力，事君能致其身，與朋友交言而有信」，又曰「主忠信」，此人之所能知能行者也，所謂「乾以易知，坤以簡能」也，所謂中庸至德也。聖人之學一仁而已，聖人之仁孝弟忠信而已。此入道之門、積德之基，舍此而言學，非學也。

二

六經管轄在斯文，萬世同尊父與君。
人道不淪飛走類，祇緣論語共知聞。

趙邠卿孟子章句序曰：「論語者，五經之管轄。」五經統宗會元在論語，論語之教不外一仁，而仁之實在孝弟忠信。孝以事親，忠以事君，此人倫所以立，王道所以行，人類所以相愛相敬相生相養而不相殺。論語發首言「孝弟，爲仁之本也」，言「不好犯上作亂」，所以仁天下也。其下言「事父母能竭其力，事君能致其身」，言「邇之事父，遠之事君」，二十篇中言事親事君之道至備。齊景公問政於孔子，孔子對曰：「君君、臣臣、父父、子子。」蓋人所以異於禽獸者在五倫，而五倫之本在忠孝。孝子推愛親之心以愛人，推敬親之心以敬人，而仁心擴充無窮，孝子事君必忠。天下君君臣臣，以愛敬之心行愛敬之政，而後人人得保其父子，並生並育而不相害。自戰國、暴秦以來，天下所以能撥亂反正，人類所以相人偶而不相賊殺，緜緜延延以至今日者，實由孝經、論語之教人人知聞，雖極惷愚之人，心中皆知有孔子，皆知子之當孝、臣之當忠、人之當仁也。此聖人之德所以與天地參也。

三

人倫王道燦然明，冉、卜諸賢論次精。
微子一篇垂涕道，斯人吾與不勝情。

釋文敘録曰：「論語者，鄭康成云仲弓、子夏等所撰定。」

案：孔子論道及應答弟子、時人之語多矣，冉、卜諸賢各記所聞，相與論撰，提要鉤元以爲論語。約其辭文而指極博，天地之心，千聖之學，人倫王道燦然分明，具在於斯。自學而至陽貨十七篇，記夫子言行備矣。夫子欲以道易天下之亂，拯生靈於塗炭，知其不可而爲之，而吾道終窮，滔滔不反。故微子一篇，記者推極悲天憫人之仁，垂涕而道，子曰「吾非斯人之徒與而誰與」，聖人之情見乎辭，千載下如聞其聲矣。

四

松柏後彫貞歲寒，夷、齊豈肯褻朝冠。
立身行己先知恥，遠法亭林近瑞安。

子曰「匹夫不可奪志」，又曰「歲寒然後知松柏之後彫」。昔伯夷、叔齊餓於首陽之下，求仁而得仁，又何怨。豈有先貞後黷，忍以身之察察受物之汶汶，朝衣朝冠辱於塗炭者哉？北江洪氏曰：「廉恥之士可與入道。」昔之君子有善知恥者，吾聞而知之，顧亭林先生是也。近之君子有善知恥者，吾見而知之，吾師瑞安黄漱蘭先生是也。亭林篤守論語二句，曰「行己有恥」，曰「博學於文」。陳蘭浦先生嘗以此篆爲聯，梁文忠重刻之，以示學者。元弼少時應科試，漱蘭師以「行己有恥，使於四方，不辱君命」命題，師極賞余文，評曰「無虛所言，以副余望」。遠涉聖門，近守師訓，敢不勉乎！

五

三家師法各精嚴，齊、魯分傳尾接銜。
古讀猶存高密注，樂深好篤繼包咸。

釋文敘録曰：「魯論語者，魯人所傳，今所行篇次是也。常山都尉龔奮、長信少府夏侯勝、丞相韋賢及子玄成、魯扶卿、鄭云「扶先」，或説「先，先生」。太子少傅夏侯建、前將軍蕭望之並傳之，各自名家。齊論語者，齊人所傳，别有問王、知道二篇，凡二十二篇，其二十篇中章句頗多於魯論。昌邑中尉王吉、少府宋畸、琅邪王卿、御史大夫貢禹、尚書令五鹿充宗、膠東庸生並傳之，唯王陽名家。古論語者，出自孔氏壁中，凡二十一篇，有兩子張，如淳云分堯曰篇後子張問「何如可以從政」以下爲篇，名曰從政。篇次不與齊、魯論同。新論云：「文異者四百餘字。」孔安國爲傳，後漢馬融亦注之。安昌侯受魯論于夏侯建，又從庸生、王吉受齊論，擇善而從，號曰張侯論，最後而行於漢世。禹以論授成帝。後漢包咸、字子長，吴人，大鴻臚。周氏，不詳何人。並爲章句，列于學官。鄭玄就魯論張、包、周之篇章，考之齊、古，爲之注焉。」

案：齊、魯論經師首尾相接，而古論傳授者少。子國之傳難可據信，馬融之注久亡。惟鄭注佚文以古文正魯讀，屢見釋文。張禹參酌齊、魯，未必不當，而飾經誤國，正論語所謂佞人，爲孔子所必誅。漢注略存於今，可爲后儒誦法者惟包氏、鄭氏。子長注雍也篇云「知之者不如好之者篤，好之者不如樂之者深」，樂深好篤，其二君之學乎？

六

身通六藝比淵騫，鄭注精純紹聖傳。
既竭吾才述元意，歸仁復禮奉周旋。

鄭君身通六藝與七十子同，而篤信好學，守死善道，進退容止非禮不動，其淵、騫之亞歟？論語殘注義皆精純，蓋善言德行者。其戒子書曰：「惟念述先聖之元意，庶幾以竭吾才。」此其所以不爲利疚，不爲威惕，定識定力，造次顛沛，奉禮以周旋也。

七

爲論莫再念張文，安有鄙夫可事君。
馬氏言存人已廢，鳳雛龍翰豈能羣。

漢時稱「欲爲論，念張文」，此世俗慕勢趨利之言耳，其人乃患得患失無所不至之鄙夫也。馬融注古文論語，義非不美，而行事爲正直所羞，蘭蕙漸潃，君子不近。劉孝標云「顔、冉龍翰鳳雛」，季長尚得與其列耶？子曰：「君子不以人廢言。」言不廢，人已廢矣。此論古所深悲，學者之大戒也。

八

子國遺文頗可疑，義無大錯過存之。

何侯未必同王肅，曠世辛楣讀史悲。

論語孔注必非子國所爲，而義無大錯，或漢魏閒人述孔學者爲之。何氏誤屬之棘下生耳，或以爲何所僞撰，如王肅僞造尚書孔傳之比，恐未必然，晏之爲人固賢於肅也。魏齊王芳時，何晏奏曰：「善爲國者必先治其身，治其身者慎其所習。所習正則其身正，其身正則不令而行；所習不正則其身不正，其身不正則雖令不從。是故爲人君者，所與游必擇正人，所觀覽必察正象，放鄭聲而弗聽，遠佞人而弗近，然後邪心不生而正道可宏也。季末闇主不知損益，斥遠君子，引近小人，忠良疏遠，便辟褻狎，亂生近暱，譬之社鼠。考其昏明，所積以然，故聖賢諄諄以爲至慮。舜戒禹曰『鄰哉鄰哉』，言慎所近也；周公戒成王『其朋其朋』，言慎所與也。書云：『一人有慶，兆民賴之。』可自今以後御幸式乾殿及游豫後園，皆大臣侍從，因從容戲宴，兼省文書，詢謀政事，講論經義，爲萬世法。」錢氏大昕何晏論曰：「予嘗讀其疏，以爲有大儒之風，此豈徒尚清談者能知之而能言之者乎？若夫勸曹爽絀司馬懿，此平叔之忠於公室也。范甯奈何不考其本末，而輒以膏粱傲誕、利口覆邦詆之。陳承祚之徒，徒以平叔與司馬宣王有隙，故傳紀不無誣辭也。」陳氏澧曰：「平叔之受誣，得錢氏之論而一雪矣。陳承祚不敢爲平叔作傳，故載此疏於本紀，并載孔乂之奏，其實非本紀所宜有，蓋欲特傳此疏耳。承祚固有深意也。」又引鄒特夫云：「何晏之奏，皆論語之精義。」

案：錢、陳說皆平允，范武子之言蓋疾清談誤國，有激而云耳。若論其書之功過，則采包、鄭注不備，而於王肅乃亦有取，解中閒有玄虛之語，是其失也。然徵引各家皆標姓氏，不攘前人之美，漢師古義千載後猶可考見，賢於王弼、杜預多矣。

九

集解猶多舊說因，徵文皇疏或非真。

邢書采獲稱詳備，規矩高曾孔、賈循。

邢叔明作疏，本皇侃舊義而損益之。今檢皇疏，多引六朝人虛玄之語，謬於經旨，邢疏皆無之，陳氏澧謂其有廓清之功。然禮記、孝經疏引皇氏説，皆不見此等異言，不知此疏果皇博士原本耶，抑未可盡信也。邢疏説禮多依據禮記疏，孔、賈規矩猶存焉爾。

邢昺，字叔明，曹州濟陰人。

一〇

五季之衰人道亡，真儒蔚起振頽綱。
文公集注垂天壤，民到於今奉典常。

朱子論語集注本何氏集解、邢氏疏而博采程子、尹氏等精義，貫以平生讀書體驗所得，考詳訓詁，精發義理。其大意多與注疏同，而見道之深、説義之粹，實能究先聖之元意、垂百世之典常，鄭君詩箋、禮注而外未嘗有也。五季之衰，民彝泯亂，經籍道息，宋代真儒蔚起，至是而聖學大明矣。

一一

學效微言本伏生，紫陽訓詁最研精。
西河改錯何曾錯，東塾引申大義明。

論語發首「學而時習之」，集注云：「學之爲言效也，後覺者必效先覺之所爲。」陳氏灃曰：「『學訓效，見尚書大傳及廣雅釋詁。角弓詩云：「爾之教矣，民胥傚矣。」鄭箋云：「所尚者天下之人皆學之。」此亦可證學之爲言效也。毛西河四書改錯云：「學字注作效字，從來字學並無此訓。」西河之妄如此。蓋惟上古聖人生而知之，至於後世則衆人必效聖人，後聖亦必效先聖，後王亦必效先王。服堯之服，誦堯之言，行堯之行，此衆人之效聖人也。祖述堯舜，憲章文武，此後聖之效先聖也。殷因於夏禮，周因於殷禮，此後王之效先王也。後覺效先覺，聖人復起不易斯言矣。』」

舊讀須徵元朗文，無徵不信莫紛紜。
賢賢易色論夫婦，立説雖通古未聞。

一二

漢師舊讀舊訓與何氏集解異者多見釋文，若釋文所無而改讀改訓，則是師心作古，非信而好古也。即如「賢賢易色」，近儒多以爲指夫婦之倫，其説誠通。然讀此「易」字爲輕易之易，未聞於古。王氏念孫據廣雅訓「易」爲「如」，尤與論語明白易曉之文體不合。或疑好賢不宜在事父母、事君之先，不知此正首章言學、次章言孝弟之義，亦即下文「雖曰未學必謂之學」之義。蓋惟好賢之深而學其所爲，故事親、事君、交友能各盡其誠也。夫好賢而能易其好色之心，則其於夫婦之閒必重德而輕色。詩關雎子夏序云「樂得淑女以配君子，憂在進賢，不淫其色」，與此文義固互通，而立文則各有所主，不必相牽引也。舉此一端以爲説經考古之例。

一三

藹如仁義慕端臨，數則駢枝醞釀深。
平實精詳衍家學，楚楨一疏重儒林。

劉先生台拱，字端臨，江蘇寶應人，純孝敦仁，學養深粹。論語駢枝說雖不多，而義皆精善，蓋深造而自得之，非有意著書也。家學相承，至從子楚楨先生寶楠，遂成論語正義，平實精詳，儒林誦法。末數卷，子叔俛先生恭冕所述。足與高郵王氏、左海陳氏父子媲美。

一四

五經通貫世無雙，世室洞開兩夾窗。
鄉黨繪圖精考核，禮家典則婺源江。

禮學得婺源江氏而大明，如世室洞開户牖。鄉黨圖考精詳確當，其禮家之典要乎？

一五

公羊家法豈同科，論語何須強述何。

好異漸階非聖厲，涓流不息海揚波。

一經自有一經家法，豈能強執公羊以説論語。劉申受述何非無一二可取，而好異譎觚，浸淫不已，非聖亂常之禍由此萌芽矣，故君子言不可不慎。

雍也篇「子謂子夏」章，集解引孔曰：「君子爲儒，將以明道；小人爲儒，則矜其名。」劉楚楨正義曰：「注皇本作『馬曰』，弟子傳集解引作『何曰』，北堂書鈔六十六引何休注文同，當是何晏之誤。」按：此説至確。公羊解詁涉論語義者未嘗不可轉引爲解，而此注則非邵公之言。邵公論語注久亡，虞氏無緣獨得此一條也。此注義本不誤，申受不察譌文，必推波助瀾，張而大之，致滋流弊，則過矣。

一六

撼樹蜉蝣憫子高，戴憑奪席枉心勞。
集箋、補疏參差義，羹菜還須左右芼。

戴氏望解論語文體貌襲漢人，說義實多憑臆，欲以戴憑奪博士席故事施之朱子，無乃蜉蝣撼樹，貽笑於大方之家乎？焦氏循論語補疏發抒心得而理不盡純，潘氏維城古注集箋博采衆家而說未盡確，學者當擇善而從，如彼荇菜，左右芼之。詩傳曰：「芼，擇也。」
潘氏字朗如，江蘇吴縣人。

一七

揚雲希聖非無志，吾讀法言無盡悲。

古義證明尋道味，簞瓢陋巷樂山雌。

揚子雲希聖有志，見道頗深，所欠一死耳。法言準論語，其言有文焉，其聲有哀焉，其論道醰醰乎有味焉。書中論語古義甚多，而修身篇曰：「山雌之肥，其意得乎？明明在上，百官牛羊，亦山雌也。闇闇在上，簞瓢捽茹，亦山雌也。」蓋有會於遯世無悶之旨，吾誠讀而惜之。

一八

孝經、論語人倫本，漢代傳經此導源。

豈獨儒生精誦習，通知大義到期門。以下兩首統論孝經、論語。

漢代經師皆通習孝經、論語，通孝經、論語而後可以治五經。或源也，或委也，先河後海，此謂務本。孝經、論語之義，人人所能知，且人人所必當知。漢制使天下誦孝經，見荀慈明對策。期門、羽林之士悉令通孝經章句。見後漢書儒林傳序。而今日窮鄉僻壤，樵牧婦孺，雖識字至少者，論語首數篇亦多能上口，此中國數千年人倫所以明，大地萬國所以共推爲禮義之邦也。何天不吊，邪説横行，學非所學，拔本塞源，置孝經、論語不讀，讀亦視爲具文，而人心横逆日肆，殺運遂不可止矣。哀我人斯，欲出之死地而生之，盍亦反其本矣。

一九

顔淵樂道伯夷清，寤寐交揮靜趣生。
論語微言孝經傳，超然希聖有淵明。

陶淵明有五孝傳，蓋居鄉以孝經爲教，稱引故事以證明之。陳氏澧説。而其詩多論語微言，道味盎然。其言曰：「吾愛其靜，寤寐交揮。」論語之旨，深矣大矣。君子學焉，各得其性之所近，淵明蓋得其靜趣者歟？其簞瓢屢空，貞志不移，庶幾類顔淵之樂道、伯夷之清風。吾讀其書，師其人，知其學之有本，特表而出之，以爲有志希聖者法。

復禮堂授論語書目

講習書

學者自少讀朱子集注，闕意眇指未必深窺，當更溯源注疏，參酌羣言，乃知紫陽采擇之精，而漢、宋之不容強分門户，列目如左。

論語注疏　見前。又劉氏覆元元貞本。

論語釋文

宋輯論語鄭氏注　浮溪精舍叢書本。

燉煌石室本論語鄭注四篇　法儒伯希和所得，羅氏振玉印以行世。

皇氏論語義疏　古經解彙函本、古逸叢書本。此書多可疑，當分別其是非。

劉氏論語正義　原刻本、皇清經解續編本。

汪氏鄉黨圖考舊刻本、皇清經解本。

論語文鈔

又元弼有聖學挽狂録，自學而至雍也六篇，餘俟續纂，附識於此。

參考書

惠氏論語古義

劉氏論語駢枝原刻本、皇清經解本。

焦氏論語補疏雕菰樓叢書本、皇清經解本。

劉氏論語述何皇清經解本。

潘氏論語古注集箋江蘇書局本、皇清經解續編本。

黄氏論語後録 原刻本、皇清經解續編本。黄先生式三，字敬居，元同先生父。

論語學支流

揚子法言秦氏恩復刻本、浙江書局本。

江氏近思録集注舊刻本、江蘇書局本。

陳氏漢儒通義原刻本、梁文忠重刻本。

述孟子

一

茫茫千載厄衰周，疑是乾坤或息秋。
率獸食人今有甚，七篇掩卷我心憂。

天下之生久矣，一治一亂，書契以前不可得詳，自唐、虞至周衰，二千餘年而有春秋、戰國之厄，臣弑其君，子弑其父，邪説横行，充塞仁義。孔子曰：「易不可見，則乾坤或幾乎息矣！」孟子曰：「仁義充塞，則率獸食人，人將相食。」皆悲天憫人、痛怛至極之言。其禍卒至暴秦焚書坑儒，積血暴骨，天下生民幾無噍類。漢撥秦亂，至於今又二千年矣。無父無君、非聖無法，惑世邪説、天良盡滅，殺人利器、亙古未有，悠悠蒼天，茫茫浩劫，率獸食人之惑蓋十倍衰周，而無大聖大賢如孔、孟其人者以道援天下之溺。孟子曰：「我亦欲正人心，息邪説，距詖行，放淫辭，以承三聖者。」我心之憂，每讀孟氏書，不勝感慨淋漓，且悲且壯，不敢以愚懦自棄也。

二

大義開宗絶利端，亟稱仁義使民安。
誦堯學孔明王道，歎息倒懸解結難。

史記孟子荀卿列傳序曰：「利誠亂之始也，自天子至於庶人，好利之弊何以異哉！」

又太史公自序述孟子荀卿傳曰「絶惠王利端」，此深得孟子大義。蓋孟子七篇，以「何必曰利，亦有仁義焉」二語提綱挈領，實聖學王道因性立教、撥亂反正之要。當時天下大亂，篡弑相仍，使民糜爛，殺人盈野，無非小人謀利邪説階之厲。利己必害人，是以不仁不義，無惡不爲。卒至上下交征，人類相殺無已，求利而得大害。孟子稱堯舜、學孔子、明王道，以仁義之説救民倒懸。由其道，豈惟天下之民舉安，萬世之下正人心、立治本、救民水火，未有不由此者。

三

黄河之水出崑崙，性善良知起一元。
惻隱擴充泉始達，沛然積石發重源。

孟子大義在道性善。孟子説良知良能曰：「孩提之童，無不知愛其親也。及其長也，無不知敬其兄也。親親，仁也；敬長，義也。」此性善之大本，如河出崑崙墟，其正源也。又曰：「今人乍見孺子將入於井，皆有怵惕惻隱之心。」惻隱、羞惡、辭讓、是非之心，仁、義、禮、智之端，擴而充之，若火之始燃、泉之始達，此性善之見端，如導河積石，其重源也。性善，易之乾元也。性善之見端，乾元旁行於六十四卦三百八十四爻，無所不在，隨處發見也。天地化生萬物，一元而已。聖學王政作君作師，贊天地之化育，一性善而已。孝經云：「先王有至德要道以順天下，盡其性以盡人之性也。」所謂易簡而天下之理得也。性善之説，本之易大傳、中庸，蓋自伏羲、堯、舜以來至於孔子聖聖相傳微言大義至孟子而大發明之。厥後漢儒賈生、韓傳、許、鄭、趙邠卿，皆確守孟子之説，宋賢闡發尤多精義，然後之學者猶未澄徹。至陳氏澧云：「孟子所謂性善者，謂人人之性皆有善也，非謂人人之性皆純乎善也。蓋聖人之性純乎善，常人之性亦有善，惡人之性仍有善而不純乎惡。所謂性善者如此，所謂人無有不善者如此。」孟子之義乃豁然開朗，無少隔閡，按之羣經皆融合無間，可謂抉經之心、執聖之權矣！陳氏説性善至精詳，學者當熟復。

殺一不辜尚不爲，况將周鼎敢輕移。
保民惟説文王政，豈勸齊、梁神器窺。

四

陳氏澧曰：「李泰伯云：『天子在上，而孟子游於諸侯，皆説以王道，湯、文、武所以得天下之説，未聞一言以奬周室。』策問。自來非孟子者，以此説爲最甚。魏叔子云：『孔子尊周，而孟子游説齊、梁之君，教之以王。夫孟子豈不欲周之子孫王天下而朝諸侯，周卒不能，而天下之生民不可以不救。』留侯論。此可以解泰伯之惑矣。孟子時，生民之憔悴有類於倒懸，安得不以王道救之乎？若説齊、梁之君以奬周室，則必爲齊桓、晉文之事。然戰國時，桓、文之事不可復行，所謂以一服八無以異於鄒敵楚者也。荀子最惡孟子，使孟子果有不奬周室之罪，何以荀子竟不非之乎？正以荀子在當時知其事勢故也。泰伯之説乃讀書而不論其世者也。」

案：陳説善矣，而未盡也。齊宣王云：「求吾所大欲。」欲闢土地，朝秦、楚，莅中國而撫四夷也。則其問齊桓、晉文之事，非問其尊周攘夷之行，乃問其取威定霸之略耳。孟子不答而語以王，豈教以陵天子、窺九鼎哉？乃勉以修德保民耳。孟子言：「行一不義、殺一不辜而得天下不爲。」又曰：「取之而燕民悦則取之，古之人有行之者，武王是也。取之而燕民不悦則勿取，古之人有行之者，文王是也。」孟子所言王政皆文王之政。文王積德累仁，三分天下有其二，德化所及，九州之衆咸率，而猶奉勤於商。則行文王之政者，汲汲惟解民倒懸是務，不待假尊周以令諸侯，而七年之内必爲政於天下，秦、楚可制梃以撻，周室自由此而安。所謂王者，王其道也，非苟王其號也，若王其號，則當時諸侯固皆稱王矣。孟子勸齊、梁行王道，曰「王無罪歲，斯天下之民至」，曰「天下之欲疾其君者，皆欲赴愬於王」，曰「今天下之君有好仁者，則諸侯皆爲之敺」，於周室絶不相涉。而論明堂王者之堂，既舉文王之治岐，又舉公劉、大王之事，豈如張儀所圖犯天下之共主哉？李氏覯之言，亦不考前後文義甚矣。曰：「設齊、梁果能聽孟子行王政，天下歸之，能保其不如齊桓封禪、晉文請隧，急干天位乎？」曰：「惟大人爲能格君心之非。」

既能從孟子行文王之政，則亦能心文王之心矣。歷數之興廢在天，君子務引其君以當道志仁，不使行一不義而已。

五

君輕民貴非顛倒，一體君民逆亂消。
芥寇無庸多口實，當年禮聘絕燕昭。

孟子於君臣之分辯之至嚴，嘗曰「孔子成春秋而亂臣賊子懼」，「無父無君是禽獸也」，而他日又有「民貴君輕」之説、「土芥寇讎」之喻，蓋所以深戒當時暴君而救其危亡，正愛君之深志。夫天生民而立之君，使司牧之，勿使失性，是以民奉其君，尊之如天地，親之如父母。民非君不治，君非民不安；民以君爲心，君以民爲體。語曰爲君難，爲人君者以一人庇萬萬生靈之命，得其道則天下歸之，謂之天子；失其道則四海叛之，謂之獨夫。當時諸侯地醜德齊，殘民以逞，雖國富兵強而覆滅可待，有王者作，必當變置。孟子故探本窮源，明其輕重之勢，使知君民一體，得衆則得國，失衆則失國。戒慎恐懼，勤政愛民，以弭篡奪覆亡之禍，民生各遂而君位永尊，豈後世猖狂逆亂欲廢君權以啓暴民專制生靈塗炭之禍者所得而藉口哉！孟子仕於齊，諫不行，言不聽，膏澤不下於民矣。然其去也，三宿而後出晝，於心猶以爲速，曰：「予豈舍王？王猶足用爲善，王如用予，豈徒齊民安，天下之民舉安。王庶幾改之，予日望之。」其惓惓於君也如是。其後燕昭王爲當時莫賢之君，天下賢人樂毅之徒翕然歸之，復讎大義昭炳海内，欲行王道救生民。正其時矣，而孟子獨絶迹不與。以燕昭之賢，於孟子安有不致敬盡禮以求，而孟子爲齊臣，義不適讎國，寧忍一時飢溺之痛而必正萬世天地之經，其盡節於舊君也如是。然則所謂土芥寇讎者，謂其勢必然，非謂其理當然也。爲人臣者固不可寇讎其君，而爲人君者要當知土芥之必致寇讎，乃能敬大臣、體羣臣，而免於寇讎之禍耳。孟子以此告齊王，亦愛君之深志也。讀者不察，乃援爲口實，横加訾議，不亦惑乎？大學曰：「君子有大道，必忠信以得之，驕泰以失之。」孟子垂戒，正此意也。

六

卓識誰能繼史遷，邠卿章句退之篇。
顧、陳直紹紫陽緒，孟氏功臣此六賢。

漢儒毛公、賈生、韓太傅、劉子政、揚子雲、許君、鄭君諸賢，皆善承孟子之學。歷唐至宋，尊信闡發益多，而其尤大彰明較著者，二千年來凡六君子：一太史公，列傳、自序卓乎舉七篇大義；一趙邠卿，精理閎旨，敷暢昭然，綱領旨趣既通，後賢得因而加密；一韓文公，卓識崇論，推尊孟氏以爲功不在禹下，與董子推明孔氏、抑黜百家先後一揆；一朱子，精義妙道，上契古賢心源，幸教後學無窮；一顧亭林，浩然之氣，剛大正直，崇人倫、正名教，以救民水火爲心，在明末國初亦一孟子也；一陳蘭浦，國朝經師以亭林、慎修、蘭浦三先生爲最醇，東塾讀書記於各經並多闡發極精善處，而尤莫精善於說孟子，梁文忠云「讀此一卷，可以感發人之善心」。由六賢之書，得孟子之道而服膺之，孔氏之堂其可躋夫！

趙氏爲孟子創通大義，其後又有陸善經爲注，張鎰、丁公著爲音，宋孫宣公奭采補張、丁二家作音義二卷，並未作疏。朱子云：「邵武一士人僞作孫疏，即今所行孟子疏是也。」

趙君岐，字邠卿，初名嘉，字臺卿，京兆長陵人。

孫氏奭，字宗古，博平人。

七

聰明絶世學專精，正義雕菰七月成。
急就奇觚寫心得，微嫌養氣未能平。

焦里堂穎悟絶人，研精樸學，其説易雖不守師法，而原卦一篇實能洞見本原，使孟子性善之義焯然著明。其説易獨到處，即其説孟子極精透處。正義中於名教綱常、邪正順逆之辨發揮痛切，如雷霆走精鋭、冰雪淨聰明。其書僅七月而成，急就奇觚，信與衆異矣。惟采録諸家得失互見，既用宋賢之説以補臺卿，而不明引其書，謂之近儒通解，我友節盦嘗以爲譏。蓋養氣未平，門户畛域不能化也。

八

論宗包鄭孟邠卿，更有新安析理精。
漢宋四賢如疊矩，同門異户莫分爭。此下三首統論論語、孟子。

論語包、鄭注文約理精，邠卿注孟子雖釐析章句間有未安，而創闢榛蕪，直躋堂奥，純義至言足相伯仲。朱子集注因三君成訓益加邃密。今以古注與朱注逐條比觀，如既切而復磋之，既琢而復磨之，非相違也而相成也，焉用挾同門異户之見，紛紜囂訟爲耶？

九

宋儒收穫漢儒耕，先輩舂揄不厭精。
黍稷馨香仁義飽，何容籩豆亂紛更。

譬如穡事，漢儒耕之，宋儒穫之，國朝諸儒或舂或揄、或簸或蹂，益致其精。後之學者食德味道，飽乎仁義，馨於黍稷，何幸如之！若亂我籩豆，雖有嘉肴，不知其旨，則自暴自棄而已矣。

一〇

聖賢垂訓教人倫，覺牖無疆覆載仁。
束髮受書宗孔、孟，顧言顧行奉終身。

聖人體天覆地載之仁，先知覺後，教以人倫，保民無疆。六經同歸，綱要盡在語、孟，易簡而天下之理得，束髮受書能知之，終身用之不能盡。言顧行，行顧言，竊仰景行，敢涉聖門，一息尚存，惟恐失墜焉耳。

一一

聖人復起無能易，朱注精微今日知。
閱盡亂離思反本，學、庸熟讀似兒時。以下二首統論孝經、四書。

中庸、大學二篇本在禮記中，乃孔門所傳舊本，鄭注義藴精奥，蓋曾、思相授微言。宋程子、朱子表而出之，以配論語，益以孟子，謂之四書。大學章次頗多移易，中庸訓義亦有更定。後儒或執古本相難，或且師心自是，輕肆詆諆。殊不知程、朱本與舊本異者，文句次第耳，其闡發義理實能究洞本原，聖人復起無以易也。余嘗以鄭注、朱注逐條細讀，見其要旨精義同條共貫，作通義明之。朱子四書原次，首論語，次大學，次中庸，次孟子，於作述講解次第正宜如此。厥後以卷頁多寡及兩章句、兩集注類分。幼兒入塾，皆先讀學、庸，取其熟復最久，終身不忘，亦無不可。惜乎童蒙時既茫然莫辨，通籍後又棄之如遺。小有才未聞道者，尤以呰謷朱子爲能。弼也閱盡亂離，人窮反本，熟讀學、庸，沈潛章句。有味兒時，不可復得；亦聿既耄，敢云眞知？聊申鄙懷，以告吾黨。

一二

聖功蒙養是權輿，正本孝經及四書。
人欲滔天源早滌，美哉微禹我其魚。

易曰：「蒙以養正，聖功也。」又曰：「正其本，萬物理，失之毫釐，謬以千里。」少成若天性，習貫之爲常。孝經、四書，天經地義，聖功王道盡在於此。明代及我朝以四書、五經義取士，薄海學子勝衣就傅，無不先讀孝經、四書，是以人識倫常，家知禮義，名臣大儒接踵而起，邪說暴行不容於世。蒙以養正，如山下出泉，九川滌源，而欲海滔天之禍無自作，其效昭昭可睹。痛自歐風日熾，庸臣誤國，欲變通趣時而先自蹷其本。學堂讀孝經、四書視爲具文，而詖淫邪遁之説簧鼓雷動，汩赤子之天眞，是蒙以養邪也，安得不胥天下而爲狂乎？書曰：「天降下民，作之君，作之師，惟曰其助上帝寵之。」今日有道仁人體天地好生之心，救民糜爛之禍，惟有逢人勸之讀孝經、四書以及五經，舉古來忠臣、孝子、悌弟、貞婦、信友、仁人、義士至性至情、可歌可涕之事爲人講説。以孔、顔之元氣春生，感同類之天良，發病狂之聾瞶，積德勝妖，轉殺爲生，未濟之後復起乾元，意在斯乎？意在斯乎？

張聞遠同年曰：「明太祖以四書朱注立學試士，此非以術牢籠天下，乃以正道教民也。」愚謂自古真英雄行事往往與聖賢合，蓋其才識高明絶人，足以知治天下之必由此道也。我朝列聖因明制之善，四書朱注立於學官。又博綜自漢以來先儒著述，御注孝經、欽定七經，折中、彙纂、義疏，一皆本之躬行心得之餘，以爲迪教敷治之本。則如堯典之稽古，洪範之建極，純乎古聖帝明王之道矣。以我朝德澤之厚、教化之醇，深根固本，萬年有道，當未有艾。而辛亥之變，烈火燎原，大陸沈海，禽獸逼人，亂靡有定。凡百禍源，皆由不讀孝經、四書，以致邪暴中於人心，智勇皆成凶德，而殺運不可止矣。撥亂反正，惟有法祖制、尊聖經、率天常、迪民哲，出之死地而生之，出之禽門而人之。所謂爲天地立心，爲生民立命，爲往聖繼絶學。信能行此，天下太平可旋致而立效也。

復禮堂授孟子書目

講習書

朱子集注精義所存，當上溯古訓，博采衆善，以盡其趣，列目如左。

孟子注疏見前。又孔戴遺書有孟子趙注，校勘精審。近續古逸叢書有覆宋注疏大字本。

孫氏孟子音義孔戴遺書本。

焦氏孟子正義原刻本、皇清經解本。

孟子文鈔

又東塾讀書記孟子一卷最宜熟讀。元弼有孟子學，校刊未竟，附著於此。

參考書

戴氏孟子字義疏證孔戴遺書本。戴氏見道甚深，此書雖多指駁宋賢，然其立説實有獨到之處，與程、朱迹似相違而義實相成。余欲删著之而未及爲，讀者擇善而從可也。

周氏孟子四考皇清經解續編本，周氏廣業，字□□□□人。〔一〕

孟子學支流

荀子謝氏墉校刊本、浙江書局本、古逸叢書覆宋本、王氏先謙注本。

戰國策士禮居叢書本、崇文書局本。

四書總義

四書章句集注善本舊覆泳澤書院大字本，吴氏英刊本後有附考，淮南書局覆吴本。

〔一〕周廣業，字勤圃，浙江海寧人。原文空格，疑當作「勤圃海寧」四字。

閻氏四書釋地皇清經解本。

宋氏四書纂言各家四書説多采會其中，吴中印本。

復禮堂述學詩卷十四　述小學

漢書藝文志，爾雅入孝經家，蓋以孝經爲六藝之大本，爾雅爲羣經之通釋，二者相須，學者必先明此，乃可治經。又以史籀等爲小學家，承孝經後。古者八歲入小學，學六甲、五方、書計之事，始知室家長幼之節。書謂六書，班氏以孝經、小學相次，蓋謂皆必童而習之，而爾雅、史篇訓詁文字亦相屬不隔。後賢本其意而變通之，以孝經與論、孟爲一類，經之總會也；爾雅與說文、廣韻等爲一類，治經之門户也。保氏教國子先以六書，文字、聲音、訓詁同條共理，爾雅與字書、韻書統歸小學，於義尤協，今以次述之。

爾雅以下説字義之書

一

憲章稽古日中天，經義惟憑訓詁宣。
爾雅一編周、孔教，儒林十口永相傳。

釋文敘録曰：「爾雅者，所以訓釋五經，辯章同異。爾，近也；雅，正也；言可近而取正也。釋詁一篇，蓋周公所作；釋言以下，或言仲尼所增，子夏所足，叔孫通所益，梁文所補。張揖論之詳矣。」

陳氏澧曰：「詁者，古也，古今異言，通之使人知也。此詩孔疏語，爾雅邢疏用之。蓋時有古今，猶地有東西有南北，相隔遠則言語不通矣。地遠則有翻譯，時遠則有訓詁。有翻譯則能使別國如鄉鄰，方言即翻譯也。有訓詁則能使古今如旦暮，所謂通之也，訓詁之功大矣哉！」

案：周公作爾雅以教成王，爾雅序疏語。孔子曰：「爾雅以觀於古，足以辨言矣。」大戴記小辨篇。蓋三五墳典，神聖彝訓，積古相傳，歷年久遠，六經作自周公，而集大成於孔子，作述爾雅以釋訓詁，傳注之學由此導源。羲、農、堯、舜以來聖學王政，歷千萬世而昭炳光明，知人論世如晤言一室，惟此是賴。毛公傳詩，詁訓與爾雅相表裏。史遷從孔安國問故，一一讀應爾雅。漢師解經悉據雅訓，博采舊聞引而申之。於文，古從十口，詁從古言，訓詁之學明則十口相傳之古言以俟百世而不惑。入室由户，文章得聞，而性與天道在其中矣！

二

叔然高節景純忠，雅訓相承義據通。
宋代叔明初作疏，椎輪大路豈無功。

釋文敘録曰：「前漢終軍始受豹鼠之賜，自兹迄今，斯文盛矣。犍爲文學注三卷，一云犍爲郡文學卒史臣舍人，漢武帝時待詔，闕中卷。劉歆注三卷，與李巡注正同，疑非歆注。樊光注六卷，京兆人，後漢中散大夫，沈旋疑非光注。李巡注三卷，汝南人，後漢中黄門。孫炎注三卷，音一卷。郭璞注三卷，字景純，河東人，東晉弘農太守，著作郎，音一卷，圖贊二卷。唯郭景純注爲世所重。梁有沈旋約之子。集衆家之注。陳博士施乾、國子祭酒謝嶠、舍人顧野王，並撰音。」

陳氏澧曰「郭注體例謹嚴」，又舉「畛，殄也」疏一條，謂邢氏於訓詁甚通。

案：爾雅舊注自犍爲文學以下皆亡。孫叔然爲鄭門傳學大儒，清風高節卓然，遺文散落，尤爲可惜。然郭景純博物多聞，沈研鑽極，錯綜樊、孫，博關羣言，其書蓋足承漢儒之緒。且其人從容死義，凜然忠烈。晉代經注，此書當與范氏穀梁集解並重，勝王弼、杜預輩多矣。陸元朗釋文采掇舊訓頗詳，邢叔明疏義亦明辨以晰，皆於此經有功。

三

轉段同源理至精，二雲正義見根萌。
蘭皋重發棲霞秀，千載無聲竟有聲。

爾雅所釋皆六書之轉注，而叚借即在其中。叚借者，本無其字，依聲託事。上古字少，凡有其事而無其字者，即借同聲之字用之。中古字漸多，而依聲託字之法既行，或倉猝間不得本義之字，而仍叚聲同、聲近、聲轉之字用之，是謂叚借。叚借則一字數義，而以其義類分之，則數字一義、轉輾相受，是謂轉注。未叚借則與本義之字相轉注，既叚借則與叚義之字相轉注，叚借以轉注爲歸，轉注因叚借而廣，字形字義之會通皆以聲爲樞紐。邢疏略啓端倪，邵氏正義始研覈音理，探索根萌，郝氏義疏尤究洞因聲得義之源，發揮旁通，無復餘蘊。陳氏澧曰：「邵二雲、郝蘭皋二家之疏，度越前人矣。郝氏之學出於阮文達公，文達與宋定之論爾雅書云：『以聲音文字爲注爾雅之本，則爾雅明矣。其引「生明生魄」以證「哉」，引「夏屋逸書」以證「權與」，多寡有無，無關輕重也。』與郝蘭皋論爾雅書云：『今子爲爾雅之學，以聲音爲主而通其訓詁，余亟取之。』宋氏書不知已成否，郝氏疏則深得文達之法。文達集中釋門、釋且、釋矢、釋鮮諸篇，旁推交通，妙契微茫，尤有以開其門徑也。」案：郝氏於爾雅每條中叚借字必云「某者某之叚借」，又融會本書，參通羣籍，凡聲同、聲近、聲轉相叚借之字，皆剖析窮源。聲同者，一聲也；聲近者，一聲之分，兩聲之重，疊韻也；聲轉者，一聲之轉，雙聲也。鄭君周禮序曰：「就其原文字之聲類，考訓詁，捃祕逸。」以聲同、聲近、聲轉疏通叚借之義，所謂就聲類考訓詁也。博稽經傳古子證明之，所謂捃祕逸也。古書茫昧，千載無聲。郝疏語。讀郝氏書，音義條縷，昭析無疑，朗然有聲矣！

陳氏又曰：「爾雅訓詁同一條者，其字多雙聲。如『大也』一條内，弘、宏、洪三字雙聲，介、嘏、假、京、景、簡六字雙聲，溥、丕二字雙聲，訏、幠二字雙聲，昄、廢二字雙聲，奕、宇、淫三字雙聲。『至也』一條内，艐、格二字雙聲，到、吊二字雙聲，來、戾二字雙聲。凡同在一條内而雙聲者，本同一意，意之所發而聲隨之，故其出音同，惟音之末不同耳。音末不同者，蓋以時有不同、地有不同故也。其音之出則仍不改，故成雙聲也。」案：此説足引申郝氏治爾雅以聲爲主之義。

邵先生晉涵，字與桐，號二雲，浙江餘姚人。

郝氏爾雅義疏，阮文達刻入皇清經解。及陳南園爲陸立夫制軍校刊者，係王石臞先生節本。或疑他人所爲，嫁名高郵。及門王欣夫前年見棲霞稿本，確係王氏親筆删節，且多辨正。其原書完帙，别有楊氏、胡氏合刻本，學者參觀可也。

四

戴疏方言江释名，形聲表裏澈晶瑩。
高郵廣雅東原授，六藝羣書盡發明。

揚子雲方言，劉成國釋名，張稚讓廣雅，皆善承爾雅之學。戴、江、王三先生疏證，皆極精詳。石臞爲東原先生入室弟子，以其學傳子伯申尚書。廣雅疏證博貫羣書，尤極發揮旁通之妙。

王先生念孫，字懷祖，號石臞，江蘇高郵人。子引之，字伯申，謚文簡。

屺懷前輩云「劉氏釋名兼采雅俗，艮庭疏證則擇言尤雅」，良是。此書刊入經訓堂叢書，題名屬之畢秋帆尚書沅。蓋江氏爲屬稿，而畢氏審定之，且屬江氏篆寫，兩美相得益彰，非掩取也。

五

小雅一編出孔叢，保無王肅竄其中。
珠淵玉海籑經詁，大雅多聞貴博通。

小爾雅見漢志，今在孔叢子中，蓋王肅取以入僞書，有無私竄不可知。宋于庭疏證亦得失互見，學者當分別觀之。六朝以來薈萃訓詁之書多亡，或蕪雜不盡足據，惟阮文達公經籍籑詁網羅百家傳注，有條不紊，囊括靡遺，可謂今之廣雅，不愧古之學海矣。

説文以下説字形之書

六

秦篆三篇久絶蹤，孔書破壁躍虬龍。
九千文字歸忠孝，不數揚雄拜叔重。

許氏説文解字敘説：「倉頡初造書契，五帝三王之世改易殊體，周宣王大史籀著大篆十五篇，與古文或異。至孔子書六經，左丘明述春秋傳，皆以古文，其後諸侯去籍，文字異形。秦兼天下，李斯奏同之，作倉頡篇，趙高作爰歷篇，胡毋敬作博學篇，皆取史籀大篆，或頗省改，所謂小篆。」又曰：「魯恭王壞孔子宅而得禮記、尚書、春秋、論語、孝經。又北平侯張蒼獻春秋左氏傳。」

案：自倉頡造字，歷世久遠，統謂之古文。太史籀始取古文而整齊之，謂之大篆，大篆與古文亦通稱。孔子書經，丘明述傳，皆以古文，容兼籀體。李斯又取大篆而省改之，謂之小篆。倉頡、爰歷、博學三篇，蓋取史籀篇中恆用之字連綴成文，字數蓋少於大傳〔一〕十五篇遠甚。古文、大篆、小篆遞有省改，而大致相去不遠，至隸書行，俗説興，而六書之旨始謬矣。古聖人造字具有精義，孔子以正名順言爲興禮樂、中刑罰之本。許君言文字者經藝之本、王政之始，本立而道生。蓋積字成文，因文明道，相承一貫。古聖作字時，道之全體大用已盡包其中。如道立於一，而元從一，天從一大，一偶二爲三，三者天地人之道，而參通之者王。君父之尊、臣子之順，皆於字形見之。孝從子承老，忠從中心，仁從人二，即相人偶之義。誼從言宜，人言爲信，止戈爲武，背厶爲公，如心爲恕，比類見指，因聲得義。童子初入小學識字，而五倫五常大義已得備聞，是以人才易成，天下易治。凡讀書識字之人皆敦道勵德之士，苟非其人則道不虛行。故漢初以來博聞強識、通知文字者至多。以揚子雲之洪雅，而訓纂之篇千載泯没，獨許君説文誦法儒林，久而愈光，蓋必其人無愧於聖賢，然後得與於斯文。漢末兩大儒，倉頡、史籀所作，孔子、丘明所書之文字，賴許君以傳；伏羲、堯、舜、禹、湯、文、武、周公、孔子作述之經傳，賴鄭君

〔一〕傳，肄「篆」字之誤。

以明。其學皆百世之師，亦由其行無白圭之玷，故足以垂世立教、信今傳後。許君作説文，務以明古文大篆之義，故敘斥俗儒不合孔氏古文、謬於史籀。又言稱易孟氏、書孔氏、詩毛氏、禮周官、春秋左氏、論語、孝經皆古文。而其書之體，乃敘篆文合以古籀。不先古籀後篆文者，段氏云：「此書法後王，尊漢制，以小篆爲質，而兼録古文、籀文。小篆之於古、籀，或仍之，或省改之，仍者十之八九，省改者十之一二而已。仍則小篆皆古籀也，故不更出古籀；省改則古籀非小篆也，故更出之。」此説是矣，而未盡也。古文每字或有數體，小篆取其一，而其餘廢不用者皆謂之古文。蓋許書九千餘字，自别出爲篆文者外，無論有重文無重文，皆古籀也。當時隸書盛行，而重大典策猶有篆文。俗儒以隸書爲倉頡時書，而譏孔氏古文爲鄉壁虚造不可知之書，殊不知古文、大篆、小篆大體相同，逐字可按。小篆當時朝廷尚行用，斷不能一并加誣，故於敘歷述倉、籀及秦篆、隸書源流。而十四篇中，每字據時制行用之小篆，而别出古籀之有無異同，以明壁書史篇之不可誣。俗儒自蔽所希聞，茫然不考耳。是衛道復古、使信而有徵之苦心也。许書九千字，蓋皆據孔壁古文及史籀篇，參以山川鼎彝。其釋字精義，則積古以來至於孔門相傳之微言大義。六經同歸，歸於忠孝，而文字者其本。非「五經無雙」之通學，孰能達其神指？嗚呼！李斯焚書而未亂文字，且但焚竹帛之書，不能焚人心之書。俗儒以隸書解經，雖未睹字例之條，而綱常大義不能乖剌，大儒又亟起而正之。况今日離經畔道，人心之書盡焚，不讀書，不識字，千古文明變爲昏亂，天地至靈盡成蠢物，驅之不孝不忠不仁不義，殺人自殺同入罟擭陷阱之中，無不昏然從之。是故，今日欲救生民之厄，必自讀聖經始，故鄭君、朱子之學不可不講；通聖經必自明文字始，故説文、爾雅之學不可不講。而所以能使後生小子興藝樂學、感動奮發者，則存乎君子儒之戴仁抱義，有以動其秉彝好德之良。此學行相維，成己成物之通義也。

許君慎，字叔重，汝南召陵人。作五經異義、説文解字及淮南注。而説文發明古聖制字本義，爲識字治經者正本滌源，有功聖道尤大。鄭君注禮已引之，蓋甚重其書也。唐設科取士，宋初校定其文，朱子嘗欲刊之，解經多引爲據。至國朝而許學大興，瞽宗秩祀，五經無雙，百世不惑矣。

七

凡將、急就各篇章，字例之條莫究詳。

許氏據形説音義，六書神恉達軒、倉。

段氏玉裁曰：「爾雅、方言，所以發明轉注、叚借，倉頡、訓纂、滂熹及凡將、急就、元尚、飛龍、聖皇諸篇，僅以四言七言成文，皆不言字形原委。以字形爲書，俾學者因形以考音與義，實始於許，功莫大焉。」又曰：「凡文字有義、有形、有音，爾雅已下，義書也；聲類已下，音書也；説文，形書也。凡篆一字，先訓其義，若始也顛也是；次釋其形，若从某某聲是；次釋其音，若某聲及讀若某是。合三者以完一篆，故曰形書也。」

案：爾雅列經，創自周、孔，以迄漢初，故著録冠小學之首。實則治小學當先讀説文，次讀爾雅，次考音韻。説文敘云：「倉頡之初作書，蓋依類象形，故謂之文。其後形聲相益，即謂之字。」謂倉頡作書之初，指事象形而已，既而形與聲相益爲形聲，形與形相益爲會意，此即類聚羣之肇端。韓非説倉頡造字，自營爲厶，背厶爲公，公從八厶，則倉頡已有會意字。五百四十部，多以指事、象形字爲部首，而形聲、會意字從之，所從之形定，而後字義字音可得而明。度皇古造字時，分類本如此有條不紊，許君分別部居之法蓋上達聖作神恉矣。

凡學者識字，每字必識其本義，其字之形於六書爲指事、爲象形、爲形聲、爲會意，明乎此而後知用此字之形而不用此字之義者爲叚借。有形以定本義，有音以通叚義，其字訓皆爲轉注。此六書一貫之理，非許書其孰明之？

八

轉注從來異説紛，曾申管見補前聞。

亡書久共良朋憶，聊復參通徐、段文。

六書之轉注，古今異説最多，惟徐楚金、段茂堂兩家最合許君之意。徐得其本，段會其通，相兼乃具。徐氏謂轉注與形聲同源，而其用與叚借相對。如老字爲部首，所謂建類一首，凡從老之字，若耆、若耊、若壽、若考，皆受意於老，故皆訓老。而老亦可與耆、耊、壽、考等字轉互相訓，所謂同意相受。推而廣之，則江河等字同从水，松柏等字同从木，五百四十部皆建類一首，而部中之字皆受部首之意。然江河可同謂之水，水不可同謂之江河，松柏可同謂之木，木不可同謂之松柏，則同意而非相受。必如考从老，老亦訓考，而後爲轉注。其説甚是，而意有未盡。段氏本戴東原説以轉注爲互訓，若水之互相灌注，舉許書考、老互訓爲同意相受之確據，又以爾雅初、哉、首、基等同訓始，爲建類而一其首，因極論訓詁條例。其説甚通，而於許義未密合。案：許君云「轉注者建類一首，同意相受，考老是也」。類謂字類，如許書分五百四十部也。首謂每類之首一字，如五百四十部之部首字也。同意相受，謂每類中字與類首之字其義或分或合、或遠或近，皆受意於一首。所謂凡某之屬皆从某，而其中有與類首字訓義全同者，則此字以類首字爲訓，而類首字亦即以此字爲訓。訓詁之法由此而起，故舉考、老以明之。蓋老爲類首，考从老而直以老爲訓，故老亦以考爲訓，是考固受意於老，而老亦受意於考，是爲同意相受。度古聖人造字之初，必分别事物之類，特制指事、象形字以爲每類之首，而凡同類者皆以形聲、會意字從之。積字既多，一類中字必有與類首字意義盡同者，且有類中字彼此意義自相同者，此字以彼爲訓，彼字亦以此爲訓，義出於形而訓詁之學起，説文同部互訓字是也。及其久也，分類既多，而彼此意義相通，於是有别類之字可互相訓釋者，而訓詁之道廣，説文異部互訓字及爾雅各條是也。説文五百四十部，建類一首，同意者受之，而不必其相受。爾雅各條，同意者可相受，而不必其爲一類一首。惟考、老二字之等，爲轉注之義最完密者，故許特舉之。許舉考、老以明轉注之本義，猶舉令、長以明叚借之本義。叚借本義，本無其字、依聲託字，及其久也，雖本有其字而亦依聲託字矣。轉注本義，建類一首同意相受，及其久也，不必建類一首而亦同意相受矣。此聲音訓詁之學所以孳乳浸多、運用不窮，而其源皆出於字形，故許君必詳其本義也。往者吾吴正誼書院初改學堂，劉健之觀察體乾固請余主講經學，余以孝經大義、説文要旨授諸生，作轉注説一篇示之。忽忽四十年，舊稿亡失，而觀察亦溘逝多年。感念疇昔，歎息彌襟，目瞑意倦，聊復論之。

九

小徐繫傳斥陽冰，五季雖衰許學興。
鉉本盛行由汲古，竹君、薇隱遞相承。

南唐徐楚金説文繫傳篤守許義，作袪妄篇斥李陽冰之謬。五季之衰，而達才通人闡明絶學，此聖道不息、亂極將治之徵也。後其兄鼎臣入宋，奉敕校定説文，至今士林傳習依據。許書始一終亥，據形系聯，具有精意，南宋李燾乃改易其次，别爲五音韻譜，明代盛行，而汶長本書見者絶少，顧亭林嘗慨乎言之。國初汲古閣毛氏始重刻宋槧説文原本，大行於世，朱竹君督安徽學政覆刊之，孫淵如又重刻宋小字本，而許書善本家置一編矣。

徐氏鉉，字鼎臣；弟鍇，字楚金，廣陵人。
李氏燾，字仁父，丹棱人。
毛氏晉，字子晉，江蘇常熟人，遍刊十三經、十七史及説文等，於國初諸儒講求實學裨益非細。子㝣，字斧季，能承父志，校説文至五次，然求精太過，反致誤改，不如第四次本爲善，詳袁氏廷檮汲古閣説文訂。朱竹君先生筠，直隸大興人，弟石君先生珪，官至大學士，謚文正，兄弟文學德望並爲儒宗。

一〇

儒者通經求致用，學人識字爲通經。
無雙經學茂堂繼，南閣重門盡發扃。

儒者通經爲致用也，識字爲通經也。許君五經之學古稱無雙，説文所列字多孔壁古文，其説解本爲發明經義，且以破俗儒用隸書説字解經之謬。字義明而經義明，本義明而叚借明。且萬物咸睹，靡不畢載，道德性命、禮樂制度、名物象數、各經師説兼綜條貫，故説文爲五經之門户，非遍通五經者不能爲之注。段氏於各經皆覃思研精，知其典要，觀其會通，故其注說文，探賾索隱，擇精語詳。南閣重門，扃鐍盡開；北海六藝，要領已得。學者由此治經，如舉一綱而萬目張，解一卷而衆篇明，深造以道，左右逢源矣。

一一

段學審音精轉叚，通經從此入門庭。

閒從未谷求餘義，還向安邱問古形。

段氏音學至精，究洞轉注叚借之源，所著古文尚書撰異、毛詩故訓傳小箋、周禮漢讀考等書，皆與說文注相表裏，學者由此得治經門徑。三代古文，後人所謂佶屈聱牙者，讀之可一一文從字順。故國朝爲說文學者三大家，桂氏富於義，博采百家羣書之詁；王氏精於形，善讀鼎彝銘勒之文；而由識字以通經，發疑正讀、旁推交通，典章經制探端知緒，則莫徑於若膺先生書。學者治說文，當以段氏爲主，輔以王、桂，兼及嚴、鈕。而朱豐芑說文通訓定聲除顛倒轉叚名義外，頗稱詳核。張乳伯說文發疑獨抒心得，足發初學神智。及其餘先輩論撰精者，學有餘力，流覽及之可也。我朝文字音訓之學極盛，經師撰述美不勝收，而以段氏説文注、郝氏爾雅疏、王氏廣雅疏爲尤要。三書鼎峙，學者讀之，於通經綽有餘裕矣。然段氏以説文解經，多得本旨，王氏以廣雅解經，或違古訓，陳氏澧舉「被之僮僮」一條爲例。又當分別觀之。

桂先生馥，字未谷，山東曲阜人，作説文義證，卷帙繁，刊本頗多脱誤。

王先生筠，字菉友，山東安邱人。作説文釋例、説文句讀、説文繫傳校録，釋例最精，惜時有違異許君處。

此外諸儒論撰多善，舉其尤便初學者如下：

嚴先生可均，字鐵橋，浙江烏程人，作説文校議，甚精審。

紐先生樹玉，字匪石，吴縣人，作説文新附考、説文段注訂，頗平允。

朱氏駿聲，字豐芑，長洲人，作説文通訓定聲。

張氏行孚，字乳伯，□□人，作説文發疑。[一]

[一] 張行孚，浙江安吉人，原文空格疑當作「安吉」二字。

一二

字林考逸僅殘編，拱璧完存貴玉篇。
許學支流書不少，最精汗簡有新箋。

呂君忱字林繼説文而作，亡逸已久。任子田從羣書采獲，爲考逸一編。其餘六朝諸儒字詁引見經典釋文者，原書皆亡，惟顧氏玉篇完然具存。十四篇外，兹爲鴻寶矣。此後如張氏參五經文字，唐氏元度九經字樣，郭氏忠恕汗簡、佩觿等，皆許學之支流。汗簡有鄭伯更箋正，甚精審。

梁顧君野王，字希馮，吴人。

宋郭氏忠恕，字恕先，洛陽人。

鄭氏知同，字伯更，貴州遵義人。子尹先生子，有説文詳校，據本甚多，寫定無幾。我故友王幹臣前輩仁俊依其條例踵成之，裒然巨帙，身後不知安歸，附識於此。

一三

郡國山川得鼎彝，古文可補說文遺。
通人好古還防弊，異說休滋後學疑。

說文敘云：「郡國亦往往於山川得鼎彝，其銘即前代之古文，皆自相似。」謂與孔壁古文相似也。二千年來，陵谷變遷，吉金出土何可勝紀？集録其文以補說文古籀之遺，固博物君子之事。然或因此訾謷叔重，且疑壁中漆簡爲周末後學傳寫，非孔子手書，則大謬不然。夫古文殊體甚多，壁中之書蓋每字取其一體最正者，後出彝器款識體不盡同，初無足怪。如漢碣唐碑，字體各異，豈能因此而議熹平、石臺、開成點畫之非。古今人心厚薄不同，許君以鐘鼎文證明壁書，今反以鐘鼎文而妄疑壁書，懸揣加誣，不過欲駕南閣祭酒而上之。後生小子因是妄作聰明，流弊無窮。此亦通人達士所宜大爲之坊也。

古者八歲入小學，即學六書，人人通知，至易至簡。迨隸書行，古文絶，漢末俗說繁興，字例之條迷誤不諭，於是許君據孔壁古文，達倉、籀神怡，博采通人，考之賈侍中逵，作説文解字以明之。蓋道之方行，三尺童子皆能知；及其既廢，必待名德大儒而後興。自是至北宋，治經者皆略識文字訓詁。南宋以後，憑臆説經者多，知此者希。故國朝諸儒又起而昌明絶學。乾、嘉以後，文字音訓之學大明，學者但當讀其書、通其法，本此治經。以辭達意，由小學而大學，由經術以達政治，本誠正修齊治平之道，植通變神化撥亂反正之基，此爲有體有用之學，許君所謂本立而道生也。張文襄師謂治小學但當通知大旨大例，見勸學篇守約。斯爲通論。若廢小學不講，冥行索途，不能通經；或講之過爲繁難，耗費日力，無暇通經致用，其失惟均矣。

廣韻以下説字音之書

一四

法言切韻至精詳，唐、宋增修垂憲章。
顧氏先成唐韻正，遞推詩、易應宫商。

戴氏震六書音均表序曰：「均書始萌芽於魏李登聲類，積三百餘年，至隋陸法言切韻，梗概之法乃具。」

陳氏澧切韻考序曰：「自孫叔然始爲反語，雙聲、疊韻各從其類，由是諸儒傳授，四聲韻部作焉，而陸氏切韻實爲大宗。蓋自漢末以至隋代，審音之學具於斯矣。陸氏切韻之書已佚，唐孫愐增爲唐韻，亦已佚。宋陳彭年等纂諸家增字爲重修廣韻，猶題曰陸法言撰本，今據廣韻以考陸氏切韻，庶可得其大略也。」

案：孫氏反語，以雙聲疊韻合成一字之音。李氏聲類，蓋以諧聲分衆字之部，其後平上去入分爲四聲，以音理遠近相次。至陸氏切韻分二百六部，最稱精詳。唐、宋增修，垂爲功令，雖於三百篇及各經韻語未甚密合，而由近古以考古，必以此爲據。顧亭林先生作唐韻正，因遞考易音、詩本音，由是古音大明。江、戴、段諸家繼起，推闡愈密，六書諧聲，三古用韻，下逮楚騷、漢賦之文，經師發疑正讀之法同條共理，瞭如指掌矣。

一五

亭林音學五書成，江、戴因之分部精。
經韻樓中加邃密，六書音韻表諧聲。

顧氏分古音爲十部，江慎修繼之，作古韻標準，分爲十三部。段茂堂承江、戴之學，作六書音均表，又分十七部，討論至精，諧聲一表尤要。其弟子江氏沅因之，詳列諧聲各字，爲説文解字六書音韵表，以授雷氏浚，王益吾學使刊入經解續編。江氏，字鐵君，艮庭先生孫。雷氏，字甘溪，吴縣人，有説文外編。

一六

才老風期本絶高，明儒季立亦人豪。

雲門土鼓爲卷石，陳氏論詩識更超。

宋吴才老風節甚高，明陳季立亦豪傑之士。由今韻考古音，自吴氏韻補始。雖顛倒厖雜，後人致譏，然孔沖遠有言「土鼓乃雲門之卷石」，創始之功不可没也。陳氏毛詩古音考、屈宋古音義知後世所謂叶音者乃古之正音，則卓識名論，有以開國朝諸儒之先矣。吴氏棫，字才老，同安人。朱子考詩韻、辨東晉古文尚書之僞，皆取其説。陳氏第，字季立，福建連江人。有讀書拙言一篇，指示學者紬繹辭義之方，陳蘭浦亟稱之。

一七

茗柯聲譜用功深，古學傳家有嗣音。
繩貫絲牽莫淆雜，子雲復作契精心。

陳氏澧曰：「張皋文説文諧聲譜有絲牽繩貫之法。如關雎首章鳩、洲、逑三韻，以洲字牽貫於鼓鐘三章，鼛、洲、妯、猶四韻，則鳩、洲、逑、鼛、妯、猶六字同一韻也。又鳩字九聲，仇字亦九聲，以鳩字牽貫於兔罝二章逵、仇二字，則鳩、洲、逑、鼛、妯、猶、逵、仇八字同一韻也。初學者依此法牽貫之，則無不識古韻者矣。」又曰：「皋文著此譜未成，其子彦惟續成之，澧昔年至其家見之，尚未刻。」

案：自來言古音者，皆就陸氏二百六部分合之，由近古以通古，途徑既闢，研覈日精，至孔顨軒詩聲類、張氏父子諧聲譜，乃不復依傍韻部而專論古音。造車合轍，張書尤詳，其表譜甚精細，而牽貫之法實至簡易，故東塾特舉之。學者即此可知詩韻與説文諧聲條理合一，古音部居且不待分明矣。

説文諧聲譜，皋文先生原稿二十卷，其子彦惟先生成孫廣之爲五十卷，但題諧聲譜，世所行本頗多漏略。今葉揆初觀察得其兩世手稿，又別借傳鈔本，請戴綏之同年參互考訂，精寫印行。當俚俗亂雅、邪説爭鳴之日，而勤勤拾遺補藝、孤韻獨攻，剥復循環，倘斯文未墜，元音正始有幾希之望乎？

戴綬之同年姜福，吴縣人，穎悟絶人。光緒辛巳，與余俱以幼童補博士弟子員，而君年尤少。癸未，同食餼。乙酉，余以拔萃、君以優行貢成均，並蒙座主黄漱蘭師激賞。余好治經，君亦研精説文篆籀，又博通乙部書，文章爾雅，行宜耿介，中歲數奇。既舉於鄉，跋涉蜀道，小試絃歌，清操惠政，不愧所學。遭亂去官，筆耕自給。前年嘗有詩文貽余，未及覆而君卒。悲夫！此書千條萬縷，悉心鉤稽，臯文而可作也，其必樂後世子雲之知我矣！

一八

切韻考分内外篇，雙聲疊韻貫珠聯。
舊音疏朴多岐出，輕重分明此執權。

國朝音學，自顧亭林博考古書，江慎修精辨音理，諸儒繼之，進而益上，無餘藴矣。陳蘭浦作切韻考内外篇，明孫叔然、陸法言之學，表雙聲疊韻，纍纍乎端如貫珠，於學者審音識字極爲有益。陸氏釋文每字載諸家音，或差池甚微，間有誤字。徐楚金謂説文舊本反音多疏朴，其篆韻譜依用切韻。要之反切之法以兩字合成一字之音，上一字與本字爲雙聲，辨其清濁，下一字與本字爲疊韻，辨其平上去入，以此爲權衡而已。

一九

集韻金壇校宋精，南園此學最通明。
遠林忠烈永之介，遺稿表章無限情。

廣韻而下，治音學當亟讀者，莫如宋丁公雅集韻。余往時嘗得一過録段茂堂校宋本，極精審。陳南園受業段氏，篤好此學，其高第弟子潛研博考有成書者：一馬先生釗，字遠林，號燕郊，江蘇長洲人。能以所學達之政事，咸豐庚申，率團練兵討髮逆，陣亡。余得其集韻校勘記稿本，以歸君直從兄，先生外孫也，今書存從孫所。一丁先生士涵，字永之，元和人，閉户著書，不求聞達，博考羣書，殫精窮年，爲集韻疏證。光緒丁亥，貴筑黄公子壽開藩蘇省，甫下車，即訪雷甘溪先生、葉鞠裳前輩與先生及余。余與雷、葉兩君皆準士相見「先生異爵者請見」及鄉飲酒「鄉大夫戒賓」之禮相接。而先生竟如段干、泄柳，三顧未見。以黄公盛德大年相須之殷，初非如徐俟齋之於湯文正，義有睽隔，而相遇之疏如此，殆孟子所謂已甚。然先生節行之高，學不求知，與黄公之休休有容、好賢若渴，士林實交誦之。此皆我國家作人養士二百數十年成此風義。我生之初，儒道高美如此，我生之後，禮俗敗壞如彼，睠言顧之，能不潸然！集韻稿本卷帙甚繁，聞藏丁氏先祠中。二君書於小學皆極有裨益，用晦而明，倘有時耶，君子表微，跂予望之。

復禮堂授小學書目

講習學

文字、聲音、訓詁之學，自漢以來莫明備於我朝。御定康熙字典，極天子考文之盛，羲畫堯章，化成天下。自是儒臣蔚起，闡揚古文、古音、古義之書美不勝録，今舉要列之如左。

爾雅注疏見前。又單注有臧氏庸重刊宋雪窗書院本，顧氏廣圻覆明吳元恭本，曲阜孔氏校本，古逸叢書覆蜀大字本。單疏有續古逸叢書印宋本。

爾雅釋文

邵氏爾雅正義原刻本、皇清經解本。

郝氏爾雅義疏皇清經解本、陸氏建瀛刻本、楊氏以增刻本。

戴氏方言疏證孔戴遺書本。

畢氏釋名疏證依原題。經訓堂叢書本。

王氏廣雅疏證原刻本、皇清經解本。

阮氏經籍籑詁原刻本、淮南書局本。

以上義書類

大徐校定說文解字毛氏汲古閣本、朱氏筠本、孫氏星衍覆宋小字本、小學彙函本。

小徐說文解字繫傳祁氏寯藻覆宋本，姚氏覲元、吴氏寶恕兩覆刻本，小學彙函本。

說文篆韻譜氏馮桂芬寫刻本。

段氏說文解字注原刻本、皇清經解本、江蘇書局本、崇文書局本。

桂氏說文義證楊氏□□刻本、崇文書局本。

王氏說文釋例、說文句讀、說文繫傳校録原刻本。

嚴氏說文校議原刻本、姚氏覲元刻本。

任氏字林考逸燕喜堂叢書本。

顧氏玉篇張氏士俊澤存堂本、曹氏寅本、小學彙函本

司馬氏類篇曹氏寅本。

鄭氏汗簡箋證原印本、廣雅書局本。

以上形書類

廣韻明内府本、澤存堂本、曹氏寅本、小學彙函本。

集韻曹氏寅本、姚氏覆刻本。

陳氏毛詩古音考、屈宋古音義舊刻本、近刻本。

顧氏音學五書原刻本、觀稼樓重刻本。皇清經解内有易音、詩本音、音論。

江氏韻書三種陸刻本、貸園叢書本。

段氏六書音均表附説文後。

陳氏切韻考東塾叢書本。

以上音書類

小學文鈔

參考書

爾雅圖曾氏燠重刊影宋本、近縮印本。

錢氏爾雅古義、爾雅釋地四篇注皇清經解續編本。錢先生坫，字獻之，江蘇嘉定人，竹汀先生從子。

宋氏小爾雅訓纂浮溪精舍叢書本。

義書類

錢氏説文斠詮原刻本、江蘇書局本。

鈕氏説文新附考、説文段注訂原刻本。

馮氏説文段注考正新印本。馮先生桂芬，字林一，吴縣人，博學達政，弟子多碩儒。

張氏説文發疑淮南書局本。

朱氏説文通訓定聲 原刻本。

孫氏古籀拾遺原刻本

雷氏説文外篇原刻本

吴氏説文古籀補原刻本。吴中丞大澂，字清卿，號愙齋，吴縣人，清操博學，古籀書法尤精絶。

形書類

戴氏聲韻表孔戴遺書本。

孔氏詩聲類顨軒所著書本、皇清經解續編本。

張氏諧聲譜葉氏新印本。

嚴氏説文聲類姚刻本。

江氏説文解字六書音均表皇清經解續編本。

洪氏漢魏音卷施閣叢書本。

音書類

小學支流

王氏急就篇補注玉海本、小學彙函本、古逸叢書本。

顔氏匡謬正俗雅雨堂叢書本、小學彙函本。唐顔氏籀，字師古，臨沂人。

顔氏干禄字書唐石刻本、小學彙函本。顔氏元孫，杲卿之父，顔氏自之推以下多以學行忠節著。

郭氏佩觿蔣鄉蓀太守鳳藻鐵花館叢書本。宋郭氏忠恕，字恕先，洛陽人，作汗簡及佩觿。

張氏復古編葛氏鳴陽刊本。宋張氏有，字謙中，湖州人。

薛氏鐘鼎彝器款識阮氏元本、劉氏世珩本。薛氏尚功，字用敏，錢塘人。

阮氏積古齋鐘鼎彝器款識原刻本。

王氏金石萃編原刻本。王先生昶，字蘭泉，江蘇青浦人。

陸氏八瓊室金石補正劉氏嘉業堂本。陸先生增祥，字星農，江蘇太倉人。

洪氏隸釋、隸續汪氏日秀本。宋洪氏适，字景伯，謚文惠，樂平人。父皓，謚忠宣，以忠節正直著，世濟其美。

婁氏漢隸字源舊刻本。婁氏機，字彦發，嘉興人。

黄氏汪本隸釋刊誤士禮居叢書本。

復禮堂述學詩卷十五　述羣經總義

一

樂正教人惟四術，六經始自孔門傳。
漢初樂缺經惟五，萬古璇珠五緯聯。

禮王制記：「樂正崇四術、立四教，順先王詩、書、禮、樂以造士。」文王世子篇言學世子、學士亦惟詩、書、禮、樂。然易掌於太卜，邦國之志掌於史官。經解言「入其國其教可知」，其下備陳六經之教，則易與春秋亦未嘗不以教人，但不必如四術之通習耳。至孔子删詩書、定禮樂、贊周易、修春秋，然後六經之名定，學者亦謂之六藝。遭秦滅學而樂經亡，漢興惟有五經。竊意樂經多記鏗鏘鼓舞，圖譜多而經文少，故周代諸書說樂義者多，引樂經者少。且作樂非一人所能爲，故易亡。大章、咸池、韶、夏、濩、武，遺文餘音，後世渺不可知，至爲可惜。然黃帝、堯、舜、三王功德具載詩、書、禮記，樂之綱要及其大義見周禮大司樂諸職及禮樂記篇章矣。六經之道同歸，五經存則先王所以作樂崇德、移風易俗者，其道亦與之俱存。聖人至教昭若日月，五經至文煥若五星，萬世永賴矣！

二

孔子繙經十有二，莊生此義未詳聞。
孝經、論語聖人訓，萬世尊同六籍文。

莊子天道篇孔子繙十二經以說老子，或以十二經爲六經六緯，非也。緯書出七十子後學者掇拾聖人餘論爲之，術數家又或附以禨祥之說，豈孔子所繙、莊生所云乎？十二之數不可得詳，竊意莊子氣節至高，佯狂放言以避時害，所舉古事往往於衆所共知者變易之，使世俗以爲顛倒離奇，而其實未嘗不即此可見。十二云者，即從六經而倍其數耳，天運篇以詩、書、禮、樂、易、春秋爲六經，其明證也。孔子經論六經，又作孝經以立其大本。門弟子記録聖訓，謂之論語。天道至教，聖人至德，盡在於是，故後世帝王師儒尊之與六經同。漢代五經立博士，而孝經、論語儒者通習。經典釋文及開成石經並列易、詩、書、三禮、春秋三傳、孝經、論語、爾雅爲十二經，宋代又益以孟子，彙刻爲十三經注疏。國朝諸儒精治大戴禮記，謂當與小戴並立學官，總爲十四經云。

三

前議石渠後虎觀，尊經勸學盛宣、章。

同風三代歷年久，人識君臣父子綱。

漢書宣帝紀：「甘露三年，詔諸儒講五經同異，太子太傅蕭望之等平奏其議，上親稱制臨決焉。」

藝文志書、禮、春秋、論語類並載議奏若干篇，孝經類五經雜議若干篇，自注云「宣帝時石渠論」。

後漢書章帝紀：「建初四年，下太常，將、大夫、博士、議郎、郎官及諸生諸儒會白虎觀，講議五經同異。使五官中郎將魏應承制問，侍中淳于恭奏，帝親稱制臨決，如孝宣甘露石渠故事，作白虎議奏。」

案：漢自高帝以太牢祀孔子，命陸賈作新語稱述詩、書，叔孫通定禮。惠帝除挾書律。文、景之間，伏生、申公、賈生等老師碩儒並顯。武帝用董子説，推明孔氏，抑黜百家，立五經博士。至宣帝詔諸儒講五經同異於石渠閣，親稱制臨決而極盛。自是名儒循吏接踵蔚起，海内承平。横遭新莽篡亂，貞臣志士龔勝、鮑宣、梅福、卓茂之屬，守死善道，執節待清。光武中興，投戈講藝，立五經十四博士，修太學，建三雍。明帝即位，親行其禮。至章帝大會諸侯於白虎觀，考詳五經同異而極盛。自是其風世篤，所談者仁義，所傳者聖法，故人識君臣父子之綱，家知違邪歸正之路，士有不講節義者則樵夫牧豎得而功唾之，一行之玷正直羞稱，是用人才濯磨，風俗茂美，幾乎三代。張溫、皇甫嵩之徒，定天下之半，而鞠躬昏主之下，謹守臣節，無有二心。楊震、李固、杜喬、李膺、杜密、郭泰、盧植、孔融之倫，高風義烈，奮乎百世。而許、鄭二君以學行爲千古經師人師，諸葛孔明以王佐才輔昭烈中興。歷年四百，再受天命，治化之隆，賢才之盛，後世罕及，此豈非尊經勸學、化民有道之明效乎？石渠議奏久亡，其佚見詩、禮正義、後漢書補志注、通典等，其禮論蓋戴聖所撰集。白虎議奏，班固論次，謂之白虎通德論，今存。陳氏立爲之疏證，甚精詳。

四

五經通義徵光禄，異義辨章許叔重。
近代通儒精疏證，會通洨長與司農。

石渠講五經，劉子政爲穀梁家，議多見從。五經通義蓋與石渠論相表裏，惜其書久亡，佚文僅見。許君五經異義備列古今文各家説，斷以己意。鄭君駁之，非苟異也，古人學與時進，和而不同。許君異義先成，説文後定，往往説文之説有豫同鄭駁者，是異義未爲定論也。引説文莫先鄭君禮注，是鄭甚重許學，異義之駁當仁不讓，非相違也而相成也。其文每條必稱「許君謹案」，下稱「玄之聞也」，義直而辭恭，君子儒之所以相處也。唐人詩、禮正義皆鄭學，因申鄭義而備引許説，且由此可考見先漢各經師説，鄭學之功大矣。陳氏壽祺爲異義辨證，會通兩家，甚精善。

五

藝論文存各疏中，無窮啓迪後人功。
禮堂問答編成志，家學精傳鄭小同。

鄭君將注羣經，先作六藝論，今其佚文引見各疏中，蓋全經大義舉矣。鄭君應答弟子問難經義之語，門人各記所聞，鄭小同撰定之，謂之鄭志，詩、禮正義多引據以與箋注相參證。君子學以聚之，問以辯之，有弗辨、辨之弗明弗措也。古之學者讀書必求心解，真後儒所當取法。聞成氏蓉鏡爲鄭志疏證未成，吾友費屺懷欲續爲之，君直從兄亦嘗疏證藝論，惜皆未卒業。

鄭小同有孝行忠節，能傳家學，不愧鄭君孫。鄭君守死善道，高行爲儒者宗，子益恩赴孔文舉之難，孫小同又以忠於魏爲司馬師所酖，儒門節義，芳風振百世矣！

六

南北學分三百年，德明訓義並沈研。
經音十二注家九，顏、孔諸家此導先。

晉室板蕩，神州分絶，而學派亦南北各異。北學守舊，南學喜新，惟詩、三禮、春秋公羊同主毛、鄭、何氏；易、書、左傳則北宗鄭、服，南尚王、杜、僞孔。學派區分且三百年，至隋劉焯、劉炫始混同各家，意欲兼綜條貫。而易、書、左傳北學遂微，至可痛惜。陸德明南人，作經典釋文雖據當時習尚，而鄭氏易、書注，賈、服左傳解，及諸家舊義，猶賴以略存梗概。唐太宗極重其書，蓋博稽精研，網羅放失舊聞，使千載下尚可考見，厥功非細也。陸氏爲易、書、詩、三禮、三傳、孝經、論語、爾雅十二經及毛、鄭、何、王弼、僞孔、杜預、范武子、何平叔、郭景純九家注作音，成書尚在隋世。唐初顔師古定本，孔沖遠、賈公彦、楊士勛義疏，所奉注皆因之。

七

漢、魏石經渺難覯，高曾規矩僅開成。
蜀殘宋缺明粗補，稽古憲章炳大清。

漢熹平石經、魏三體石經皆亡，斷碣殘文代有出土，好古者珍如拱璧，摹刊流行。蜀石、宋石佚存較多，惟唐開成石刻十二經，及宋刻孟子，雖有缺文，尚巋然具存。明王堯惠補其脱爛，學者奉爲高曾規矩。顧亭林、張蒿庵以下考正甚詳。然漢、唐石經皆刻於衰世，惟我朝稽古右文，當乾隆治化極盛、經學昌明之際，釐正經文，立石太學，儒臣詳議，折衷欽定，垂萬世憲章。聖作物睹，天下文明至矣哉！

八

高廟五經萃室記，深嘉武穆表精忠。
九經三傳詳沿革，喜有文孫岳倦翁。

乾隆時，得宋岳武穆王之孫珂所刊春秋，入天禄琳瑯藏書。既又得易、書、詩、禮四經，高宗純皇帝特建五經萃室，爲之記，以爲事關天理人心之正，不可不記。且曰：「吾於是慨武穆之忠，而喜其有文孫承繼家聲也。又恨宋高宗之信奸相、忘復讐，而自壞其長城也。」又謂：「天之報施善人固不爽，而司馬遷怨尤之語，誠不足爲信史也。」大哉聖訓，所以教忠孝、維綱常、闡天道、正人心者至矣！

岳氏珂，號倦翁，相州湯陰人，武穆王之孫，刊經以明聖道，籲天以辨祖誣，忠孝家風馨烈萬古。所刊五經，高廟特命重刻，昭示儒林。曾文正公督江南時，令書局覆刻武英殿本行於世。倦翁有九經三傳沿革例，甚有益學者。

九

經疏唐時惟十一，諸家雅訓釋文參。
邢、孫補後成兼義，孟子躋經定十三。

孔沖遠奉詔爲五經正義，賈公彦同修禮記，而別爲周禮、儀禮疏，楊士勛同修左傳，而別爲穀梁疏。又公羊疏文義類六朝人，不類唐人，近儒以爲徐遵明所爲，蓋得之。孝經、論語舊有梁皇侃疏，孔、賈亦並疏孝經，及玄宗御注，命元行沖作疏。唐時有疏者凡十一經。爾雅無疏，而諸家舊義多存釋文。至宋邢叔明、孫宣公，校孝經，疏論語、爾雅，音孟子。濂、洛以後，孟子躋經，邵武僞疏濫竽其間。南宋之末，合經注與單疏爲一書，初名兼義，後稱注疏。歷元、明至今七百餘年，學者通稱十三經注疏。其各注各疏優劣，前已詳之。

一〇

困學功深紀所聞，經腴道味樂紛欣。
玉金淵海同舒、向，輿蓋一廬絶世紛。

宋王先生應麟困學紀聞，前數卷説經，博綜羣言，考正詳備，精理妙緒，羅列紛欣。昌黎所謂「沈浸醲郁，含英咀華」者，於此書見之。先生宋末飛遯潛藏，樓居著書，惟天爲蓋、地爲輿、古聖賢爲徒，作玉海等，淵深博極，沾溉後賢。劉孝標云「舒、向金玉淵海」，可謂先後同揆。紀聞一編，尤初學所當亟讀。

先生字伯厚，浚儀人，官至禮部尚書。

一一

史傳儒林志藝文，元元本本備前聞。
大儒專傳尤須讀，師法昭然經緯分。

學者治經，必先知傳經源流、經義得失。歷代史書藝文、經籍志、儒林傳皆當讀，而唐以前尤要。大儒專傳，如漢賈生、董子、劉更生、盧子幹、鄭君、三國虞翻、韋昭以下，讀其書必知其人論其世，識其師法傳授、論撰大意。此入室由户第一要義也。

一二

四庫包涵前古藏，三辰珠璧焕文章。
臣昀奉詔爲提要，漢宋源流得失彰。

自漢以來，中祕書著録莫盛於我朝欽定四庫全書。時紀文達公昀奉詔爲提要，漢宋源流，古今得失，元元本本，殫見洽聞，漢光禄大夫臣向不得專美於前矣。元弼少時，謁太夫子潘文勤公祖蔭，公命先讀是書，於今點校本猶在，先君子、先仲兄皆爲諟正。五十年來，於經類流別頗多考詳，語在拙撰各書云。

文達字曉嵐，河間人，博極羣書，英儒瞻聞罕能及之。

文勤字伯寅，吳縣人，廉直勁正，而禮賢愛才、獎誘後學若恐不及，刊有滂熹齋叢書、功順堂叢書。

一三

聖道干城王佐才，天生豪傑豈虛哉。

日知所録經心揭，儒效胡、曾從此恢。

顧亭林先生以王佐才遭明訖籙，志存興復，及見我大清聖德天覆、薄海治平，乃知真王應運，退隱著書，全節以終。其所論列，大而郡國利病、經世遠謨，細而聲音文字、曠古絕學，包舉靡遺，毫釐必辨。而日知録一編，於名教綱常之順逆，風俗人心之邪正，歷代治亂，民生休戚，言之至爲痛切，真聖道之干城，孟子所謂豪傑之士也。其後惠、江、戴諸通儒，由之以實事求是，精發經義；胡、曾、左諸名臣，由之以博學爲政，削平禍亂。天生達人，豈虚言哉！日知録首數卷説經，精深博通，學者讀困學紀聞後即當讀。顧先生炎武，字寧人，號亭林，江蘇崑山人。其母王太夫人，明旌貞孝，明亡，不食而死。先生承母志，不事二姓，可謂忠孝完人。其所著書皆平實無過激流弊。先帝時，奉旨與黄宗義、王夫之並從祀文廟。

一四

四世傳經紅豆齋，英華震發惠松崖。
九經古義羣儒鵠，啓發篇章後世楷。

惠氏四世傳經，詩書之氣鬱積深厚，英華震發，篤生通儒。定宇先生易學紹千載不傳之緒，而九經古義等書亦皆爲後師指南。乾隆間，歙有江慎修，吴有惠松崖，創通各經大義，爲羣儒開先，擬之漢師，其在許、鄭、賈、服之間乎。

一五

惠學传人余仲林，古經解誼善鉤沈。
拾遺捃祕遵師法，志士窮年多苦心。

余先生蕭客，字仲林，號古農，松崖先生弟子。家貧力學，博覽羣書，撰古經解鉤沈，戴東原序之，謂其間有鉤而不沈、沈而未鉤者。然其爬羅蒐討，濳研博稽，斯已勤矣。晚歲失明，猶孳孳不倦，志士苦心，老窮彌篤，豈纓情好爵、有爲爲之者所可同日語耶？余嘗見其文選紀聞殘稿，不識世有能刊之者否。

一六

錢、王異曲亦同工，蛾術、養新並博通。
心貫九流多卓論，二劉方駕有汪中。

錢先生大昕，字曉徵，號竹汀，江蘇嘉定人。與同邑王先生鳴盛並以精研經術、博極羣書稱。近儒多謂王不及錢，然西莊識力絶高處亦自不可及。養新録、蛾術編均足裨補經訓，啓發後人神智。江都汪容甫先生中，亦絶世才，博學雄於文，阮文達録其述學云：「口敝萬卷，心貫九流，劉焯、劉炫方斯倫匹。」容甫生平頗不理於世俗之口，然事母孝，待亡友惓惓不忘，殆所謂古之狂者歟？述學説經多貫通大義，惟論大學、書墨子爲遍駁不可信，行文得力左、國，非取法近代文章家者比也。

一七

遍校十三經注疏，芸臺相國學無雙。
國朝漢學師承記，老友每推同郡江。

阮文達公以大雅宏才際文治中天之運，蒐訪十三經善本，博延通儒，考其同異，而以己意定其是非，成校勘記，開示學者途徑，如晦見明。又刻皇清經解，鉅儒宏編賴以流傳，函丈青衿資以講習。於時其老友江氏藩，作國朝漢學師承記，敘經師授受源流，炳焉與兩漢儒林並軌，且復過之。經學之盛，千載一時，撫卷流連，曷勝思古之幽情、懷舊之蓄念乎？

江氏藩，字子屏，號鄭堂，江蘇甘泉人，惠氏弟子。

一八

王氏述聞精訓詁，釋詞通貫妙幾微。
讀書舉例非求貫，慎重經文知者希。

高郵王氏最精訓詁，經義述聞改字改訓，雖不盡確，各有條理；經傳釋詞尤貫徹纖微，創前古所未有。其變易舊解，蓋以示發疑正讀之例，非故矜奇立異。故友陳孝堅述蘭浦先生之言曰：「學者但見王氏多駁舊注，試將述聞各條書之注疏上方，往往二三十頁僅見一條，是其駁舊注者甚少，從舊注者甚多。蓋前儒慎重經文，必沈潛反覆，義順上下，旁通曲證，心得積久而後著之，初非苟且下筆。」案：此意知者絶希，以王氏之精審不苟，然改易古訓猶往往未當。如詩「終風且暴」，爾雅云「終日風爲終風」，毛、鄭皆本之。而述聞謂「終」當訓「既」，與「且」字相貫，舉小雅「終和且平」、商頌「既和且平」等句相證。然詩有下言「且」上言「既」者，如「既和且平」之等是也；亦有下言

「且」上不言「既」者，如「旨且多」、「多且旨」、「和樂且耽」之等是也。「終日風爲終風」，爾雅古訓，自是作詩本義，何必改訓爲「既」而後下文可用「且」字乎？若此之類，往往有不必改而改者。讀王氏書者，當知其訂誤釋疑之法，並知其慎重經文之意，慎勿於本字舊訓明白無疑者，妄以假字他訓易之，使經文體無完膚，大道由此破碎，斯得之矣。

一九

讀書須學古人行，通義名言述漢儒。
東塾讀書真足法，漢宗鄭氏宋宗朱。

近世儒者精博通深、中正無弊莫如番禺陳蘭浦先生澧。其輯漢儒通義，字字精金美玉，學者讀之，有益於身，有用於世，蓋與白虎通義、近思録先後一揆。所著地理、聲律、切韻諸書皆極精實，而東塾讀書記挈羣經綱維，尤爲切要。其言曰：「學漢儒之學，尤當學漢儒之行，漢儒善言義理，無異於宋儒，近儒尊漢儒而不講義理，非也。」又謂：「鄭學中正無弊，魏、晉以後天下大亂，而聖人之道不絶，惟鄭氏禮學是賴。」又謂：「國朝考據之學源出朱子，不可反詆朱子。」皆至當不易之論，且爲近數十年豫塞亂源，對證發藥。讀書記惟説易稍疏，然利貞成既濟，已舉虞、惠精義示人，餘皆提要鉤元，義據深通，由此讀經，如秉燭幽室，巨細畢見。而孟子一卷尤足感發人之善心。學者讀困學記聞、日知録後，當亟讀是書。此三書卒業，經學經緯途徑得已過半矣。先生弟子達者甚多，梁文忠公行誼尤足光師門。余與先生少子宗潁友善，得聞緒論，多著於篇。

二〇

古書疑義誰明例，善氣迎人老曲園。
平議一編須善讀，莫將破碎起煩言。

俞先生樾，字蔭甫，號曲園，浙江德清人。究極篇籍，著作等身。其説經宗高郵王氏，羣經平議等書久爲士林傳習。而古書疑義舉例尤發揮旁通、左右逢原，學者知其例而善用之，通其所難通，毋疑其所不當疑，是爲得之。余與先生之孫階青前輩陛雲同舉於鄉，摳衣禮堂，嘗從捧手有所受。先生善氣迎人，引誘後進如不及，老輩風度，殊令人思也。

二一

諸儒文集多通義，經解兩編富括囊。
竊取經郛條別意，考詳得失爲提綱。

阮文達初欲薈萃國朝經師之説，謂之經郛，陳功甫爲定義例，見左海文集。既乃彙刻諸家完書爲皇清經解，而選取各經師文集附焉，王益吾前輩續編亦然。光緒戊戌，張文襄師屬編十四經學，以舉大義、正人心，立明例、要旨、圖表、會通、解紛、闕疑、流別七目，其法甚善而事甚難。梁文忠又以經生行文多涉破碎，沾沾於字句名物，而於天道、人倫、王政之大罕所發明，屬余編經學文鈔。余因博采衆家，與節盦商榷去取，積年成書，務在闡明先聖作經垂教之旨，精别經師授受源流。二書蓋亦經郛之意。今經學文鈔行於世，惜十四經學未成而吾年老矣。一息尚存，猶當黽勉圖之。

二二

洚洪方割勢滔天，砥柱中流勸學篇。
守約揭明經大義，教忠誠意更拳拳。

光緒丁酉、戊戌間，邪説横行，如洪水滔天，假變法圖強之説以決裂綱常、紊亂憲章。學非而博、言僞而辯之徒，又誣聖經以文姦言，迷國誤朝，塗民耳目，人心囂然不靖，天下大亂將起，其禍實由學術之謬。張文襄公於是有勸學篇之作，其守約一篇舉治經要領，而教忠篇誠意拳拳，尤報禮之士、戴德之民所當知。

張文襄公之洞，字香濤，一字孝達，直隸南皮人。博學爲政，通達古今，其論學論治以「尊親富教」四字爲主，延攬英才，集思廣益。遭時多難，力任艱鉅，朝廷知其公忠體國，是以疑謗不至中傷。勸學內篇皆致治之本，外篇皆救時之要。如此措施，以六經孔孟之道爲體，以聲光化電應敵制變之具爲用，安有人心不靖、亂起倉猝之患？無如不學無術、包藏禍心之徒，罔上誣民，一傅衆咻。天禍中國，顯后、景皇同時升遐，公鞠躬盡瘁，不久薨逝。而奸逆無所忌憚，神州遂以陸沈，悲夫！勸學各篇閎意眇指皆由治經精義推合世用，而守約篇舉羣經綱要，教忠篇詳述本朝仁政之實。通儒純臣之言，尤有志學問政治者所當奉爲準的也。

二三

大廈將傾支一木，堂開存古學明倫。
南皮首倡陳、朱繼，碩果經冬待發春。

光緒庚子、辛丑後，內外臣工競言新政，不揣其本而齊其末。各省遍立學堂，有司奉行，不能仰體朝廷救民水火之至意，鹵莽從事，弁髦六經，顛倒三綱，莠民邪説乘機作亂，如枝葉未害而先撥其本，如江河安流而自壞其防，人心好亡惡定，大厦岌岌將傾。張文襄師既於奏定學堂章程注重讀經，又奏立湖北存古學堂，以保國粹、正人心、塞亂源。蘇撫長沙陳公繼之，與朱竹石方伯師籌商規畫，奏立江蘇存古學堂，議者多以爲迂，而不知其爲當務之急。其在周易，碩果不食，將有復生之理？存古之立，其剥窮於上、復生於下之胚胎乎？惜運罹屯蹇，未知草昧何日發蒙耳。

陳公啓泰，字伯平，湖南長沙人。清正率屬，勤恤愛民，禮賢勸學，勤勤以正人心、培元氣爲務。

朱竹石方伯之榛，浙江平湖人。清廉拔俗，實事求是，官蘇省久，歷署藩臬，考課紫陽書院，英偉之士多出其門。吾吴地近海濱，邪説易染，師竭力持正，存古繼鄂省而立，師倡其議而陳公深然之。於時大吏若陸文烈公、毛實君提學、左子異方伯，縉紳先生若鄒詠春、葉鞠裳兩侍講，王幹臣太守，皆合志同方，黜邪崇正。元弼從諸君子後，日以聖經大義、天秩人倫、古今中外不易之正道定理與諸生講明切究，陳説列祖列宗深仁厚澤、主上宵旰憂勞。講習有年，濟濟英髦，多感奮力學，以期致用。而惡直醜正實繁有徒，綱常名教之説正深中亂人之忌。世之將否，君子道消，陳中丞、朱方伯師皆逝。庚辛之間，任蘇撫者爲喪心負國之程德全，本不學無術，又羣小邪説充耳醉心，逆節將著而存古先廢。大過棟橈，未濟月晦，忽忽且二十八年矣。然學派粗存，書種未泯，歲寒松柏，歷盡冰霜，入春復榮，聖道無中絶之時，吾以天理決之。

二四

束髮研經忘寢食，於今白首愧無成。
仁爲己任死而已，寫定羣經期畢生。

此元弼生平志也。天地之性人爲貴，每獨居深念，既受天地最貴之性，生世篤忠孝之家，蒙國家教養知遇之恩，讀聖經賢傳、歷代通儒名臣之書，粗明其義，而困於目力，不能有爲於世。仰維高厚，未答涓埃，惟有勉竭寸長，闡明先聖至教，感發斯人良心。與子言孝，與臣言忠，與弟言弟，與友言信，耿耿孤懷，諄諄苦口，永言弗忘，終吾身而已矣。

二五

不自我先不我後，獸蹄鳥迹遍中原。
殫殘聖法無君父，何日天開八表昏。

孟子曰：「無父無君，是禽獸也。」人性皆善，而氣質之遍，或不能無惡。世衰道微，惡而至於無父無君，則盡滅其性矣，人性滅則是禽獸矣。人而自棄於禽獸，則天亦將以禽獸視之，而禽獮草薙之浩劫至矣。嗚呼！此自古聖賢之所深悲，不幸我身又遇之也。

二六

空江猿鶴漫沈吟，希聖如聞木鐸音。
孟子有言非好辯，亟留書種正人心。

此元弼所以不得已於著書也。

二七

欲正人心先正學，治經務使得其門。
敷陳大義明源委，語重心長更約言。

此述學詩所以作也。自此以下，更舉全書之要而約言之。

二八

人類苟無絶滅秋，聖文天地永同流。
霧能隱日彌增耀，至教將行五大洲。

自洪荒剖判以來，天下之亂固已多矣，而反易天常、陷溺人心、殺人不忌未有如今日之甚者，意古帝王神聖所以愛敬生養、保我萬世黎民之道從此將亡乎？曰：不然。天下之生久矣，一治一亂，亂極必治，使自今而後人類遂變爲四足而毛、二足而羽，且盡成豺狼梟獍蛇蝎以相屠食則已矣，若猶是戴天而覆地也，猶是孩提知愛、少長知敬也，則聖人之道固人心之所同然。六經之教，天經地義，民實則之。人類非是無由相生相養，天下非是無由以富以教，殺運非是無由止，邦基非是無由固。乾坤有一日之定，則聖經必大行於世，以爲皇建有極、錫福庶民之本。易明夷之象曰：「君子以莅衆，用晦而明。」聖經至教與天地同流，有消必息，久晦愈明，如霧能隱日，霧散而日愈光。當戰國、暴秦之時，積血暴骨，焚書坑儒，聖道大晦矣。至漢而羣經並出，天下莫不誦法孔氏，用儒術成善治四百餘年。漢末，曹操求不孝不弟、被污濁可恥之名而有濟國安民之略者，自是節行衰、風俗壞，篡弒相仍，中原塗炭，聖道又晦矣。而六朝諸儒，鄭學之徒，風雨雞鳴，維持禮教。至唐貞觀，而河、汾師友助興太平，孔、賈名儒裁定經疏，治化稱極盛。唐末五季之亂甚於六朝，天地閉，賢人隱，聖道又晦矣。而宋代尊經勸學，名臣蔚起，天下資以治平，大儒踵興，後世奉爲師表。宋末儒風衰於元而興於明。明末逆閹亂朝，凶盜簒國，而士大夫節義未衰。至我朝而經術昌明，道同德一，名臣大儒助揚聖化。堯、舜之澤，周、孔之教，立我烝民，光被四表，斯道之在天下，無中絶之時。物不可以終盡，剥窮受之以復，此天理之不可易者。今天下之亂，誠開闢以來所未有，然列聖教澤猶在人心，山林師儒保存書種，後起英髦亦有篤信好學之士，東西各國並有專精中學之儒，乾坤而不息也，聖人之教必有遍行於五大洲之一日。荀子曰：「弟子勉學，天不忘也。」守道待時，請以吾言爲左券。

二九

天降下民有與立，彝倫攸敘作君師。
凡同血氣同心理，坤以簡能乾易知。

人所以相愛相敬相生相養相保，立天地心而並育萬物者，以其有五常之性，敘而爲五品之倫也。天生斯民，與以善性而不能自覺，於是篤生仁聖賢人，作之君以治之，作之師以教之，而人道由是立。治之而治，教之而化，此人性之善，大異乎冥頑不靈之禽獸。凡圓顱方趾之民，同此血氣，即同此心理。聖人感人心而天下和平，所謂乾以易知、坤以簡能也。天下無不可化之人，聖經無不可與言之人，咸臨貞吉，教思無窮，願有心世道之君子勉之。

三〇

伏羲以後訖周公，制作神功造化同。
孔子集成垂六藝，要歸子孝與忠臣。

此結言作者之聖，自伏羲以訖周公爲天下作君，孔子爲萬世作師，其道備在六經。所以繼天立極，開闢草昧，備物致用，興利除害，美利天下，奠安萬世者，如天地之無不持載、無不覆幬，而其要在明人倫，人倫莫重於君臣父子。中庸曰：「惟天下至誠爲能經綸天下之大經，立天下之大本。」大經，六藝也；大本，孝經也。孝經本父子之道以維君臣之義，子孝臣忠而愛敬不可勝用，天下永永太平。此道之大原出於天，天不變道亦不變者。聖人人倫之至，六經之道同歸，故學者治經必先識忠孝二字。

三一

顔、曾、游、夏暢儒風，百有餘年日再中。
萬世皆知尊孔氏，子輿不讓姒王功。

此敘大賢繼聖而作。由孔子而來，顔、曾德行，游、夏文學，及其他諸賢傳道講學，歷百有餘歲。去聖漸遠，異端並起。孟子以亞聖命世之賢，道性善、稱仁義、明王道，以正人心、息邪説，而孔子之道如日再中天，昌黎以爲功不在禹下。楊、墨之害同於洪水，微禹則堯、舜無以平地成天，而斯人其魚；微孟子則孔子之道爲楊、墨無父無君邪説所亂，亂臣賊子將接迹於後世，而斯人其獸。故六經集大成於孔子，而孔子之道大明於孟子。學者治經，必折衷孔、孟之言。

三二

孟子而來及董生，儒宗許、鄭起東京。
昌黎正學開朱子，卓爾亭林大義明。

此結言述者之明。孟子以後二千餘年，聖道所以相傳不絶，天下所以屢亂復治，經師大儒垂世立教之功至巨。歷代儒林，國朝先正，行誼著述，大矣美矣盛矣。而繼往開來，學派統歸於江都、召陵、高密、昌黎、紫陽、崑山六賢，此聖門之宗子，人倫之師表也。

三三

數子儒門仰岱宗，衆賢嵩、華列羣峰。
小山叢桂人何在？雲裏書聲應蟄龍。

此六君子者，學派足以振興數百年風氣，著述萬古不可磨滅。聖道以明，人心以正，儒效以彰，其五嶽之岱宗乎？其餘大師名儒，傳經昌道，繼繼承承扶天秩人綱於不敝，皆聖門功臣。如嵩、華、恒、霍、岷、嶓、衡、廬，各鎮千里而遙，巍峩不可及。元弼不敏，峛崺培塿，勉成一簣。宣統丁巳，重遭亂賊干紀，遯世獨立，悲嘯永歎。小山招隱，叢桂深藏，空谷無人，幽蘭憔悴，託小雅變徵之音，述平生積學所得，其誰聞之而誰知之？意惟乾元潛龍乎？乾道變化，時潛而潛，時飛而飛，倘天地再清，彝倫復敘乎？謹與海內懷忠履潔之士、去逆效順之民，延頸跂踵以待雲行雨施而天下平。

復禮堂授羣經總義書目

講習書

學者治經，當先知要略，然後博稽廣覽、究極篇籍，終於融會貫通、由博反約，而先儒統宗歸極之約言，即後學探端知緒之要道。今綜括終始，分類列目如左。

唐宋石刻十三經在陝西西安。此經本存世之最古者，各經皆當據以正版本之誤。近張宗昌摹刊木版，寫校甚精。宗昌武夫不學，而有三事深足取：一孝母，二尊王，三刻經。聞其母生辰，蒙御賜匾額，跪迎謝恩。刻此書，延聘夙精校勘者專任之，故其本爲善。惜鹵莽無謀以及禍敗，幸書版尚存。

國朝石經在京師太學。

仿宋相臺五經武英殿本、江甯書局本、崇文書局本。

十三經注疏每經注疏分入各類，兹復總舉以著大數，以下覆舉者例同，初學可先讀校勘記序。

經典釋文每經音義分入各類，初學可先讀敘録。

古經解彙函、小學彙函廣東書局本。其中尤精要者分著各經及小學類。

皇清經解學海堂本。尤精要者分著各類，續編同。

皇清經解續編南菁書院本。

以上彙刻經本經義，通人自能博觀詳擇，初學但識其序例名數可也。

歷代藝文、經籍志、儒林傳，大儒專傳漢藝文，隋經籍，自漢至唐儒林尤要。史、漢、三國近有劉氏承幹覆蜀宋本。又史記有江甯書局合刻集解、索隱、正義本，後附札記。兩漢書有王氏先謙補注，晉書有吴氏士鑑、劉氏承幹斠注，皆甚詳備。

欽定四庫全書總目提要經部武英殿聚珍版本、揚州刻本、廣東書局本。

江氏國朝漢學師承記舊刻本、近刻本。

以上經學源流、經義要略，初學治經當先考求。

五經異義陳氏疏證左海全集本。聞皮氏錫瑞更有辨説。

六藝論陳氏鱣輯本。

鄭志王氏復輯本。聞藝論、鄭志皮氏皆有疏證，鹿門在今文家頗爲精實，去瑕取玖，佳處當多。吾老矣，

近人書不能多讀，姑綴斯語。

古經師通説經義之書，白虎通義外，此三書遺文存者較多。白虎通義已入禮類，

實亦羣經總義也。

王氏困學紀聞閻氏若璩、何氏焯等注本皆善。

顧氏日知録黄氏汝成集釋。原刻本、近刻本。

王氏經義述聞、經傳釋詞原刻本、皇清經解本。
陳氏東塾讀書記原刻本、皇清經解續編本。
張氏勸學内篇崇文書局本。
經學文鈔綱領三卷凡各經師發揮大義之文皆分類采入此書，然如顧亭林、戴東原、段茂堂、阮芸臺、孫淵如、汪容甫、張皋文、陳功甫、凌次仲、胡竹村、陳蘭浦諸先生文集，説經居太半，考據精確，指示後學津途，此書采録所未及者，皆宜别讀。
復禮堂文集、二集家刻本。
復禮堂述學詩家刻本。

以上通説羣經要義，自困學紀聞、日知録説經各卷以下，爲治經階梯，初學當亟讀。惟經義述聞祇須通其義例，識古人比類合誼、發疑正讀之法，其每條得失，隨經考詳可也。

參考書

漢石經殘文

魏三體石經平津館叢書本。

蜀石經劉健之觀察體乾印本。

宋臨安石經在今杭州府學。

張氏參五經文字附唐石經後。

唐氏元度九經字樣附石經後。

岳氏九經三傳沿革例舊刻本。

錢氏坫十經文字通正書經訓堂叢書本。

嚴氏唐石經校文原刻本、姚氏覲元刻本、張本石經後附刊。

通志堂經解納蘭原刻本、廣東書局本。

錢氏大昕養新録原刻本、皇清經解本。

王氏鳴盛蛾術編原刻本。

王氏昶湖海文傳舊刻本。

俞氏羣經平議、古書疑義舉例原刻本、皇清經解續編本。

羣經總義支流

漢魏叢書明程氏榮本。

武英殿聚珍版叢書

盧氏見曾雅雨堂叢書

盧氏 文弨抱經堂叢書

孔戴遺書

爨軒所著書

錢氏潛研堂全書

段氏經韵樓叢書

阮氏文選樓叢書

孫氏平津館叢書、貸南閣叢書〔一〕

〔一〕「貸」當爲「岱」之誤。

張氏茗柯遺書
陳氏左海前後集
焦氏全書
郝氏全書
黃氏士禮居叢書
陳氏東塾叢書
潘氏滂熹齋叢書、功順堂叢書
俞氏春在堂全書
姚氏咫進齋叢書
蔣氏鐵花館叢書
黎氏庶昌古逸叢書
劉氏嘉業堂叢書

以上各書，雖兼收博采、不盡經部，而覆刊經傳古本及經師經義原刻本實多，信經苑之巨觀、儒林之鴻寳也。但簡策重大，學者不易得，且道、咸以前故家舊版多毁於髮逆之亂，自潛研堂、平津館外，未見近人覆刊。然單種流傳猶往往而有，姑舉大目以備學子考索，其有漏略，自可隅反。氣運循環，无往不復，石渠議奏，復見虎觀，天之未喪斯文也，或更有修定國朝十三經疏，刊行皇清經解三編之望乎？

中外哲學典籍大全·中國哲學典籍卷

已出版書目

《關氏易傳》《易數鉤隱圖》《删定易圖》，劉嚴點校。

《周易口義》，〔宋〕胡瑗著，白輝洪、于文博、［韓］徐尚賢點校。

《周易玩辭》，〔宋〕項安世著，杜兵點校。

《周易内傳校注》，〔清〕王夫之著，谷繼明、孟澤宇校注。

《周易外傳校注》，〔清〕王夫之著，谷繼明校注。

《易説》，〔清〕惠士奇著，陳峴點校。

《易漢學新校注（附易例）》，〔清〕惠棟著，谷繼明校注。

《周易學》，曹元弼著，周小龍點校。

《讀禮疑圖》，〔明〕季本著，胡雨章點校。

《王制通論》《王制義按》，程大璋著，吕明烜點校。

《春秋釋例》，〔晉〕杜預著，徐淵整理。

《春秋尊王發微》，〔宋〕孫復著，趙金剛整理。

《春秋集注》，〔宋〕張洽著，蔣軍志點校。

《春秋權衡》，〔宋〕劉敞著，吕存凱、崔迅銘、楊文敏點校。

《春秋本例》，〔宋〕崔子方著，侯倩點校。

《春秋集傳》，〔宋〕張洽著，陳峴點校。

《春秋師説》，〔元〕黄澤著，〔元〕趙汸編，張立恩點校。

《春秋闕疑》，〔元〕鄭玉著，張立恩點校。

《春秋屬辭》,〔元〕趙汸著，張立恩整理。

《宋元孝經學五種》，曾海軍點校。

《孝經集傳》,〔明〕黄道周撰，許卉、蔡傑、翟奎鳳點校。

《孝經鄭注疏》《孝經講義》，常達點校。

《孝經鄭氏注箋釋》，曹元弼著，宫志翀點校。

《孝經學》，曹元弼著，宫志翀點校。

《張九成集》,〔宋〕張九成著，李春穎點校。

《朱熹〈小學〉古注今譯》,〔宋〕朱熹、劉清之編，唐紀宇譯。

《錢時著作三種》,〔宋〕錢時著，張高博點校。

《四書辨疑》,〔元〕陳天祥著，光潔點校。

《吴澄集》,〔元〕吴澄著，方旭東、光潔點校。

《涇皋藏稿》,〔明〕顧憲成著，李可心點校。

《高子遺書》,〔明〕高攀龍著，李卓點校。

《閑道録》,〔明〕沈壽民撰，雍繁星整理。

《李卓吾批評陽明先生道學鈔》,〔明〕王守仁原著,〔明〕李贄選評，傅秋濤點校。

《李卓吾批評王龍谿先生集鈔》,〔明〕王畿原著,〔明〕李贄評點，傅秋濤點校。

《小心齋劄記》,〔明〕顧憲成著，李可心點校。

《四存編》,〔清〕顏元著，王廣點校。

《太史公書義法》，孫德謙著，吴天宇點校。

《復禮堂述學詩》，曹元弼撰，許超傑、王園園點校。

《肇論新疏》,〔元〕文才著，夏德美點校。

更多典籍敬請期待……